魅丽文化 花火工作室

静默的冬

宁听风 / 著

江苏凤凰文艺出版社
JIANGSU PHOENIX LITERATURE AND ART PUBLISHING, LTD

图书在版编目（CIP）数据

静默的冬 / 宁听风著 . -- 南京 : 江苏凤凰文艺出版社，2019.6
ISBN 978-7-5594-3641-2

Ⅰ. ①静… Ⅱ. ①宁… Ⅲ. ①长篇小说 - 中国 - 当代
Ⅳ. ① I247.5

中国版本图书馆 CIP 数据核字 (2019) 第 079319 号

静默的冬

宁听风 著

责任编辑　张　倩　王　青
特约编辑　黄　欢　蒋晗婧
装帧设计　李　娟　郭　颂
出版发行　江苏凤凰文艺出版社
　　　　　南京市中央路 165 号，邮编：210009
网　　址　http://www.jswenyi.com
印　　刷　湖南关山美印有限公司
开　　本　880mm × 1230mm　1/32
印　　张　10
字　　数　250 千字
版　　次　2019 年 6 月第 1 版，2019 年 6 月第 1 次印刷
书　　号　ISBN 978-7-5594-3641-2
定　　价　38.00 元

目录

C O N T E N T S

目录

C O N T E N T S

序
与你岁岁又年年

“静默如冬不可语。一见到你，时光都染欢喜。”

这句话节选自《静默的冬》，反复读来，我觉得更像是在形容我与宁姐的友情，不可语，染欢喜。

今年 7 月，宁姐千里迢迢跨越大半个中国来找我，在此之前，我与她已经是不纯洁的网友关系了。

见面之后，我一直担心气氛会尴尬，事实证明，天注定的友谊，不说话也是有默契的。尴尬在我和宁姐之间似乎并不存在，于是那晚，我们聊到了晚上一点多。

《静默的冬》初步构思的时候，宁姐第一个告诉了我，我和宁姐的日常并没有多少打情骂俏，更多时候是发来一条消息，开场白简单又粗暴——我有一个大胆的想法，接下来一般紧跟“我昨天灵光一闪，有了一个坑，我给你讲……”云云。一般情况下，讲完也就完了，等待宁姐填坑的日子却是漫长的，宁姐的坑很多，她每次光给我讲，又不写，我着实很恼火。

不过，《静默的冬》一书宁姐写得很快。当初本来是约好一起写的，宁姐却偷偷开了挂，就在前几天，她得意地宣布，她交稿了。

还记得最初灵光一现的时候，宁姐说她想写一个校园文。或许校园文是每个作者的执念，每一段青春的回忆都是宝贵的，我们都想把自己的青春留住，于是有了《静默的冬》。

写序之前，我让宁姐给我看了前三万字，宁姐豪气一挥手，直接给了我四万。那时候，我正在前往兰州的火车上，伴着窗外连绵的黄土包和偶尔山间的积雪，我慢慢进入宁姐的故事里。

《静默的冬》的故事就像一汪清泉，是干净的，澄澈的，也是平静的，没有太多的跌宕起伏，只是静静地娓娓道来，像是一个侍女，缓慢地展开一幅画卷。这是写作者的灵气，也是宁姐的灵气，她的文字我从来不吝啬任何赞美，我经常给她说的一句话是“你的文笔真好”。遣词造句总是透着美感，就连一个配角的名字，都有一种说不出来的诗情画意，这是她的天赋，我学不来，也拿不走，索性就做朋友吧。

关于《静默的冬》我不想剧透太多，每个人都有属于自己的青春故事。因为是校园文，我相信你看的时候，总能或多或少看到自己的影子，想起自己曾经奋笔疾书的日子。

从2015年与宁姐相识，至今三年多了。三年里，我们是彼此的建议者、倾听者、陪伴者，在写作这条道路上，我们是相互扶持着前进的，走过了春，走过了夏，度过了四季，今后的十年、三十年，或是更久，只愿我们的友谊岁岁又年年。

你的朋友
所言非言
2018. 12. 10

楔子

嘉林市的四月，春光已至，南风悠然。晨起夜晚，已经不见冬日的浸骨寒凉。

下午四点半，许知景从公寓里出来。暖风袭来，夹杂着花朵的香味，沁人心脾。他上车之前给叶开打了个电话，告诉他自己已经出发了。

年前许知景搬出了宿舍，在嘉林大学旁边租了间公寓，专门备考今年的考试。方才接到室友叶开的电话，说他的小侄子在附小旁边的跆拳道馆上课，他临时有事，拜托许知景先帮他接一下。

不是什么大事，再说许知景和叶开关系不错，也见过他的小侄子糖包几次，所以就答应了。

今天是周末，路上车不多，许知景一路顺利地到了跆拳道馆。

糖包上课的教室叶开说得很清楚——进门右转，尽头那间就是。还差五分钟下课，许知景就站在后窗处。稚嫩的呼喊声引起了他的注意，他的视线穿透玻璃，看向了一群小萝卜头中间的那道身影。

她穿着白色的跆拳道服，腰上系着黑色的腰带。漆黑的头发扎成了马尾，在空中划过一道又一道的弧度。

许知景有些恍惚，一瞬间，眼前的场景和过去重叠，唤起了他内心最深处的记忆。

片刻后他收回视线，自嘲一笑。再抬头，却如遭雷击。

背对着他的身影转过来，是一张年轻的脸。皮肤很白，因为运动，染上了层层叠叠的红晕，粉嫩得如春天枝头的第一朵桃花。一双眼，此时弯如弦月，流淌着浓浓的笑意。

这张脸如此熟悉，午夜梦回之际他曾思念过无数次。今与他只有一窗之隔，他恨不得就这样穿过玻璃，去触碰，去抚摸。

许知景胸腔里的情绪激荡如浪潮，震得耳朵嗡嗡作响。他张了张嘴，想发出声音，却发现语不成调，只有哽咽。

他站在原地没有动，等着下课，等着小朋友们被家长接走，等到教室里只剩下了糖包和年轻的教练，他终于推门而进。

年轻的女生看到他时，神情有瞬间的迷惑，随即变成了惊讶，而后拔腿就跑。

许知景堵在了门口，她的逃跑不过是徒劳。果然，许知景一把握住了她的胳膊，咬牙切齿道：“阮冬天，你想往哪里跑？”

半个小时后，叶开匆匆赶到跆拳道馆。他把糖包揽在怀里，和许知景道谢：“谢了兄弟，回头请你吃饭。”

“不客气。”许知景眉眼清淡，“今天我不送你和糖包回去了，有点事。”

“这有什么，先走了，回见。”

叶开牵起糖包的小手，回身时，仿佛看到许知景的车里坐了一个女生。随即又觉得自己出现了幻觉，许知景清净如和尚，他的车里怎么可能会有女生？真是累惨了，连幻觉都出现了。

许知景拉开车门，坐了进去。

车厢里寂静极了，显得两个人的呼吸越来越清晰。交织在一起，有种缠绵的意味。

“阮冬天。”

阮冬天像被蛰了一下似的抬起头来，眼睛里充满了不安。

许知景的眼睛掠过她绞在一起的双手，又对上她的眼睛：“这么些年没见了，你没有什么话要和我说吗？”

阮冬天嗫嚅，嘴唇动了又动，却始终没有吐出一个字。

“你没有就算了，我有。”许知景说不出是失望，还是庆幸，徐徐开口，“阮冬天，我很想你。”

第一章
与你初相见

2009 年 2 月 4 日，许知景第一次遇见阮冬天。

彼时春节刚过，元宵未至，整个宁城还笼罩在浓烈的节日气氛里。

寒假开始前，许妈妈给他报了个辅导班。年前上到腊月二十五，年后上到正月十三，他还有三天结课。

许知景是以全市第三名的成绩考进宁城一中的，按说辅导班这种事，落不到他的头上。但是许妈妈说了，别人都报咱们不报，显得咱们多不一样似的，要学会融入潮流，不搞特殊化。

这话说得义正词严，许知景一点也不想拆穿他妈妈。辅导班中午管饭，其实她就是不想给他做饭。

辅导班下课，许知景又在教室做了一套数学卷子，走的时候辅导班的大门已经关了，他轻车熟路地走了后门。

从后门到公交站，需要穿过一条长长的巷子。往日里安静的巷子此时甚是喧嚣，唢呐的声音震天响。许知景皱着眉头听了半天，也没听出来是什么。约莫是《百鸟朝凤》，又觉得不大像。

紧接着，就是一连串的求饶。他顿了顿，犹豫了片刻，往声音来源处走去。

“阮姐姐，阮大姐，我求你了，我都听你吹了一个多小时的喇叭了，求求你放过我好不好，我再也不敢了！”周青坐在地上，双手捂着耳朵，老血都到了嗓子眼。

周青也是流年不利，不就是打游戏输了想过来弄点零花钱花花嘛，谁知道遇到了阮冬天这个煞星。现在可好，零花钱没弄到，被她一个侧踢踢到了墙角不说，还被迫听她吹了一个多小时的喇叭，简直就是丧心病狂。

“我呸，什么喇叭，你有没有点审美？我这是唢呐，唢呐知不知道？！”阮冬天见他说得不对，收了音，抄起唢呐在他头上砸。

周青抱头：“好，唢呐，是小的有眼无珠，认不出来。可是阮姐姐，您都吹了一个多小时了，您也歇歇，行不行？”

“你累了？”阮冬天转了转眼珠问道。

“哪能呢？”周青谄媚道，“我这不是怕累着你吗？”

“得了，甭给我弄这些虚头巴脑的，我就问你，服不服？”阮冬天插着腰，很嚣张地问他。

“服，服！五体投地地服！”说这话的时候，周青心里在流泪。要不是老子打不过你，老子非揍你一顿。

“以后还敢不敢了？”

“不敢了，绝对不敢了！”

“那行吧，起来吧。”阮冬天女王终于大发善心，决定放过周青。

周青连滚带爬地起来，两人一转身，看到了巷口站着的许知景。

这一天的宁城，阳光甚好，少年有着挺拔的身姿，背对夕阳，被光影镀上了一层柔和的弧度，软化了发间眉梢的冷峭。

“嘿，你看什么呢？”周青有些羞恼。饶是他脸皮再厚，也没有兴趣让自己被扁的情形被别人看了去。

许知景漆黑的眼落到周青身上，开口问："她，欺负你了吗？"

周青一愣，阮冬天也愣了。回忆刚才发生的事，阮冬天不得不承认，她的行为的确很容易让人误会。她咳了一声，把唢呐塞进书包里，走到许知景面前："你觉得刚才是我在欺负他，是吗？"

许知景看着阮冬天的眼神有些嫌弃："难道不是吗？"

"青子，你说我欺负你了吗？"阮冬天遥遥地冲周青喊。

周青一步三晃地走过来："谁说你欺负我了，我们明明是在交流，友好地交流。"

许知景的眉头又皱了起来，他觉得周青有些可怜，好好的一个大男生，被一个小女生欺负得连实话都不敢说。

"你也听见了，我们之间什么都没有，好着呢。"阮冬天笑眯眯的，心里起了逗弄他的意思，"所以同学，你就不要多管闲事了。"

许知景的眉头皱得更厉害了："要是我非要管呢？"

阮冬天笑得更厉害了："那我就对你不客气了。"

"你想干什么？"许知景有些警惕。

"还能干什么。"阮冬天说着，突然伸出了手，朝着许知景软白的小脸用力捏了一下，"你的脸又白又软，我从刚才就想捏了，真的好软啊。嘿嘿嘿，嘿嘿嘿。"

不防她下手的许知景愣在当场，然后脸慢慢地红了起来。

十六岁的许知景和阮冬天的第一次见面着实不愉快，她是个可恶的小流氓，不仅欺负别人，还轻薄了他。以至于他长这么大，第一次做了噩梦。梦里有个女生，追着他要捏他的脸。

做了一夜的噩梦，第二天许知景起床的时候，神情有点萎靡。许妈妈见了，担心是不是自己这几天玩得太开心了，惹儿子不高兴了。所以她今天没有出门找小姐妹逛街，晚上许知景从补习班回来的时候，她还做了他最喜欢的可乐鸡翅。

可乐鸡翅没有安慰到许知景受伤的心灵，这种抑郁的感觉一直持续到元宵节后，学校开学。

再开学就是高一下学期了，按惯例，也该文理分科了。上学期末，大家交了志愿，这学期开学进校门第一件事，就是去看布告栏贴的红榜。

许知景报了文科，一路溜过去，在高一七班的榜首找到了自己的名字。

七班在高一部三楼最里面，新学期，又是新班级新朋友，走廊里乱哄哄的。也是，他们还是高一的小绵羊，不像高三的马上要被宰杀，高二的正在养肥，高考离他们还有点遥远，他们还有时间打闹。

许知景背着书包，绕过人群，慢吞吞地往教室里走。经过隔壁六班，陡然听到一嗓子："阮冬天，你个死丫头，你给我站住！"

许知景猛地停下了脚步。这个名字，好像在哪里听过。

还没想起来，教室前门就冲出来一个"小炮弹"，许知景躲闪不及，被撞了个满怀。

"小炮弹"威力大，撞得他往后倒退了好几步，好不容易站定，触手软绵，后知后觉地发现是个女生。然后下一秒，他条件反射地把怀里的女生推了出去，女生"砰"的一声，撞到了墙上。

刚才阮冬天撞到人家怀里磕到了鼻子，还没来得及揉一揉，就被人推开撞到了墙，前后夹击的疼痛让阮冬天"哎呦"一声，火气也蹿了上来，张嘴就要嚎。哪知一抬头，对上许知景漆黑如墨的眼睛，嘴巴张成了"O"的形状。

"你，你不是那个……"

嗬，原来是小流氓。

许知景心里冷笑，开学第一天的美好心情瞬间跌到了谷底。他没忍住，瞪了她一眼，转身进了七班的门。

他瞪她，瞪她哎！

阮冬天看得真切，人都要气炸了，指着许知景背影的手指抖得像得了帕金森。

原同桌兼现任同桌赵晓曼扑过来，两眼放光，跟探照灯似的：“哇，冬天，你认识许知景啊？”

阮冬天一口气没提上来：“许知景，谁？”

“你还装傻，就是刚刚和你说话的那个！”赵晓曼说，“我刚才可看到了，他走之前含情脉脉地看了你一眼，你说，你们到底是怎么回事？”

含情脉脉？！

阮冬天气得伸手捏她的脸：“赵晓曼，你是不是瞎？什么叫含情脉脉地看我，明明是凶狠地瞪我，瞪我，好不好？！”

甭管阮冬天再怎么气许知景，也没有追进隔壁班的道理，只能学着他的样子，瞪一眼，转身回了教室。

晚上放学，许知景回家，许妈妈热情地迎上来，笑眯眯地问许知景：“儿子，新学期新班级，感觉怎么样？”

许知景放下书包，淡淡地说：“还行。”除了遇到了那只小流氓，一切都还算顺利。

看着儿子冷淡的模样，许妈妈偷偷翻了个白眼。这样的儿子太不招人喜欢了，想换成个女儿，不知道来不来得及？

吃完晚饭上楼，许知景的手机就响了起来。他用的是妈妈淘汰下来的一部诺基亚，蓝色的，小小的一只。

许知景看了眼屏幕，是同桌霍飞宇，也是没分班之前的同班同学。

“霍飞宇，怎么了？”

“没什么，我就是问问你咱们今天的语文作业，诗歌鉴赏做几篇来着？”霍飞宇看着摊开的练习册，挠头。

“四篇。”许知景言简意赅道。

“四篇？！”霍飞宇都要炸了，“明明是开学第一天，语文老师简直是丧心病狂。”

许知景的嘴角翘了翘：“别忘了还有英语练习册，数学习题。”

“……”霍飞宇有气无力地趴在桌子上，“许知景，我谢谢你提醒啊！”

霍飞宇是个活泛的主，虽然对家庭作业深恶痛绝，但也是个及时行乐的，很快就把作业忘到了脑后，开始和许知景八卦新班级里哪个女孩子最好看。末了，他感慨一声：“咱们班的女生，也就姜姝能看，但是比起阮冬天，还是差远了。”

许知景的眉头皱起来：“谁？”

“阮冬天啊！她在咱们一中很有名的，学习好，长得也漂亮，性格也讨喜，特别吃得开，听说连小霸王周青都罩着她呢。”

霍飞宇的心有些荡漾，他最喜欢阮冬天这种长得漂亮、有活力又不矫情的女孩子了。他咂吧咂吧嘴，遗憾道：“不过我和你说估计你也不认识，‘两耳不闻窗外事，一心只读圣贤书’，说的就是你啊，回头见到我指给你看啊。”

许知景的嘴角勾了勾，什么不认识，那个小流氓，他简直不能再认识了。还有，什么叫周青罩着她？明明她连周青都欺负，简直就是个小混蛋。他发誓，一定离她那个小混蛋越远越好。

离阮冬天越远越好是许知景的愿望，但是这个愿望并没有实现。因为他忘了这世界上有个词叫“事与愿违”，还有句话叫“怕什么来什么”。

周五，许知景做完值日，提着垃圾桶往操场旁边的垃圾房里走。刚走到门口，身后就传来一道声音。

“嗨，前边那个，你给我站住！”

许知景回头，左侧眉毛高高挑了起来。巧了，这是一个熟人。

周青身上套着校服，松松垮垮的，像披了个麻袋，看清前面的人是许知景，乐了。

“哟，小子，是你啊。”

许知景放下手中的垃圾桶，静静地看着他：“怎么，有事吗？”

周青搓了搓手，心头暗喜。像许知景这种小白脸，最乖巧听话了，稍微一吓唬，让他干什么就干什么。

他走近许知景，一把扣住了他的脖子：“没什么事，就是最近手头有点紧，想向你借点零花钱花花。”

被扣住的脖子有些不舒服，许知景捏着他的手腕推开了，玩味似的开口：“借多少？”

劲还不小，周青被他推开，转了转手腕，嬉笑道：“有多少借多少。”

“什么时候还？”

“什么时候有了，就什么时候还。”

“哦。”许知景慢吞吞地点了点头，“我没有。”

“你小子耍我玩呢！”周青眉毛倒竖，一脚踢倒无辜的垃圾桶，上前揪住许知景的衣襟，“小子，我劝你识相点，赶紧把钱交出来。要不然，大爷我让你尝尝拳头的滋味。”

衣领勒得有点紧，许知景有些呼吸不畅，手伸进口袋里，把手机掏了出来。

周青一时没反应过来他要干什么，粗声粗气道：“你干吗？”

许知景喘了口粗气：“报警。”

周青听见这两个字，彻底恼了。年少无知，但对警察还是有着本能的害怕，他的脸涨得通红，气急败坏道：“你还敢报警！好啊，你报啊，看我不打断你的腿！”

握起的拳头在许知景眼前放大，他没有闭眼，反而睁大了眼睛。就在此时，身后响起了一道清脆的声音。

“嘿，那边那两个，大白天的干吗呢？”

周青的拳头离许知景的鼻尖只有一寸，但他还是收住了，正气恼是哪个不长眼的坏了他的好事，一转头看清楚来人，就讪讪地把拳头放了下来。

“阮冬天，你怎么过来了？”

莫名的，许知景松了一口气，随即，又皱起了眉头。

阮冬天穿着宁城一中特有的蓝白色校服，外面裹着鲜红色的羽绒服，左手一把扫帚，右手一个垃圾桶，正笑意盈盈地看着他们。

“垃圾房是你家开的？就许你过来，不许我过来？”她挥了挥手上的扫帚，凶巴巴地开口，“还说我呢，你在这干什么呢？”

“没干什么。”周青扯了扯许知景的衣襟，说，“我和这小子聊天呢。”

周青生得壮，这么一动，倒把原本藏在他身后的许知景晾了出来。阮冬天瞧见他的脸时愣了一下，随即慢慢地笑了起来，顾不得追究周青又作死，围着他们转了两圈，一双笑眼里全是不怀好意。

“哎哟，我还当这是谁呢？原来是许知景你啊。”

开学不到一个星期，阮冬天已经透过赵晓曼把许知景的底摸了个一清二楚，这会儿看见他这样，有种命运在高歌的感觉。

“瞧瞧你现在这个小可怜样，要不要我救你啊？”

许知景漆黑的眼珠盯着阮冬天，眼底一片幽深。

阮冬天笑得更厉害了：“你想让我救你啊？那行啊，你求我啊，你求我我就救你。”

这个小混蛋，当他没看清她眼底藏着的不怀好意是吧？

许知景磨了磨牙，傲娇地把头别到了一边。

许知景心里默念着孟子的“富贵不能淫，贫贱不能移，威武不能屈”，他才不会屈服，让这小混蛋得逞。

嘁，脾气还不小。阮冬天收回了视线，不再拿许知景开涮，操起扫帚就往周青身上招呼。

“周青，你个混蛋，你怎么答应我的？！你个大骗子！”

周青跳脚，也顾不得许知景了，嗷嗷叫："阮冬天，你再动手你试试，你信不信我打你？！"

"你打我，你打我试试？我不收拾死你！"当她十年跆拳道白练的啊？收拾一个周青绰绰有余，"前头答应我答应得好好的，说再也不作死，这才几天，你就敢在学校里勒索同学，你是不是不想活了？"

"不就这一回嘛，再说我不是也没捞到什么好处嘛，还被你抓到了！"周青围着阮冬天扔下的垃圾桶，边跑边喊。

"你还有理了！"阮冬天扶着膝盖"呼哧呼哧"地喘粗气，"我跟你说，周青，再有下一次，我绝对不会再管你，你信不信？！"

周青不是个好学生，整个一中都知道，可阮冬天总记得他的好，也觉得他没有那么坏。他们原本是初中同学，不熟，连话都没说过几句。初二的时候，阮冬天在路上被一辆电动车撞了，电动车主逃逸，她趴在路上没人管，是经过的周青把她背到了医院，她一直记得。所以这些年，她一直像老妈子似的管着周青。不求他能多优秀，至少，不能走得太歪。

周青猛地停了下来，看阮冬天，她的脸上写满了认真。他心潮涌动，随即装作不在意的样子，挥了挥手："行了，我知道了，以后不这样还不行吗？"

"你说的，你要是再这样，我真的不理你了。"阮冬天道。

"我说的，我说的。"

周青把地上扔他的扫帚拾起来，塞到阮冬天手里，又把她提过来的那个垃圾桶扛到垃圾房里倒了，把空的递给她。

"行了，我先走了，你也赶紧回家吧，小疯婆子。"

"你才是疯婆子。"阮冬天伸脚踹他。

"没踹到！"周青冲她做了个鬼脸，"哈哈"笑着跑走了。

反正还是拿他没办法，阮冬天无奈地笑了笑，拎着垃圾桶和扫帚就要回教室。

身后许知景看了看她的背影，又看了看地上被周青踢倒的垃圾桶，三下五除二收拾好，朝着她离开的方向追过去。

“阮冬天。”许知景喊她。

阮冬天装作听不到，越走越快。

好在许知景腿长，追了上去，和她肩并肩：“阮冬天，你等等我。”

看来是甩不掉他了，阮冬天抬起头瞪他，凶巴巴道：“干吗？”

许知景的脸有点红，不知道是因为走得急了，还是羞涩，但即便是这样，他还是认真地开口：“阮冬天，我向你道歉。”

阮冬天踏上台阶的脚停了下来，她以为自己听错了：“你说什么？”

“我向你道歉，对不起啊，我一直误会了你。”

年轻的时候不懂的道理很多，到了今天才知道，亲眼看到的不一定是真相。但幸好年轻，还有挽回的余地。

阮冬天一直不是记仇的人，尤其是此时，许知景认认真真地道歉，她对许知景的那点敌意就灰飞烟灭了。只是一时有些拉不下脸，故意皱起了鼻子，为难他：“道歉是要拿出实际行动来的，你这样嘴上说说，谁知道有没有诚意。”

“你说，你想让我怎么做？”许知景不仅冤枉了她，还偷偷骂她是小混蛋，他心里愧疚得很，觉得不管她叫他做什么，他都愿意。

真要问她怎么做了，她反倒为难了，绞尽脑汁想了半天。直到爬上三楼，才灵光一闪，有了主意。她轻咳一声，看向亦步亦趋的许知景说：“那什么，你要是真想向我道歉，就把你的娃哈哈分我一瓶吧。”

娃哈哈是阮冬天的最爱，可惜阮爷爷每天只让她喝一瓶。这几天赵晓曼给她普及许知景的八卦，听说他每天雷打不动地带两瓶娃哈哈，她表示很羡慕，她也想做每天喝两瓶娃哈哈的富豪。

“你怎么知道我有娃哈哈？”许知景表示不解。

“你管我怎么知道的，你就说给不给吧？”

“给，两瓶都给你。”许知景连忙说。

“真的？”阮冬天一喜。

“真的。”

许知景虽然年少，但已经算俊俏了。他的皮肤格外白，看上去细细嫩嫩的，跟莲藕似的。眼睛很大，眼珠又格外黑，此时有些急，眼底有些水光荡漾，显得极其秀气。鼻梁也好看，高而挺，衬得五官立体，却又没有咄咄逼人的攻击力。嘴唇是淡淡的润红色，跟上了胭脂一样。

阮冬天从赵晓曼那里知道有不少女孩子明里暗里喜欢许知景，之前嗤之以鼻，今天才发现，他的确有让女孩子喜欢的本钱。

尤其是此刻，他还愿意给她两瓶娃哈哈，她就觉得他更好看了。

她拍了拍他的肩膀，笑着说：“许知景，你够朋友。这样吧，甭管以前发生了什么，咱们一笔勾销，今天算是重新认识了，怎么样？”

她说这话，有股少年侠气，许知景喜欢得紧。

“好。”

“那待会儿一块回家呗，我住在宁城大学家属院，你住哪儿，顺路不？”阮冬天热情地邀请他。

“挺顺路的，我家就在家属院后面两条街的春熙嘉园。”许知景说。

“那放好东西我在门口等你，一起走啊。”

“好。”

许知景回到家的时候，唇边的笑意一直没有散。嘴角翘起了明显的弧度，往日里少年冷峭的意味不见了。

许妈妈看着许知景这个样子有些惊讶，她的儿子她最了解，打小就不爱笑，每天板着一张脸，害得她之前以为儿子有什么缺陷，偷偷地带着他到医院做检查。虽然医生证明他身体各项机能都达标，但她还是觉得很惆怅，觉得儿子这样一点都不可爱，每天冷着一张脸，以后怎么找对象啊？

如今看到他这个样子，真是惊讶得不得了，她试探地问他：“阿景，今天上学怎么样，有没有什么开心的事可以和妈妈分享？”

开心的事？许知景边换鞋边想，还真有。

“有的。”

“什么什么？”许妈妈两眼放光。

“也没什么，就是认识了一个有意思的人。”

许知景的话引起了许妈妈的好奇，但是他明显不想多说，面对许妈妈的追问，便换了个话题：“妈妈，明天你带我去报个剑道班吧。”

“剑道班，去剑道班做什么？”许知景喜欢清静，不喜欢剧烈运动，也不喜欢身上有明显的汗味，所以对于运动，他一向是敬而远之的。现在不仅要做运动，还要学剑道，许妈妈觉得有点魔幻。

许知景眼前闪过白天的事，收了笑，眉眼冷淡：“不干什么，就强身健体。”

“……”许妈妈表示，他开心就好。

阮冬天哼着歌回家，眼见到了楼下，隔壁楼一楼的小围栏里探出一个毛茸茸的脑袋，嘴里还叼着一包牛奶，看见她，立刻嗷嗷地冲她打招呼。

“阮冬天，你回来了！”

阮冬天看见金止戈这副模样，气就不打一处来。

好家伙，知道她今天做值日，跑得比兔子还快，都不知道等等她。她撇了撇嘴，隔着栅栏看他：“金止戈，我现在不想和你说话。”

金止戈拿下嘴上的牛奶袋，一脸无辜：“阮冬天，这就生气了？瞧你小气的。”

她小气？！

阮冬天冷笑两声，这厮显然不记得是谁在他挨揍关小黑屋的时候给他送馒头，是谁在他爹妈不在的时候邀请他来家里吃饭，是谁每天早上叫他起床防止他迟到了！

“金止戈，我就是小气了。我还告诉你，我现在很不开心，周一早上你甭指望我去叫你起床！”

金止戈扬扬得意：“怕你啊，你不叫我我也能起来！”

“那行，那就走着瞧。”阮冬天丢下这句话，便扬长而去。

金止戈能起来，能起来就怪了！他要是能按时起床，小脚老太太都能按时奔跑了！

金止戈得罪了阮冬天，没有了她用唢呐叫他起床，星期一的时候果然睡过了头。脸也没有洗，早饭也没有吃，一路狂奔到学校门口，差一分钟迟到。

远远瞅着阮冬天在前边走，马尾辫一甩一甩的，他上前揪住她的辫子，咬牙切齿道：“阮冬天，你可真行啊！”

阮冬天气到爆炸，掐着他的手解救自己的辫子，顺势踩他的脚：“说不叫就不叫，我说到做到！”

金止戈和阮冬天一年出生，又一块在宁城大学家属院长大，套用现在的话，那就是有着开裆裤的交情。他知道她的性子，只能顺毛捋，不然就得炸。他男子汉大丈夫，才不和一个小丫头计较。

于是，金止戈伸手揉了揉阮冬天的头：“行了，别生气了，我错了。回头你上我那儿去，看上什么尽管拿。”这是金止戈从小到大哄阮冬天的招数。

“稀罕。”阮冬天翻了个白眼。

许知景站在原地，静静地看着这一幕，半晌没有开口。

霍飞宇从旁边探过头来：“看什么呢，这么出神？”

许知景指了指阮冬天和金止戈的方向：“和阮冬天在一块的是谁？”

霍飞宇定睛一看，不禁扶额叹息：“大哥，拜托你能不能别每天只知道学习，也学会了解一下人生好不好？那是金止戈，和你并称高一双神的金止戈。”

金止戈？许知景蹙眉想了一下，没有印象。

“他和阮冬天什么关系？”看上去，极为亲密。

“整个一中谁不知道，金止戈是阮冬天的青梅竹马。”霍飞宇有些惆怅，阮冬天身边有这么优秀的金止戈，让他这种对阮冬大有想法的优秀少年该如何自处啊？

“青梅竹马？”许知景慢慢地咀嚼着这四个字，竟生出了些酸涩感，也不知道从哪里来的。

阮冬天正是长身体的时候，早晨吃了一碗红豆粥、两个茶叶蛋、三块葱油饼，第二节课下课，她就饿了。做完课间操，她就往学校小卖部跑，抢了两个红豆面包去结账，一掏口袋，整个人都傻了。

嘿，没带钱包。亲爱的语文老师拖堂了，她着急去做课间操，把钱包落在教室了。

阮冬天抱着面包依依不舍，她这会儿要是放下了，等到再拿钱来，面包铁定一个都不剩了，她又不爱吃别的，怎么办？

“两个红豆面包，一个椰蓉面包。”阮冬天身后伸过来一双手，递给小卖部老板十块钱，

许知景低头看向阮冬天：“阮冬天，我请你吃面包。”

好人啊！

阮冬天走出小卖部的时候，几乎热泪盈眶，她向许知景表示诚挚的谢意：“许知景，谢谢你啊，等我回到教室就把钱给你。”

“不用。”许知景和她并肩走着，又想起什么似的，从口袋里掏出两瓶娃哈哈，“这是答应给你的，早上本来想给你来着，但是看到你和金止戈在一起，就没好打扰。”

“有什么不好打扰的，我和金止戈没那么讲究，回头介绍你们认识啊。金止戈虽然二了点，但人还是不错的。”阮冬天盯着娃哈哈，满不在乎地说。

许知景看着她的样子，失笑，把娃哈哈往她手里塞：“拿着。”

阮冬天拿过其中一瓶，笑眯眯地开口：“谢谢。”

“两瓶都是你的。”许知景记得自己许下的承诺。

“我又不是土匪，非得给你搜刮干净了。我喝一瓶，剩下的那瓶你留着吧。”阮冬天被自己的大方感动了。

许知景握紧了瓶身：“好。”

两个人一起上了楼，告别之后，各自回了教室。

许知景进了教室，把娃哈哈和面包一起放在桌子上。

霍飞宇从前头扑过来，伸手就要捞起来喝，被许知景眼疾手快地收走了：“不给喝。”

“为啥？”许知景的娃哈哈，是有霍飞宇一半的，偶尔许知景都会全给他，为什么现在他开始吝啬一瓶娃哈哈了？他表示有点受伤，“许知景，我还是不是你的小甜甜？”

他这个样子引起了许知景极度不适：“这个是别人给我的，你不能喝。”

“你骗鬼呢？！”霍飞宇才不信，“你不要以为我没有看见，刚刚你揣着两瓶娃哈哈出去的。这瓶就是你的，我早晨还在上面画了个海绵宝宝。”

“……”许知景垂眸，果然在一侧看到了圆珠笔画的海绵宝宝，“跟你说了你也不懂，反正你记住，以后娃哈哈，没有你的份了。”

这本就是他答应给阮冬天的，阮冬天又还给了他一瓶，那就是阮冬天送他的。既然是阮冬天送他的，他才不要给霍飞宇喝。

霍飞宇遭到了暴击，学着‘西子捧心’的模样往许知景身边凑，一边凑一边唱：“许知景，我是不是你最疼爱的人，你为什么不说话？！”

许知景掰着他的脸扭向一边：“不是！”

中午放学，黑压压的学生往食堂涌去。

一中的学生分两种，一种是不在食堂吃午饭的，一种是在食堂吃的。针对这些在食堂吃饭的学生，学校每个月月初都会推出新菜色，一周七天不重样，打印了表格让同学们自己选。然后食堂会根据学生们的选择来做饭，一来避免了浪费，二来，也最大限度地为同学们提供便利。

阮冬天和金止戈都是在学校吃饭的，虽然学校离家也算近，但是每天中午回家还得劳累大人做饭，不如在学校吃方便，再说学校的饭菜也不差。

今天周一，阮冬天捧着自己定的肉末茄子盖浇饭回到位子上，一抬头就看到了端着餐盘的许知景和霍飞宇，于是兴奋地冲他们打招呼："许知景，许知景，这儿！"

许知景闻言看过去，微微一笑，对霍飞宇说："走吧。"

霍飞宇咽了口口水，要和自己的女神一起吃饭了，好紧张。

许知景在阮冬天对面坐下，对阮冬天介绍挨着自己坐的霍飞宇："阮冬天，这是我的同学霍飞宇。"

阮冬天弯了眉眼，打招呼："你好。"

"你好。"霍飞宇很激动，近看阮冬天，更好看了。

金止戈回来的时候发现餐桌旁多了两个人，他向来大大咧咧，也没在意。三人互相做了自我介绍，都是少年心性，很快就聊得热火朝天。

说着说着，阮冬天咬着筷子，眼睛一个劲地往许知景的盘子里瞟，菠萝糖醋肉，看上去就很好吃的样子。

许知景察觉到她的视线，伸手把自己的餐盘往前推了推："今天餐厅做的菠萝糖醋肉不错，阮冬天，你要不要尝一块？"

阮冬天瞪大了眼睛："可以吗？"

她的确是个热爱美食的女孩子，看到喜欢吃的，眼睛都亮了起来，像是璀璨的星河。一瞬间，许知景觉得心里软软的："当然可以。"

阮冬天的筷子伸到了一半，金止戈的筷子就跟了过来，"啪嗒"一声敲在她的筷子上，嫌弃道："阮冬天，你再给我吃着碗里的看着锅里的试试？先把你自己的吃完了，别老惦记着许知景的。”

随后又对许知景说：“许知景，你别惯着她，省得待会儿她给你吃得只剩菠萝不剩肉。”

到嘴的肉肉没有了，阮冬天气得直掐金止戈。

许知景将这一幕收进眼底，不在意地笑笑：“没事，让她吃就行，反正我也不是很爱吃肉。”

有了许知景这句话，阮冬天像是得胜的将军，扬扬得意：“金止戈，吃你的饭吧，许知景都让我吃了，你就不要管了。”

她夹了一块糖醋肉送进嘴里，酸甜可口的肉让她欢喜得眼睛都眯了起来，活像一只偷到了鱼的小猫，慵懒又可爱。

许知景看着她的样子，眼底涌起了淡淡的笑意。

从食堂里出来，阮冬天就被赵晓曼叫走了。离午休还有一会儿，正是女孩子八卦的好时间。金止戈也撤了，剩下许知景和霍飞宇一起回教室。

没了金止戈和阮冬天，霍飞宇终于活泛了过来，忍不住问许知景：“妈呀，许知景，你什么时候认识阮冬天的？”

“就这两天。”许知景说。

他答得敷衍，霍飞宇却不在意：“你不说拉倒，反正托你的福我也认识她了。以前就觉得她可爱，现在靠近了看，更可爱了。”

许知景停下脚步，抬眸看他：“你很喜欢阮冬天？”

“她这样的女孩子，谁不喜欢？”当然，霍飞宇说这句话的时候，压根没有想过，未来有一天，他会和阮冬天成为闺密，还是死忠的那种。

“那你就喜欢到这个地步吧，不要再深了。”许知景的眉心蹙成了一个小小的疙瘩。

“为什么啊？”

半晌，许知景说：“耽误学习。”

霍飞宇：“……”这个理由，他给一百分。

第二章

没有你好看

宁城一中高一的学生没有晚自习，所以上完下午最后一节课，高二高三的孩子都会用一种“好羡慕啊，真希望我一直上高一”的眼神目送他们离开。

阮冬天照例和金止戈一起回家，只是现在多了个许知景。

金止戈和阮冬天都是话多的人，再加上从小一起长大，格外熟稔，所以一路上都是打打闹闹的不消停。反倒是许知景，话不多，只是静静地看着他们，偶尔帮个腔。当然，帮的都是阮冬天。

回了家，阮冬天不着急吃饭，也不着急写作业，开始翻箱倒柜找东西。

阮冬天的奶奶钟教授正在洗水果，听见她的动静，探出头来问：“冬天，你找什么呢？”

阮冬天关上柜子，一脸疑惑地问奶奶：“奶奶，我爸给我寄的那一大盒巧克力去哪了？我记得明明放在柜子里的啊。”

钟教授冲她招招手，示意她过来："小声点，别让你爷爷听见，奶奶给藏起来了，省得他又偷吃。"

阮冬天的爷爷阮教授上了年纪，血糖有点高。偏偏还喜欢吃甜食，钟教授管得紧，他没办法，就打起了小孙女巧克力的主意，结果被钟教授发现了，一顿骂，回头就把巧克力给藏了起来。

说着，钟教授从厨房一堆米面的最里面把巧克力拿出来，递给阮冬天："拿去吃，记得别给你爷爷。"

阮冬天抱着巧克力，笑眯眯地说："奶奶，你放心，我不给爷爷吃，我拿给许知景吃。"

钟教授闻言笑了："许知景又是哪个？让你这个小馋猫舍得把最喜欢的巧克力给他吃。"

"我新认识的同学，隔壁班的。长得好看，学习也好，嗯，脾气也好，可好了。"

越和许知景相处，阮冬天越觉得许知景好，真是哪哪都好。

"今天他给我吃糖醋肉了，明天我给他巧克力吃。"

钟教授笑着拍了拍她的小脑袋："真乖，拿去吧。"

阮冬天抱着巧克力回书房写作业，一晚上瞟了一百八十次，还是忍住没吃。

现在是开学的第二周，宁城已近三月。虽然还带着料峭，但不妨碍春意的蔓延。街边的柳树冒出了新芽，暖融融的鹅黄新绿，看得阮冬天心里满是欢喜。她虽然叫冬天，但不喜欢冬天。

走着走着，阮冬天的眼前出现了一道身影。

明明是再简单不过的蓝白色校服，却生生被他挺拔的身材穿出了小白杨的风姿，格外好看。

阮冬天小跑几步追上前面的男孩子，伸手拍他的肩膀："许知景。"

许知景的眼前出现一张肉嘟嘟的小脸，带着一点点的婴儿肥。皮肤也是白嫩嫩的，脸颊微微泛红。她有着好看的眉眼，不笑的时候像浸水的葡萄，笑起来眉眼弯弯，像天边的月牙。

许知景的眼里多了几分笑意：“阮冬天。”

阮冬天和他肩并肩地走：“你怎么没穿外套啊，不冷吗？”

虽然已经是春天了，但一早一晚还是很冷，她身上还穿着薄款的羽绒服呢。

许知景扯了扯校服的领子，细长的手指衬着蓝色的校服，格外赏心悦目。

“我不冷，里面穿了毛衣。”

阮冬天瞄了一眼，果然看到了他的黑色毛衣，点点头。又想起什么，掏了羽绒服的口袋，摸出来一个盒子，塞到许知景手里：“喏，给你吃。”

许知景的手里躺着一盒巧克力，还带着她口袋的温度。他问她：“为什么给我这个？”

她挠了挠头发，说：“谢谢你昨天给我吃肉啊，这是我爸爸寄来的，我之前吃过了，很好吃。”

许知景拆开包装，把巧克力取出来放进嘴里，甜甜的味道在舌尖蔓延开，随即又有一丝苦涩，是他喜欢的味道。

他脸上的笑意更深了：“谢谢你，我很喜欢。”

阮冬天又瞅了一眼巧克力：“我就说，你一定会喜欢的。”

她的目光落到巧克力上，有那么点垂涎。可已经送出去了，她也不好意思再要回来。她悄悄地咽了口口水，努力地转移视线。

许知景看得真切，把手上所有剩下的巧克力摊到她面前：“我这两天有点牙疼，医生不让吃太多甜的，剩下的你帮我吃了吧。”

阮冬天的眼睛一下子亮了起来，又有点不好意思：“那多不好。”

“有什么不好的，你不吃，不就浪费了。”说着，他把巧克力都塞到阮冬天手里。

“那好吧。”阮冬天接过来吃了一块，眼睛因为满足而眯了起来，像挂在天边的月牙。

金止戈也和阮冬天一道出门，只是落在后面专心地吃着早饭。这会儿喝完最后一口豆浆追了上来，不满道：“嘿，阮冬天，你怎么只给许知景带巧克力，不给我带？”

阮冬天瞪了他一眼：“你又不吃，我干吗给你带？！”

金止戈撸了一把头发，好像也是，甜得掉牙的巧克力，他才不要吃。

五分钟后，在学校门口，他们巧遇了金止戈的好朋友严继，于是三人行变成了四人行。

查完校服校徽，四个人走进校门。严继眼尖，一眼就看见了前边背着蓝色大书包的一个小女生，于是伸胳膊拐金止戈。

“金止戈，你看，前边是不是姜姝？”

金止戈抬眼看过去，然后脸上闪过一丝不自然：“是就是，激动什么？”

“我这么激动是为了谁？”严继坏笑，“你要不要上去打个招呼？就当认识一下，圆了你的梦想。”

许知景看了看姜姝，又看了看金止戈，闭嘴不言。反倒是阮冬天狐疑地琢磨了半天，终于琢磨出来一个惊人的事实。

“啊，金止戈，你喜欢姜姝啊！”

被阮冬天说中了心事，金止戈一下就炸了：“你胡说什么呢？！”

阮冬天撇嘴：“金止戈，你忘了你的毛病了？一心虚就蹦，到底是我胡说，还是你胡说？”

“我哪有蹦，我什么时候蹦了？”金止戈梗着脖子死不承认，“不和你说了，我先走了。”

说着，拽着罪魁祸首严继迅速跑开了，那背影里，写满了心虚。

上完第二节课，作为语文课代表的阮冬天把收上来的作业送到办公室，回来的时候经过七班，一眼就看到了霍飞宇。她叫住了他：“霍飞宇。”

霍飞宇有点激动：“阮冬天，啥事啊？”

阮冬天挠了挠后脑勺：“那什么，你帮我把许知景叫出来好不好？我有点事问他。”

阮冬天的吩咐，霍飞宇怎么可能不从，他很快就把许知景提溜了出来。

许知景看见是阮冬天，眼神柔和了不少，温声道：“阮冬天，你找我？”

“找你有点事。”阮冬天神秘兮兮地说，“我听赵晓曼说，姜姝和你一个班。是哪一个，你指给我看好不好？”早晨那会儿，她只看到了姜姝的背影。

许知景不明所以，但还是侧了侧身子，透过靠走廊的窗户，将隐在阴影里的姜姝指给她看：“喏，就是那个。”

阮冬天定睛看过去。

姜姝长得和她想象中的不一样。她很白，像瓷娃娃一样，有细长的眉毛和大大的眼睛，忽闪忽闪的，格外纯净的样子。唇色有点白，可不仅不难看，反而给人一种柔弱之感。让人看见她，就有种保护欲。

赵晓曼说姜姝是个美人，果然不假，真的是个楚楚动人的美人！

阮冬天感慨：“她长得真好看。”怪不得金止戈喜欢。

“好看吗？”许知景也看了一眼姜姝，并不觉得有什么出色。

阮冬天惊讶：“你不觉得她好看吗？”

“没觉得。”许知景说道，“没有你好看。”

阮冬天原本想质疑他的审美，但是听他说完，立刻被戳中了少女心：“许知景，你太夸奖我了。”

他却认真地摇了摇头：“不是夸奖，是实话实说。”

许知景原本就有一双漆黑的瞳仁，此时认真起来，幽深得如深海一般。饶是阮冬天脸皮厚到不行，还是觉得羞涩，忍不住揉了揉脸开始转换话题。

“不重要，不重要。对了，许知景，姜姝学习怎么样啊，为人好不好啊，脾气呢，是不是也和她的样子似的特别好？”

“阮冬天，你很在意姜姝吗？”她问得这样仔细，许知景不得不怀疑，他想到早晨的事情，“是因为金止戈吗？”

“当然是因为他了。”阮冬天想也不想就回答，要不是因为严继暴露了金止戈的小心思，她也不会留意到姜姝。

许知景的眼神有点冷，他想到了霍飞宇在他耳边叨叨的话，说有一个流言，其实阮冬天喜欢金止戈，只不过碍于两人太熟了，才一直没有下手。要不然学校里这么多喜欢阮冬天的男孩子，为什么她一个也看不上？

“金止戈再喜欢姜姝，也是他的事，你就算再生气也没用。”许知景觉得有些烦躁。

“谁说我生气了？”阮冬天觉得他这话有点莫名其妙。

“你不生气，那来问姜姝做什么？”

“我好奇啊。我和金止戈从小一块长大，他从来没有什么秘密，现在竟然有喜欢的女孩子都不告诉我，实在是太可恶了。”阮冬天理直气壮道，“你懂这种感觉吗？就像儿子长大了，有了对象却不告诉我这个当妈的，我能不对人家女生好奇吗？”

“……”千算万算，许知景没想到阮冬天是这么个脑回路，噎得他半晌没有说出话来。

然后就听到背后一道阴冷的声音：“阮冬天，你说谁是你儿子？！”

金止戈学的是理科，教室在四楼，原本想趁着下课的空档来找阮冬天，没想到意外听到了她和许知景的对话。他越听脸越黑，撸起袖子，准备好好收拾一顿这个小丫头片子。谁知她眼疾手快，一下子钻到了许知景的背后。

“阮冬天，你给我出来。”金止戈眯着眼睛威胁她。

这个时候谁出去谁就是傻子，再说阮冬天理亏得很，抓着许知景背后的校服，头摇得跟拨浪鼓似的：“不出去，我就不出去。”

校服都被攥皱了，许知景叹息一声，为她说好话：“金止戈，算了。”

“我倒是想算了，但是你看她的样子！”金止戈气得磨牙，伸手就要去揪阮冬天。

许知景护得紧，金止戈竟连阮冬天的一根头发丝都没够到，最后气得跳脚：“许知景，你就护着她吧！”

许知景含蓄地笑着，不说话。他这副模样让金止戈知道，今天是收拾不了阮冬天了，丢下一句“你等着”，转身就往楼上跑。

阮冬天从许知景背后探出脑袋来：“金止戈，你来找我啥事啊？”

金止戈脚步一顿，回头大吼一声：“忘了！”

阮冬天痴痴地笑，警报解除，从许知景背后窜出来，对着他的肩膀就是一拳：“许知景，谢谢你啊。”

“没事。”

她手劲大，许知景被她捶得往后退了一步，忍不住咳嗽了一声。随即又不动声色道：“阮冬天，姜姝的事你别管了，省得回头真惹恼了金止戈。”

阮冬天揉了揉脑袋，想起上学期他们班有两个女生因为一个男生闹翻了，虽然她对金止戈没什么想法，但万一被误会了，那就不好了。所以她干脆地点头：“好，我知道了。”

见她答应得这样干脆，许知景松了一口气。

“行，那你赶紧回教室吧，就快上课了。”

阮冬天回了教室，同桌赵晓曼正用一种猥琐的眼神看她。

阮冬天一屁股坐下，睨她：“看我干什么？”

“小样，甭以为我没看到。左手金止戈，右手许知景，阮冬天，你艳福不浅嘛！”赵晓曼别的都一般，就是在用词上格外有天赋。

“赵晓曼同学，收起你那龌龊的思想，不管是金止戈还是许知景，都是我的朋友，朋友！”阮冬天强调。

青春期的孩子哟，真是什么都往恋情上想，让她这种心无旁骛的美少女如何自处。

“嘁——”赵晓曼白了她一眼，“你这话也就说给我听听，我可告诉你，小心一点。咱们一中的高一双神都被你收入了囊中，小心摊上事。”

拜赵晓曼这个乌鸦嘴所赐，果然没过多久，阮冬天就摊上了事。

事情还得从一个美好的午休说起。

一中作为宁城最好的中学，校舍精致，师资力量优越，连校园环境也是一等一的好。前些年校舍翻修，特意运来上百株垂丝海棠，建了一座海棠园。三月之后，春光明媚，垂丝海棠也如火如荼地盛开，引得同学们纷纷驻足观赏。

阮冬天是个俗人，什么美喜欢什么。吃完午饭，她拉着赵晓曼也来逛海棠园，然后就被两个女生拦下了，其中一个留齐耳短发的，羞羞答答地递给她一个信封。

这活阮冬天以前也干过，顺手接过来说：“行，回头我把它给金止戈。”

短发女生急了，说：“不是给金止戈的。”

阮冬天愣了，她和金止戈玩得好，以前不少女学生通过她给金止戈递情书，她想当然地理解成了给金止戈。不是给他的，那是给谁的？

陪着短发女生来的高个子女生说：“是给许知景的，你不是和许知景也熟吗？就帮个忙递过去喽。”

这话说得不讨喜，阮冬天不是很想接茬，但短发女生的态度还不错，一直哀求她。她犹豫了片刻，说：“那行吧，我试试。明天中午这时候，还是这棵树，你等我消息吧。”

女生一脸激动，看阮冬天的眼神像看救世主：“行行行。”

阮冬天揣着这封粉红色、喷了香水、画了小心心的情书回宿舍睡了个午觉，她办了走读，但为了能更好地午休，还是在宿舍留了个床位。

挨到放学，金止戈留在学校做值日，阮冬天和许知景一起回家。

等到出了校门，周围没什么人了，阮冬天把信掏出来：“喏，给你。”

许知景当即就愣了：“什么？”

“还能是什么？当然是情书。”阮冬天“嘿嘿”笑着，塞到他手里。

信封上还残留着阮冬天的体温，握在手心里，暖暖的。

许知景觉得自己的呼吸有点不畅，连脸颊都有点红，结结巴巴道：“你……你写的？”

阮冬天连忙摆手：“哎，你可别误会啊，不是我写的。”

好像一盆凉水浇下来，许知景心里冒出的一簇小火苗被浇得彻底，连神情都紧绷了起来。他把信塞回阮冬天的手里，冷声道：“我不要。”

阮冬天急了：“这是给你的啊！”

许知景眉峰冷峭：“给我的我就得要？信是你接的，你自己处理。”

不是，剧本不是这么走的啊！以前她给金止戈，金止戈都是来者不拒地收着，怎么到了许知景这里，就成了拒绝？她处理，她能怎么处理？又不是给她的！

阮冬天就要哭了：“许知景，看在我的面子上，你就留下吧，就这一回，一回行不行？”

“一回也不行。”许知景掐断她的小侥幸，“看在你的面子上？你脸那么小，没面子！还有，阮冬天，我现在不想看到你，有什么事明天再说吧！”

说完，不再理她，背着书包迈开大长腿先走了。留下阮冬天捏着那封没送出去的情书，一脸茫然。

脸小，没面子？到底是夸她呢还是骂她呢？别扭的少年真难搞！

还是昨天那个海棠园，还是昨天的人，阮冬天硬着头皮把信还了回去，短发女生当即红了眼圈。

“他为什么不收？是……是不喜欢我吗？”

看着她泫然欲泣的样子，阮冬天觉得自己罪过大了，可又不能把真相告诉她，只能委婉地找理由：“那什么，许知景他不喜欢粉红色。”

女生哭得更大声了，因为这么个理由就拒绝了她，真的好难过好难过。

陪着她来的高个子女生却一脸狐疑地看阮冬天，问她：“阮冬天，你真把信给许知景了吗？”

阮冬天皱了皱眉：“什么意思？”

“没什么意思。”高个子女生王瑶抱着双臂说，“不会是你根本就没有把信给许知景，所以才找了这么个不像话的理由来敷衍我们吧？”

哪有人会因为信封颜色拒绝人的，阮冬天真是越看越值得怀疑。

帮人这种事，从来只是情分，不是本分。她这话说得不讨喜，阮冬天也没了兴致：“你既然不相信我，让我给干什么？！有本事自己去找许知景啊！”

王瑶像是被戳中了心事：“阮冬天，你狂什么？！别以为你和许知景认识，就觉得自己了不起。”

“我可没觉得自己了不起。”阮冬天撇撇嘴，看着她跳脚的样子，觉得挺有意思的，“这封信又不是你写的，没送到也不关你的事，你着什么急？不知道的，还以为你也喜欢许知景呢！”

“你胡说八道些什么？！”王瑶气得脸通红，看样子恨不能啃阮冬天一口。

“那就当我胡说八道好了。”阮冬天耸耸肩，不再和她继续争，留下一句“以后不要找我送信”，转身就走了。

王瑶拉着短发女生撒娇：“然然，你别听阮冬天胡说，我是为了你着急，才不是她说的什么我也喜欢许知景。”

叫然然的女生擦了把眼泪："你放心，我不会相信她说的话。"

"那就好。"王瑶往阮冬天离开的方向看了一眼，眼底藏着刀子，"然然，阮冬天仗着和许知景认识，也实在太过分了。你放心，回头我肯定帮你好好教训她！"

风平浪静地到了星期六，阮冬天下午有跆拳道课。她五岁以前身体不大好，经常生病，后来阮教授送她去学跆拳道，十多年锻炼下来，身体越来越好，吃嘛嘛香，身体倍棒。

阮冬天的教练是个女教练，一直很疼她，所以阮冬天可以在练习完之后蹭教练的浴室，把自己洗得香喷喷的再回家。

她背着书包出了跆拳道馆，一抬头，看到了对面剑道馆出来的人。

嘿，这个小伙子怎么这么眼熟。

阮冬天站在马路边嗷嗷地打招呼："许知景！许知景！"然后趁着没车，三两下跑了过去。

许知景被她不要命的样子吓了一跳，等她到了身边，脸黑得跟锅底似的："你不要命了，谁给你的勇气这样横穿马路？"

"没事，我看好了，没车。"阮冬天浑不在意，"许知景，你怎么在这里啊？"

她这"混不吝"的样子让许知景不知道说什么好，他告诫自己不要和她生气，忍了半天，才说："我报了这里的剑道班，周六有课。"

"那感情好，你太瘦了，多多锻炼对身体好，可以让你看起来壮一点。"阮冬天觉得许知景哪哪都好，就是太瘦了点，"男孩子嘛，要有阳刚气息。"

许知景看了她一眼，犹豫着开口："你喜欢壮一点的男孩子？"

阮冬天压根没察觉到他话里的意味，点头："那必须，男孩子太瘦了，会让人很没有安全感的。"

许知景有些为难地点点头，在心里记下——阮冬天喜欢壮壮的男孩子。

“咕噜咕噜”——

沉浸在自己世界里的许知景被这个声音唤回思绪，与阮冬天四目相对，她有些窘迫地捂着肚子：“下午练得狠了，现在有点饿，就一点。”

许知景指了指前边，含笑道：“正好我也饿了，前边有肯德基，我们去吃点东西吧。”

提到吃东西，阮冬天拼命地点头：“好啊，好啊。”

两个人到了肯德基，点了汉堡、可乐、鸡米花还有鸡翅，好不容易在角落里找了一个位子坐下，许知景去上厕所了，阮冬天坐着等他。

许知景前脚刚走，后脚就有人拉开凳子坐到了阮冬天的对面。

“阮冬天，我就说你没有那么好心，现在被我抓到了吧，你还有什么要说的？”

看着眼前的这棵“圣诞树”，阮冬天一时没认出来她是谁，她眯着眼睛打量了半天，选择放弃：“不好意思，你是谁啊？”

听声音是耳熟的，但是这脸，真没认出来。

王瑶精心画的眼线几乎飞到了天边：“你别跟我装傻，我们前两天还见过了呢！”

阮冬天看到她翻的白眼，再一听这声音，终于想起来了：“啊，是你啊，有事吗？”

王瑶冷笑：“阮冬天，你可真是会做好人啊。前面装出一副好人模样，转过脸就和许知景约会，你要不要脸？！”

阮冬天从小接受的教育是“可以淘气，不可以骂人”。王瑶张嘴就骂她不要脸，阮冬天伸手摸了摸自己的脸，嗯，在的。再看这个不速之客，就有点腻味：“你到底想说什么？”

“说什么你不清楚吗？你其实是喜欢许知景的吧，所以上次你根本没有把信给她。”王瑶嚼着口香糖，一脸鄙夷道，“我啊，最恶心你这样的人了，‘又当又立’，根本就是欠教训。”

眼前这人的脑回路，已经不能用常人来形容了。

阮冬天也没想到自己一时心软会惹上这么一个麻烦，不过呢，既然遇上了麻烦，她也不会怕。

“说到‘又当又立’，这四个字我应该送给你吧。上次我就看出来了，当事人还没急呢，你先急了。其实你也喜欢许知景吧？说不定还打着等你的朋友和许知景好了，你也可以近距离接触他，要是再能撬了墙角，那就再好不过的打算，对吧？”

王瑶被戳中了心事，脸色一变。她的确是怂恿然然给许知景递情书，她当时就想好了，要是成了，也可以近水楼台先得月，反正她长得比然然好看多了。不成，她心里也舒服得很，左右许知景还是单身，她也还有希望。

这是她自己的小算计，现在被阮冬天说破了，当即恼羞成怒。

“我告诉你，阮冬天，你最好不要胡说。”

阮冬天冷哼一声：“我是不是胡说，你心里最清楚。”

王瑶原本就嫉妒阮冬天和许知景交好，再加上被她说破了心事，羞恼之余，想也不想一巴掌就甩了过去。

“你再胡说，看我不撕烂了你的嘴！”

细长的手指突然攥住了她的胳膊，打人受阻的王瑶气急回头，愣在原地：“许……许知景。”

许知景用力甩开她的手，仿佛她的胳膊上有细菌似的，转而去问阮冬天：“阮冬天，你没事吧？”

“没事。”他出现得及时，她当然没有事。

知道她没事，许知景松了一口气，随即更加气恼：“这位同学，你最好解释一下你刚才的行为。”

王瑶原本想趁着许知景没回来教训一下阮冬天，哪想到他回来得这么快。可很快这种被抓包的情绪就被她丢到了脑后，她更在意的是她终于和许知景对话了。

"许知景，你还记得我吗？"

"不记得。"许知景冷冷地说道。

王瑶噎了一下："上个学期期末考试，我笔袋在下楼的时候掉了，是你帮我捡起来的。"

"不重要的事，我为什么要记得？"许知景不耐烦地说，"你不要转移话题，我问你为什么要打阮冬天？"

许知景的眼神凉凉的，让王瑶有些心悸，但她还是强忍着害怕开口："这就要问阮冬天了，我朋友拜托了她给你送信，但是她根本没有送到。我来问她为什么骗我，她却骂我，让我有本事自己送，我忍不住才出手教训她的。"

阮冬天目瞪口呆，这女生睁眼说瞎话的本事到底是跟谁学的？

许知景想起来了，侧眸静静地看了阮冬天一眼，说："送了。"

王瑶："啊？"

"她把信给我了，但是我没要。"许知景说。

"为什么啊？"知道是他不要，王瑶心底竟然有点窃喜，故意说道，"然然真的很喜欢你呢！"

"她喜欢我，我就要接受吗？我没那么多闲情来者不拒。"许知景冷冷道，"既然你已经知道阮冬天把信送到了，你的想法当然也是错的，向她道歉。"

王瑶的脸瞬间涨红，连粉底都遮不住，她张了张嘴，没开口。

许知景的脸色更难看了："道歉！"

王瑶的嘴唇几乎咬破，忍了又忍，终于不情不愿地说："阮冬天，对不起，是我误会你了。"

"哦。"阮冬天可有可无地点点头，"我不接受。"

"你别给脸不要……"王瑶的脏话到了嘴边，却在许知景森冷的目光中咽了回去。

可许知景依旧不留情面："你打算坐着这个位子到什么时候？！"

王瑶在许知景的冷言冷语加冷眼中灰溜溜地走了，阮冬天心有余悸地摸了摸自己的小心脏，感慨道："现在的少女真是太生猛了，这次算是惹祸上身，下次就是有人给我一百万，这种当红娘的事我也不做了。"

许知景把裹着汉堡的纸拆开递给她，忍不住说："知道就好，以后不管什么人让你递，你都不要答应。实在拒绝不了，你就说我说了，你敢递情书我就打你，看看谁还敢。"

阮冬天忍不住笑了："那你真打我吗？"

许知景睨了她一眼："你说呢？"

阮冬天捧着汉堡摇头："放心放心，不会有下一次，不然你生气了，哄都哄不好。"

许知景闻言，嘴角微微地上扬："好了，快吃吧。"

从肯德基出来，已是夕阳西下。两个人顺路，一起坐公交车回家。许知景到阮冬天下车的那站就下了，目送她进了家属院的大门，才心事重重地往家走。

走了一百来米，路过一家音像店。许知景在门口站了好一会儿，终于抬步走了进去。

音像店老板热情地迎了上来："同学，想看点什么，动作片还是喜剧片？"

许知景犹豫了半天，说："老板，有没有男主角猛一点的？"

老板倒吸了一口气，现在的少年口味不一般啊。他又纠结又犹豫，他倒是有点压箱底的东西，要不要给呢？可是眼前这孩子分明还是个高中生啊，他不能带坏祖国的花朵啊！

许知景见老板一脸为难，以为他没听懂，解释道："就是那种阳刚一点的，肌肉多一点的，然后看上去有安全感的。"

他解释得着急，突然眼前一亮，指着前方右手边《速度与激情》封面上的范·迪塞尔，说："就是他这样的。"

老板抹了一把额头的汗，尴尬地笑："哈哈哈，哈哈哈，你要的是这种啊。你等等，有的是。"

老板抱回来一大摞，最上面的赫然是一盘《金刚》："来来来，这里面的男主角肌肉都很好。成龙、范·迪塞尔、史泰龙、赵文卓，你要是觉得不够味，还有这个。"老板说着，拍了拍最上面的大猩猩。

"老板，没有这些人的贴画或者海报吗？"许知景有些不满足地摇摇头，他记得班里的同学有喜欢的明星，总会带他们的贴画、海报、明信片去教室炫耀。

现在是周杰伦、五月天风靡全国的时候，音像店卖得最好的是他们的专辑和海报，这种肌肉猛男根本没有市场。

老板愣了愣，一拍脑门："你等等，我找找。"

五分钟后，老板从一堆落了灰的箱子底部捞出来一张海报："喏，你看看这个喜不喜欢？这可是我特意留的，史泰龙的。"

老板睁眼说瞎话，这明明是盗版的，上面的史泰龙都有些模糊，要不是许知景要，他回头就送进炉子里烧火了。但不妨碍许知景能看到史泰龙的肌肉，一块块的，散发着力量与阳刚之气。

许知景满意了："好，就是他了。"

许知景抱着一摞 CD 回了家，先是把史泰龙的海报展开，虔诚地贴在床头。然后打开影碟机，开始看电影。晚上十二点多实在熬不住了才去睡，第二天睁眼继续看。越看越惆怅，越看越沮丧，忍不住，给霍飞宇打电话。

霍飞宇正欢乐地啃着鸡腿，一边吃一边感叹能接到许知景主动打过来的电话："许知景，咋了？"

许知景有些萎靡地问："霍飞宇，你觉得我胖吗？"

霍飞宇被这个问题问得有点蒙，看着手上的鸡腿，难过地说："许知景，你故意的对不对？你哪里胖了，你明明很瘦好不好？！"

许知景听了更不开心了："那，怎么样能胖点壮点呢？就跟史泰龙似的，有很多肌肉。”说这话的时候，许知景还看了一眼墙上的史泰龙，好羡慕。

“使劲吃啊，多吃肉、多吃饭、多喝牛奶什么的。”霍飞宇啃了一口鸡腿，对于长胖，他实在是太有心得了，“实在不行，你在床头挂个史泰龙，每天膜拜，达到心理安慰的效果也可以啊。”

“啊——”许知景恍然大悟，原来这样就可以，“谢谢你啊，霍飞宇，我知道了。”

挂了电话的许知景对着史泰龙看了又看，心理安慰有了，下一步就是多吃了。他不喜欢吃肉，饭也一般般，牛奶还可以，那就多喝点牛奶吧。

三天后，将牛奶当水喝的许知景，吐奶了。

许妈妈抱着他哭：“儿子，你有什么想不开的，你跟妈说，不要这样折磨你自己好不好？！”

许知景打了个嗝，看着已经哭成泪人的许妈妈。

好吧，要想胖，只能另想他法了。

第二天，依旧沉浸在自己怎么样才能拥有壮硕的肌肉和宽广胸襟的许知景上完体育课，回教室时，看到隔壁六班闹哄哄的。其中有一道声音，格外清晰：“快快快，快把阮冬天背到医务室去！”

许知景拉住一个六班的同学，焦急地问：“阮冬天怎么了？”

“阮冬天从椅子上摔下来了，流了好多血，腿可能也断了。”

第三章

他的睡美人

阮冬天的班主任兼语文老师叫解红军，长得白白胖胖的，戴着一副圆圆的眼镜。板起脸来凶得很，大家给他起了个外号——大螃蟹。

开学第一天的语文课，他就下了规定——每天的语文课前，按学号顺序，轮到哪位同学，哪位同学就要上黑板写下一个成语以及成语的意思，再写一段或励志或优美的句子做积累，这样三年下来，大家就可以积累无数的成语句子。高考甭管碰到哪一个，就是赚了。

今天正巧轮到阮冬天，她顺手从讲台边搬了把凳子就爬了上去。讲台上有两把凳子，原本都是好的，可不知被谁给换了，新换的凳子有条腿不大结实，她爬上去，承受不住重量的那条腿晃了晃，“咔嚓”一声断了。

阮冬天的手在空中挥舞了两下，“扑通”一声摔了下来。不光扭到了脚，胳膊也正好砸在凳子上突出的钉子上，出了好多血。

许知景冲进六班教室的时候，讲台前闹哄哄地围了一圈。他费劲地挤进去，就看到了坐在血泊里的阮冬天。

他冲过去，伸手按上阮冬天的肩头："阮冬天，你怎么样？"

阮冬天正疼得抽气，看见许知景还以为自己失血过多产生了幻觉："许知景，你怎么来了？"

许知景的目光沉沉，不答她的话，反而说道："我先送你去医务室。"

说着，他蹲下身，侧头看着阮冬天："赶紧上来，我背你去。"

阮冬天一愣："啊，你背我去？"

"愣着干什么？赶紧上来啊。"许知景有些急。

阮冬天还在犹豫，一直扶着她试图让她站起来的赵晓曼也急了："哎呀，别磨蹭了，赶紧上去。"

说完，赵晓曼不由分说地把她扶到了许知景的背上，教室里的其他人自觉让开了一条路。

一中的医务室在教学楼的最后面，靠近操场，是一栋两层小楼。一楼是诊室，二楼是休息室，小楼后面还种了两棵梧桐树。

阮冬天伏在许知景的背上，许知景有些瘦，后背的蝴蝶骨硌得她有点疼。但莫名的，阮冬天就觉得安心，觉得他瘦削的背，也能扛起山和水。

过了一会儿，她开始悄悄地挪动。

许知景感觉到她的动作，连忙问："怎么，疼得厉害吗？"

"没，不是很疼。"阮冬天有点羞赧，"许知景，我……是不是很胖啊？"她都听到他"呼哧呼哧"的喘息声了。

许知景的呼吸顿了一下："没有，你很瘦，是我平时锻炼少。"

"哦。"阮冬天信了他的说法，偷偷摸摸地开心之余，又说，"那你以后得多锻炼，壮一点，要不然以后结婚都抱不动新娘子了。"

宁城结婚有旧俗，新娘要新郎抱着进新房，脚不能沾地。阮冬天跟着奶奶去参加过几场婚礼，觉得新奇，记得也清楚。

许知景听了，眼神变了变，说："嗯，我知道了。"

医务室的医生是个女人，三十多岁，优雅美丽，穿一件白色的大褂，看见他们进来，赶紧扶着阮冬天坐下。她先掀起了阮冬天的裤腿，检查她的脚踝。

阮冬天本就生得白，又捂了一个冬天，越发白皙。许知景看着她莹润的肌肤，轻咳一声转过了头。

医生捏着她的脚检查了一番，柔声说："虽然看起来红，但没伤到骨头，先冷敷一下，我再给你开个喷雾。记得这几天脚踝不要用力，小心养着就行。至于你胳膊上的伤口，"医生说着，皱了下眉头，"刚才你说是钉子扎的，是吗？"

阮冬天跟小鸡啄米似的点了点头："嗯。"

"伤口不长，有点深，倒是不用缝针。但是是钉子扎的，得给你打针破伤风，以防感染。"

阮冬天吓得眼都直了，结结巴巴地说："还，还得打针啊？"

天不怕地不怕的阮冬天，活到现在，最怕的就是打针。她只要想到那细细尖尖的针头往她肉里扎，她就会"哇"的一声哭出来。

医生看她瞪着圆溜溜的眼睛一脸惊悚的样子，觉得可爱极了，哄她："没事，不疼的。"

打针哪有不疼的？！

医生给她的伤口消完毒，转身进里间配药去了，阮冬天抬头可怜巴巴地看着许知景。

许知景觉得她这个样子跟只小哈巴狗似的，又萌又可怜，他缓声道："你怕打针啊？"

虽然不想承认，但阮冬天还是软趴趴地点了点头："嗯。"

"没事。"许知景忍不住拍拍她的肩膀，"要不然，待会儿你就抓着我的手。你要是感到疼，就用力捏我。"

他们的对话没避人，医生听得真切，觉得少年少女这样的对话格外可爱。但是现在，她要打断他们了。

她撩开帘子走出来说：“那不行啊。”

两个人齐齐地看过去。

医生放下手中的托盘：“我们待会儿是要打屁股针，你可不能待在这里握着她的手啊。”

此言一出，两个人闹了个大红脸。

医生笑着挽起阮冬天的袖子：“好了，咱们先做一下皮试，看你过不过敏。”

看着阮冬天瞬间紧绷的肌肉，医生微笑着转过头，对许知景说，“这位同学，你还是先转过头去吧，要不然待会儿你会难受的。”

许知景不明所以：“没事，我不怕。”

“我知道你不怕啊，但是你看到针头扎进小女生的皮肤里，你就会知道了。”医生默默地想。

果然，片刻之后，许知景看着扎进阮冬天皮肉里的针头，整个人都紧绷起来，忍了又忍，还是把头转了过去。

阮冬天的皮试良好，没有过敏反应。医生又给她打了屁股针，开了张假条，说：“还有两节课就吃午饭了，你先别去上课了，上楼歇息一会儿，还得给你的脚冷敷呢！”

说到上课，阮冬天才猛然清醒过来，转头看墙上的时钟，整个人都不好了：“许知景，第三节课上课了。”

许知景淡定地看了一眼时间：“没事。”

“我这里没事了，躺着休息就行了，你赶紧回去上课吧。”阮冬天也没想到时间过得这么快，催促许知景赶紧回去。

许知景眉头微蹙：“你一个人行吗？”

“行，行得很，再说还有医生呢！”阮冬天忙不迭地点头，“你就放心好了。”

“那好吧，你老实待着不要乱动，我中午给你带饭过来。”

“好。”

许知景回到教室时，第三节课已经开始了二十分钟。数学老师四十岁出头，是个十分严肃正经的人，即便是许知景这样的好学生，也说了他两句，然后才叫他进去坐下。

许知景从小到大因为长得好，再加上成绩优秀，从来没有被老师批评过，这次因为阮冬天，也算是开了先河了。

他一坐下，霍飞宇就捧着书本靠近他，小声地问：“阮冬天怎么样了？”

两间教室离得近，霍飞宇一上来就听说了。六班那边咋咋呼呼半天，都没有把阮冬天往医务室送，还是许知景送去的。霍飞宇一边赞叹许知景的临危不乱，一边又遗憾为什么送阮冬天去医务室的不是他，要不然他也能在阮冬天面前表现一回。

许知景把书抽出来，看了数学老师一眼，低声道：“没大事。”

“那她在哪呢，回来上课了吗？”霍飞宇继续问。

“没，医生让她在医务室休息。”许知景摊开课本。

“那我中午要不要去探病？毕竟现在我们也算是朋友了。”霍飞宇征询许知景的意见。

还没等到许知景的回答，就听到头上传来阴恻恻的声音：“霍飞宇！”

霍飞宇一个激灵，抬头对上数学老师的眼睛，整个人都不好了：“老……老师。”

“你上来，把这道题做了。”数学老师扶了扶眼镜框，沉声说。

霍飞宇抖着腿肚子上了讲台，五分钟后，嘤嘤哭泣：“老师，我不会。”

“你不会？我看你说话挺会的，怎么做题就不会了？”数学老师恶狠狠地盯着他，“下去好好听课，再说话，我就让你上来说个够！”

数学老师虽然严厉了点，但他从来不体罚学生。

当然，这对霍飞宇来说都不是致命的。最致命的是数学老师和他家住一个小区，数学老师又是个从来不会撒谎的人。他妈下楼遛弯，十次能遇见数学老师八次，估计今天晚上，他又少不了一顿“竹笋炒肉”了。

许知景从来没有觉得上课是煎熬，可是现在，他觉得在教室的每一分钟都格外漫长。好像时空被扭曲，时间被无限拉长，又拉长。

好容易熬到最后一节课下课，他站起来，第一个冲出了教室，留下面面相觑的同学，许知景是被狗追了吗？

阮冬天今天定的是卤肉饭，许知景定的是鸡腿饭，他看了看，把自己的鸡腿夹到了阮冬天的盘子里，然后拎着打包好的盒饭去给阮冬天。

推开205的门，靠墙的单人床上，躺着个小小的女生。

窗户敞开着，微风吹动了梧桐树的叶子，簌簌地响。半截窗帘，随风飘舞，遮住了阮冬天的半张容颜。又是一阵风，窗帘卷起，露出她恬静的睡颜。

她就这样躺着，盖着蓝色格子的薄被，侧着脸，睡得正香。眉宇间的神采飞扬换成了恬淡，不变的是她白到发光的肌肤，叠翠如远山的眉，长而密的睫毛，翘挺的鼻子和那张染着霞色的红唇。

一瞬间，许知景想起了小的时候妈妈在床边给他讲的故事，故事的名字叫《睡美人》。

童话故事里的睡美人，躺在玫瑰堆叠的床上等着她的王子吻醒她。

许知景不是王子，可是这一天，他的心里有了属于他的睡美人。这是他的秘密，无人知晓。

“许知景，你站在门口不进去干吗呢？”霍飞宇的大嗓门将许知景的思绪从无边无际的虚空拉回来的同时，也惊到了正在浅眠的阮冬天。

阮冬天揉着眼睛坐起来，说了一声：“许知景，你来了啊？”

许知景凉凉地瞪了一眼霍飞宇，在他的一头雾水中，走了进去：“嗯，放学了，你饿了吧？我给你带了饭过来。”

说着，把带来的饭盒摆在床头的柜子上，还贴心地给她递了保温杯：“先喝口水润润嗓子。”

“好。”

阮冬天的脚已经做了冷敷，胳膊也包扎了，现在没那么痛，就是有些行动不便。她抱着腿给自己调整了个舒服的姿势，又看霍飞宇：“霍飞宇，你怎么也来了？”

“来探望伤员啊。”霍飞宇一屁股坐在阮冬天旁边，晃了晃手上的饭盒，“我本来想和许知景一块来的，可惜他跑得太快，我没追上，喊了半天都不理我。”

许知景已经把饭盒打开，把筷子递到了阮冬天手中，听到霍飞宇的抱怨，淡淡地睨了他一眼：“你说来探病，带了什么？”

霍飞宇一愣：“我带了盒饭。”

“那是你自己吃的。”许知景嫌弃地看了他一眼。

霍飞宇挠头：“阮冬天也可以吃。”

“她不喜欢吃。”许知景在阮冬天对面坐下，示意她赶紧吃饭。

霍飞宇忧伤：“许知景，你不拆穿我能死吗？我虽然没带东西，但是我有心意啊，心意抵万金好不好？阮冬天，你说是不是？”

阮冬天咬着筷子猛点头：“是是是，能把空手探伤员说得这么有道理的，也只有你霍飞宇了，旁人都干不出来。”

许知景笑起来，眼睛弯弯的，像璀璨的星河。

“你们合起伙来挤对我。”霍飞宇不但没有生气，反而得意扬扬地说，“学校也没什么好东西，阮冬天，等你腿好了，我请你吃四柳胡同的涮羊肉，把你受的伤全部补回来，怎么样？”

“好啊，好啊。”阮冬天点头，又指了指他的盒饭，“吃肉回头再说，你也赶紧吃饭吧，都凉了。”

吃饭的时候阮冬天发现自己的饭盒里多了一块鸡腿，她看了一眼许知景的饭盒，瞬间明白过来，鸡腿是他给的。

学校的鸡腿饭她也定过，除了鸡腿，配菜是酸辣土豆丝和凉拌豆皮，许知景的饭盒里现在只有土豆丝和豆皮了。

她把鸡腿夹回许知景的饭盒里。

许知景看着眼前多出来的鸡腿，蹙眉看阮冬天："怎么不吃，不好吃吗？"

"肉都给我吃了，你吃什么？"阮冬天说，"我碗里有肉，今天就不吃你的鸡腿了。"

许知景知道她看出来了，仍旧把鸡腿夹回给她，缓声道："我这两天胃有点不舒服，鸡腿不容易消化，你帮我吃了刚刚好。再说你受伤了，刚好补一补。"

阮冬天狐疑地问："真的？"

"真的。"许知景颔首，一脸无害，"我什么时候骗过你？"

阮冬天还是那个阮冬天，对于肉有着无限的喜欢，也不再多想，欢欢喜喜地把鸡腿吃了。

霍飞宇捧着饭盒，视线在许知景和阮冬天之间扫视片刻。他总觉得哪里不对劲，但是到底哪里不对劲呢？对不起，他没想出来。

他们吃完饭收拾好，赵晓曼风风火火地从食堂赶过来。毕竟是在学校，两个大男孩搀扶着一个女生走路难免会引人侧目，有赵晓曼就好多了。和医生告别后，赵晓曼搀着阮冬天往教室里走，身后跟着许知景和霍飞宇两个保镖，权当护卫了。

下午放学，依旧是赵晓曼搀扶着阮冬天下楼，远远就看见霍飞宇推着他那辆蓝色的自行车在楼下等着。

阮冬天脚受了伤，原本还在纠结怎么回家，正好霍飞宇每天骑自行车上学，闻言二话没说借出了自己的小爱驹。其实他想自己送阮冬天回家的，可惜被许知景截了和。

三月春归的好时节，有匆匆的行人。许知景慢慢地骑着自行车，后座上载着阮冬天。

阮冬天住在宁城大学家属院，她的爷爷和奶奶都是宁城大学的教授，更是元老级别的建校者。老两口是第一批住进家属院的，这些年一直没有搬走。虽说是有些年头的小区，但与宁城大学只有一墙之隔，交通便利不说，里面设施也齐全，又是住了一辈子的地方，所以谁也不愿意搬。

阮凤璞先生是宁城大学教育学院的老教授了，退休前是教育学院的院长，因为学识渊博授业水平高超，被学校返聘，依旧在校上课。

这天刚好下午有节课，他上完了课背着手溜达回家，一抬眼，看到了自家楼下站着两个孩子。

那个个子矮点扎马尾的，一瞅就是他心爱的小孙女，至于个高的小伙子，他眯着眼睛打量了一下，不像是止戈啊。

阮教授往前再走几步，喊她："冬天啊，干什么呢？"

阮冬天和许知景齐齐地看过去，阮教授看清许知景的脸，在心中叫了一声"好"。是个生得极好的男孩子，眉眼秀气，气质独特，年纪尚轻，但能看出风骨。如冷玉剔透，又如山风飒飒，是个令人赏心悦目的好孩子。

"爷爷，你回来了！"阮冬天欢快地挥舞起没有受伤的右手。

阮凤璞踱步过来："站在这里说话像什么样子？上去说。"

"许知景，这是我的爷爷。"阮冬天"嘿嘿"一笑，给两人做介绍，"爷爷，爷爷，这是我的同学许知景。"

许知景乖巧地打招呼："阮爷爷好。"

"好，都好。"阮教授笑眯眯地答应一声，"走，不在楼下站着了，咱们上楼说话去。"

老先生开了口，再加上阮冬天腿脚还不方便，许知景也没有再拒绝。

“那就打扰了。”

他停好了车，顺手搀上阮冬天，阮教授这才发现他家乖孙女的脚好像有问题，连忙问道：“小阮阮，你的脚是怎么了？”

阮凤璞和妻子只生了一个儿子，儿子也只得了阮冬天这么个小宝贝。阮家父子都把她捧在心尖，不知道怎么疼才好。以姓为名，给她起了个乳名叫阮阮。既是乳名，阮冬天正式读书以后，阮教授便很少在外人跟前这么叫她，这次也是着急，让许知景听了去。

阮冬天借着许知景的胳膊一跳一跳地往前走，大大咧咧道：“没事没事，就是崴了一下。”

“怎么弄的，还疼不疼，要不要爷爷带你去医院看看？”阮教授不放心。

“不用不用，我去校医院看过了。”阮冬天见爷爷不放心，拽了拽许知景的袖子，“不信，你问许知景，还是他送我去的医务室呢。”

被骤然提名的许知景连忙说：“阮爷爷，您放心，医务室的医生说没什么大事，养两天就好。”

两个孩子都这么说，阮教授也不再追问：“那好吧，要是有哪里不舒服，赶紧和爷爷说。”

“好嘞，知道了。”

阮冬天的家在三楼，开门的是她奶奶钟教授。奶奶出身大户，年轻的时候留学海外。在海外认识了阮凤璞，两人成婚后接受了宁城大学的邀请，归国任教。阮教授做了宁城大学教育学院的筹备者，钟教授则去了外语学院教英语和法语。前两年钟教授退了休，已经不在学校任教，只潜心翻译些国外的文学作品。

钟教授开门迎了一行三人坐下，笑眯眯地给许知景端来了新切的水果。

“知景，谢谢你送冬天回来。”钟教授把水果递到许知景面前，“冬天老是在家说起你，我一直很好奇，也想见见你。既然来了，就不要拘束，当在自己家一样。”

许知景的脸有点热，双手伏在膝头：“谢谢奶奶。”

许知景并没有在阮家待太长时间，他得早点回家，免得家里人担心。

阮冬天跳着脚站在门口送他，他穿好鞋子直起身，理了理身上的书包，说：“那你明天在家等我，我来接你上学。”

“好呀好呀。”阮冬天倒也不客气，“不过你能找得到吗？”

她这是在怀疑他的智商吗？

许知景轻叹一声：“放心吧，我不是你，路记得很清楚。”尤其，这还是通往她家的路。

阮冬天皱了皱鼻子：“拐着弯地说我笨，说完了你能长块肉吗？”

许知景笑了：“不长肉，但能开心。”

“……”阮冬天觉得，许知景好像学坏了。

送走了许知景，阮冬天瘸着腿去书房里写作业。阮教授和钟教授打小教得好，阮冬天很有自制力，什么时间做什么事，从来不用大人催。

阮教授坐在小马扎上帮忙摘豆角，一边摘，一边说：“钟教授，你觉得今天的许家少年郎怎么样？”

相濡以沫这么多年，钟教授怎么会不知道阮教授在想什么，于是问道：“怎么，你的孙女婿人选里又多了一个名额？”

“不多不多，还在考察阶段，没有正式上榜。”阮教授煞有介事地说。

钟教授觉得好笑：“别人家的孩子这个年纪，看见自家女生和男孩子一块，跟出了天大的事似的，怎么到你这里就变了样了呢？”

“你忘了，小阮阮这个年纪，正是对男女之情好奇的阶段。你越是当洪水猛兽地防着，她越是好奇，越是想尝试。反之，若正大光明地摆到她面前，她反而没有那么多好奇心，能够坦然面对。”阮教授把最后一块豆角放进篮子里，说，“少年早恋，宜疏不宜堵，堵得狠了，反而要出大事。所以我就这么摆出来，你看看阮阮，她从不在这种事情上纠结，也不上心了。”

“所以啊，这才是你的心机所在。”钟教授闻言笑了，又忍不住说道，“虽然知景这个孩子很不错，但是说实话，我还是更喜欢止戈。知根知底不说，他和阮阮从小一起长大，情分可不一般。”

“哎，话可别这么说。”阮教授直起腰来，往书房的方向看了一眼，“世事无常，谁说认识得早，就一定有优势了，切莫忘了，后发制人啊。”

第二天一早，许知景就来接阮冬天了。

她洗了头，头发还没有全干，搭在蓝白色的校服上，晕开了一个个小小的水圈。她的脸越发白了，眼睛也越发黑，嘴唇更是红润。

阮冬天冲他笑，眉眼如画，还有洗发水淡淡的馨香往鼻子里钻，他手脚都不知道往哪里放了，整个人都有点呆呆的。

阮冬天是个没心没肺的，像发现了新大陆似的看许知景：“你脸怎么红了？”

闻言，许知景的脸更红了。

他原本就极为秀气，脸颊上又多了红色，莫名叫阮冬天想到了一个词——秀色可餐。

“没什么，我今天穿得有点多。”许知景徐徐地吐了口气，试图掩盖什么。

阮冬天浑然不知地抬眼看了看天边说：“嗯，天是暖和了，不过我奶奶说了，不到清明不脱袄，还是让我多穿点。”

许知景心里原本是有些懊恼的，有种被人看到心事的窘迫，可对上阮冬天一双清明的杏眼，他突然又有些释怀，还有点庆幸，好在她没有继续追问下去。

两个人下了楼，钟教授追出来，给阮冬天戴了顶帽子，又理了理她的头发："洗了头也不知道戴顶帽子，万一吹了风可是要感冒的。"

阮冬天捏着帽檐笑嘻嘻："哎呀，我不是忘了嘛，谢谢奶奶。"

钟教授捏了捏她软绵绵的小脸，把包好的鸡蛋糕塞进许知景的手里："知景，这是新做的鸡蛋糕，你带着。"

许知景连忙摆手："奶奶，我吃早饭了。"

"吃了早饭也没关系，你留着下课吃。你们现在啊，正是长身体的时候，你看看冬天，一天恨不得吃八顿。"

说完，钟教授又想起了什么，嘱咐道："冬天的我已经给她了，你可不许把你的分给她了，吃成小胖子了可怎么办？"

阮冬天不满意，哼哼唧唧地说："我哪里胖了？"

她转头看着许知景，凶巴巴地问："许知景，你看我胖吗？"

许知景老实地摇头："不，你一点也不胖。"

钟教授看着他们一来二去的模样，微微笑了起来，眼里藏着洞察世事的清明。

两人正准备走，金止戈从自家一楼的小院子里探出头来，脸肿得跟只小猪头似的。他瞪着一双金鱼眼泡的眼睛，问阮冬天："阮冬天，你今天怎么没叫我啊？"还是他妈妈把他提溜起来的。

阮冬天看见他，"哼"了一声："我怎么叫你啊，没看见我脚受伤走路都不利索了吗？"

金止戈顿了一下："你受伤了，什么时候的事？"

金止戈是真不知道，他昨天早晨和阮冬天上学的时候就和她说，这些天中午和下午都不能和她一块吃饭和回家了。金止戈喜欢打篮球，最近有春季高中联赛，每天都忙于训练，更何况他和阮冬天还不是一个班的，阮冬天受伤的消息他自然是一无所知。

"你别急，等我洗个脸送你去上学。"金止戈到底还是担心她，说着就要往屋里冲。

阮冬天叫住他："你别忙了，没看见许知景在这里吗？你收拾完再走呗，反正还有时间。”

金止戈愣了一下，他这才看见站在阮冬天旁边的许知景。

从这学期开始，他们上下学的路上多了许知景，金止戈不是个矫情的人，再加上许知景的确是个值得交往的人，他很快就适应了。但是这也仅仅局限于路上，他从来没想到还能在家门口遇见许知景，方才不自觉地就把他给忽略了。

“啊，许知景也在啊。”金止戈挠了挠头，“那行，冬天就交给你了，谢谢你啊，明天就不用你过来了，我送冬天上学就行了。”

“没关系，我和阮冬天本来就是同学，照顾她也是应该的。”许知景看了看不修边幅的金止戈，微笑道，“不过明天，你也不用送她上学。”

“啊？”金止戈脑子没反应过来。

许知景淡淡地说：“明天是周六，不上学。”

阮冬天笑得前仰后合：“金止戈，你是不是傻？”

金止戈瞪了她一眼：“就你不傻，赶紧走吧，别耽误我洗漱。”

阮冬天冲他做了个鬼脸，和奶奶告别后，爬上了自行车后座：“走喽！”

许知景载着阮冬天一路到学校门口，正好遇见了阮冬天的班主任“大螃蟹”。

阮冬天是大螃蟹的爱将，昨天受了伤，作为老师的他是十分关切的。但是，让他更在意的是把阮冬天送进医务室的竟然是隔壁班的许知景。

这原本也没什么，同学之间相亲相爱，作为老师十分欣慰。

但是，谁让许知景的班主任竟然是和他八字不合的周越，就昨天一天，他已经在他耳边叨叨了八遍，什么“解老师啊，你们班同学的凝聚力不行啊”，“看看，阮冬天摔成那样了，你们班竟然没人把她往医务室里送，还是我们班许知景送去的，啧啧啧”……

大螃蟹气得翻白眼，让你们班许知景送了吗？我还没嫌他腿快呢！

但是送阮冬天去医务室的人确确实实是许知景，这个铁一般的事实摆在眼前，大螃蟹只能努力把周越的话当成耳旁风。转眼回了教室，趁着自习来了一场以“凝聚高一六班向心力”为内容的演讲，听得孩子们热血沸腾，只恨自己不是在马路上，不然铁定扶着老奶奶过马路。

阮冬天和许知景看见大螃蟹，双双停下来打招呼：“解老师好。”

“好，都好。阮冬天，你脚和胳膊都没事了吧？”大螃蟹首先关心自己的手下爱将。

“没事了，养两天就好了。”阮冬天说。

“嗯。”他点点头，看向许知景，“许知景，老师还没谢谢你呢，昨天是你把阮冬天送进医务室的吧？”

这会儿看见许知景，大螃蟹心里叹息：“好好一孩子，怎么就跟了周越那个二百五了呢？”

许知景面不改色地说：“老师，照顾同学是我应该做的。”

他虽然说得冷淡，但是大螃蟹觉得这样刚刚好，男女同学之间还是不要太亲昵的好。不过，他内心盘算着——许知景真是个好苗子，不知道用什么方法，可以把他拐到自己班里来。

也许是他看许知景的眼神太过热切了，许知景觉得全身汗毛都要竖起来了：“解老师，请问您还有什么事吗？”

大螃蟹回过神来，大手一挥：“没事，上课去吧。”

许知景和阮冬天上楼，两个人压低了声音讲话。

“阮冬天，你有没有发现刚才解老师看我的眼神格外可怕？！”许知景悄声道。

“安了安了，我估计他也没想别的，只是开始琢磨怎么样可以把你拐到我们班里来，当他的学生。”阮冬天道。

许知景觉得神奇：“你怎么知道？”

阮冬天笑嘻嘻地回复他的疑问：“不仅是你，他恨不得把年级前五十名全拐到我们班里来，这样他就可以傲视群雄，尤其是你们班主任，周老师。”

谢老师和周老师的恩怨，许知景也是听过一些的。当年他们一块毕业来到宁城一中教书，原本也是相互扶持的好兄弟，谁知有一年秋天的拔河比赛，大螃蟹带的班和周老师带的班争冠军，场面太热情，一时激动过头的大螃蟹被自己绊了一脚，趴下之前扯到了周老师，顺便把他的裤子扯了下来。

那一天，秋高气爽，万里无云。整个操场一片安静，只有趴着的大螃蟹和站着的周老师，以及那香艳的海绵宝宝小裤裤。

这一场景被列入嘉林附中十大奇景之一，也成功地让周老师和大螃蟹成了冤家。

许知景闻言，对阮冬天的说法深以为然：“要不以后我还是避着他点，省得以后被周老师知道了，又要开战了。”

阮冬天拍许知景的肩膀：“少年，你很有觉悟嘛！”

阮冬天伤了脚的事，周青也很快知道了。

之前阮冬天说，如果他再威胁人就不理他了。周青表面上装作不在意，但是以后再也没干过威胁同学的事了。

周青没在上课的时候找阮冬天，而是在她回家的必经之路等她。他看见她坐在许知景的后座，浓黑的眉毛皱了皱，很快又恢复了平静。

许知景也是认识周青的，到他跟前就停了车，阮冬天挨着后座小心地下来，问他：“周青，你怎么在这？”

周青的校服拉链开着，露出里面白色的T恤，痞里痞气地瞅了一眼阮冬天，露出一口大白牙：“没事，我就是听说你受伤了，看看你残了没有。”

“狗嘴里吐不出象牙，等我好了，非收拾你不可。”阮冬天瞪了他一眼，觉得他这样很欠揍。

看阮冬天中气十足的模样，周青就知道她没事，心里放心了。接着他把视线往许知景脸上移："许知景，你过来，我和你说点事。"

许知景微微一愣。

阮冬天却像护小鸡仔的老母鸡似的，一脸警惕地看着周青："你想干吗？"

"怎么，害怕我把他吃了？"

周青揶揄了阮冬天一句，看向许知景的眼睛里却藏着挑衅："哎，我说，许知景是吧，你到底过来不过来？"

阮冬天护着他的模样，许知景尽收眼底。他黑色的眸子里有暖意，缓声道："没事，我过去一下，你在这里乖乖待着，别碰到了脚。"

"那好吧。"阮冬天说，又冲周青做了个凶狠的表情，"青子，你可不能再欺负他！"

"有你镇着，我哪敢呢？"周青翻了个白眼。

宁城路边的法国梧桐，此时嫩芽生长，绿叶葳蕤。周青和许知景隐在一颗粗壮的法国梧桐树后，与阮冬天隔着五六米的距离。

周青掏着口袋，问许知景："你和王瑶是什么关系？"

第四章

变成小秃头

王瑶这个名字不算稀少，而且刚好许知景也认识一个王瑶。虽然他不知道周青为什么会在此刻提起她，但把他和王瑶扯上关系，让他本能地觉得不舒服。

“没什么关系。”

“没什么关系？”周青走近一步，似乎这样就可以把许知景看穿，“既然你和她没有关系，那她为什么要因为你去找阮冬天的麻烦？”

周青知道王瑶要收拾阮冬天的事，纯属意外。

前两天他在外面的游戏机店里打游戏，碰到了隔壁七中的几个学生也来玩。原本一中和七中就不对付，两个小团体的学生彼此之间见面也都是鼻子不是鼻子眼睛不是眼睛，不过只要没有什么大事，大家也就是互瞪一眼，努力保持相安无事的局面。

游戏玩了一半，周青去上厕所，听到七中的学生在聊天。他原本也不在意，只是可巧听到了“阮冬天”三个字。

王瑶因为之前的事对阮冬天怀恨在心，一直想找个机会教训教训她。但是王瑶很清楚，阮冬天学习好，上头有老师喜欢不说，下头还有周青罩着，很难对她做什么。所以王瑶就托关系，找到了七中几个不学无术的学生，希望借他们的手教训一下她。只是王瑶千算万算，怎么也没算到在一间小小的厕所里，算计阮冬天的事让周青听了个一清二楚，周青当即就恼了。

结果当然不言而喻，一中的孩子们收拾了七中的娃娃们一顿不说，也把要找阮冬天麻烦这件事扼杀在了摇篮里。至于王瑶，一个女生，周青也不可能对她怎么样，想着趁课间把王瑶叫出来，让她以后不要打阮冬天的主意就是了。

最让周青在意的，是许知景。

他怎么看，都觉得是因为许知景这个小祸水，才让阮冬天差点遭了无妄之灾。

许知景听他说完，一张脸冰冷得厉害。

周青咳了一声，慢吞吞地说：“阮冬天是个没心眼的，这件事我也不打算让她知道，省得脏了耳朵。你和阮冬天交好，我没意见，可如果因为你让阮冬天受到伤害，那我就不能坐视不理了。”

许知景冷峭的眼神落到周青脸上，半晌才开口：“我知道怎么做。”

“你知道就好。”周青哂笑，回头看到阮冬天那几乎伸成长颈鹿的脖子，率先走了出去。

“行了行了，再瞅下去脖子都要断了。”

“你们说完了？”阮冬天的眼睛都快瞪得跟月亮一般大了。

“说完了。”许知景也走了出来。

“你们说什么了？”阮冬天控制不住自己的好奇心，真的很想知道他们躲在大树后面说了什么。

许知景和周青对视一眼，非常有默契地保持沉默。

结果就是，阮冬天更好奇了。

这丫头磨起人来要人命，许知景也招架不住，他实在没办法了，看了眼周青，说："其实也没什么事，就是周青问我怎么才能好好学习，考到年级前三名。"

周青猛地咳嗽起来，难以置信地看着许知景，眼里写满了"许知景你是魔鬼"几个字。

阮冬天也愣了，怎么也没想到会是这么个答案，她揉了揉脑袋，半晌才说："想学习是好事啊，干什么背着我，不让我知道？"

"要脸。"许知景精辟地总结。

"啊——"阮冬天了然，男孩子的自尊心嘛，她晓得了。

随即她又兴致勃勃地问许知景："那你答应教他了吗？"

"没有。"许知景干脆道。

"为什么？"阮冬天也好奇。

许知景看了周青一眼："水平太低，段位和我不匹配。"

阮冬天："……"

周青咆哮着扑了上去："许知景，我杀了你！"

当然，周青到最后也没能"杀"了许知景，要不然，谁送阮冬天回家？！

扭了脚，阮冬天周末哪里也没去，只能乖乖在家躺着。她原本是个闲不住的性子，做完作业肯定要出去溜达溜达的，还在惆怅伤了脚会觉得无聊，刚巧电视台在重播吴奇隆版的《萧十一郎》，她如痴如醉地看了两天，竟然觉得时间过得比之前都要快。

星期一上学的时候，阮冬天的脚就好得差不多了，只要不是剧烈运动，就跟没事人似的。

一进教室，赵晓曼就扑了上来："宝贝，快把你的语文卷子借我看看。"

阮冬天知道她的德性，一边往外掏试卷，一边说："你是不是又忙着练舞，没写作业了？"

在阮冬天看来，赵晓曼是个很神奇的女孩子。

她们这个年纪的女生，除了学习，最大的乐趣好像就是凑在一起说哪个班的男孩子生得比较好或者芳心暗许，又或者直接下手。但是赵晓曼不一样，学校里再好看的男孩子，她最多八卦两句，都不会喜欢。

她喜欢的是她独一无二的爱豆，喜欢他们站在舞台上光芒万丈的模样，为了能够靠近他们也一直努力着。她学唱歌、跳舞、朝鲜语，为了这些可以废寝忘食，但就是不好好学习。不过每个人有每个人的选择，赵晓曼已经打算以后学影视表演了，高考艺术类分数线低，依着赵晓曼的学习程度，只要不出岔子，也是没问题的。

一早晨的鸡飞狗跳，阮冬天趁着早读课开始之前把作业收起来，送到大螃蟹的办公室。回来正好遇到霍飞宇，看见她，霍飞宇眼睛一亮。

“阮冬天，你脚好了吗？”

“好得差不多了。”阮冬天还特意伸出脚转了转。

“那好啊，放学了咱们去四柳胡同吃涮羊肉，我之前答应你的。”霍飞宇是个言出必行的好孩子。

阮冬天掐着手指头算了算：“放学去吃时间紧了点，要不周六呗？”

“成啊，没问题。”霍飞宇爽快地答应，“我叫上许知景啊，你看看叫着你同学，咱们一块去。”

“没有问题。”

阮冬天愉快地和霍飞宇约了饭，习惯性地先征询赵晓曼的意见。反正霍飞宇都说要带人了，她拉着赵晓曼和金止戈应该没有问题。

赵晓曼答应得干脆，她和阮冬天在吃的方面，有着惊人的一致——来者不拒。

至于金止戈，他这些天为了篮球赛忙得连人都见不到，还是阮冬天亲自去他家捉的。问他去不去，他挠了挠头，说不去了。

“周六有训练，我一个人也不好缺席。再说还有一个月就比赛了，得抓紧练习，不能让附中把冠军给夺了去。”

“那好吧，那我先去吃，回头觉得好吃，再带你去。”

阮冬天也不勉强，她和金止戈太熟悉了，知道他要做一件事肯定会全心全意地做好。

“我先回去了，你好好歇着吧。”

“嗯。”金止戈点头，又想起来什么似的，从书桌旁的箱子里掏出了一大袋东西，塞到阮冬天怀里，“拿着回去吃。”

“什么啊？”听见吃的，阮冬天眼睛都亮了。

“小浣熊干脆面，你喜欢的。”金止戈说，“前两天就想给你送去的，结果给忘了，正好你来了，一块拿回去吧。”

阮冬天假装矜持：“那多不好意思。”

金止戈还不知道她，故意说道：“没事，反正我也不吃，就当喂猪了。”

阮冬天一大包干脆面砸到他头上：“金止戈，你就不能说我点好？！我打死你算了！”

周六，阮冬天睡到十点多才起，周四和周五两天的月考简直丧心病狂，各科老师出的题一道比一道刁钻，大家从考场里出来，脸都是绿的。

好在睡了一大觉，阮冬天的精神又回来了。她先去书房里把作业写了个七七八八，然后掐着点出门，在公交车站牌等许知景。

她和许知景约好，先到她家门口的站牌，再和她一起坐35路去城西的四柳胡同。才刚到没一会儿，阮冬天就看到许知景走了过来。

天气暖和了，又是周六，许知景没有穿校服，而是穿了件深灰色的衬衣，外面套了件薄薄的圆领羊绒衫。少年清隽，缓缓走来，像极了阮冬天在漫画里看到的美少年，十分赏心悦目。

看见在站牌下的阮冬天，他平静的面容起了微微的涟漪。眼底的深幽也退了，变成了浅浅的笑意。

“等很久了吗？”许知景走近了问她。

“没有，我也才刚出来。”阮冬天笑眯眯地回答。

阳光洒下来，在她丝绸般的头发上镀了一层光圈，看上去很柔软。

许知景忍了又忍，才将心头那想摸一摸她头发的欲望按下去，就听见阮冬天说：“许知景，你这样真好看。”

阮冬天无其他想法，她只是单纯地喜欢一切美的东西，在她眼里，许知景就是美的。他干净、澄澈、昳丽，连声音都比其他人清越三分。对于美的东西，她会毫不吝啬地给予夸赞。

阮冬天却不知道，她这样发自内心的赞叹，在许知景的心里，掀起了怎样的涟漪。

“有吗？”许知景抿了抿唇。

“当然有了。”阮冬天点头说，“要不然咱们学校为什么那么多女生喜欢你！”

听赵晓曼说，还有高二高三的小姐姐特意绕到高一部来看许知景呢。

“那你呢？”这句话到了嘴边，许知景始终没有吐出来。他太通透了，明白他于阮冬天，只是要好的朋友而已。

“那也和我没有关系，我又不喜欢她们。”许知景沉声说。

他记得周青说过的话，当时就决定和阮冬天之外的任何女生保持距离。对于旁人，他从不在意，也不能让旁人的事情影响他和阮冬天的相处。

“也是，她们再喜欢你，你不喜欢也没用。”阮冬天说着，正好看见 35 路公交徐徐而来，“哎，车来了，赶紧过来。”

阮冬天招呼许知景上车，却不知道许知景在想什么，没动。阮冬天一急，伸手握住他的手腕，把他往车上拉。

“想什么呢？还不赶紧的！”

许知景看着那细白的手指，脑袋里有什么东西轰然炸开。他是个性情冷淡的孩子，自小不喜欢与人有过多的接触，就连他妈妈也是如此。五岁以后就不让他妈妈帮他洗澡了，为此许妈妈还难过了一段时间。

从五岁到十六岁，阮冬天是第一个离他这么近的女孩子。

阮冬天的手指柔软，轻柔地搭在他的手腕上，留下温热的触感。他一时不知道该如何反应，恍惚地被她拉上车，在后座坐下，整个人愣愣的，像一具任人摆布的木偶。

阮冬天发现他不对劲，拿手在他眼前晃："喂，喂，许知景，许知景，在吗？"

他猛地回过神来，被口水呛到，剧烈地咳起来。

阮冬天还以为是自己吓到了他，伸手轻拍他的后背："哎，你慢着点啊。"

好一会儿，许知景才停下了咳嗽，抬起头，眼底多了几丝水意，像是秋日夕阳下的一汪泉水。

"我没事了。"

公交车发动了，"嗡嗡嗡"的有些吵。阮冬天侧着脸看他，疑惑地问："你想什么呢？我叫你你都没反应。"

许知景无意识地揉了揉手腕，说："没什么，就是想到昨天的数学题，我好像算错了一个数。"

"你才算错了一个啊？"阮冬天压根没有发现他的不对劲，把自己往座位里缩了缩，"我光想起来的就错了三个，还有没想起来的。万一这次没考好，解老师肯定又要念叨我了。"

谁让大螃蟹是班主任呢。

许知景淡淡地笑："没关系，这次月考难度要高一些，考得比之前低也正常。再说，一次月考也代表不了什么，高考才是最重要的。"

"也是。"阮冬天心宽，听他这么说，瞬间把月考的事丢到了脑后，开始和许知景说一些学校发生的事。

许知景话不多，但他是一个很好的听众，恰到好处的回应使得阮冬天心中不禁感慨，还是许知景好啊，要是金止戈，不知道反驳她几百次了。

就这样一个讲，一个听，很快就到了四柳胡同。两个人下车，霍飞宇和赵晓曼已经在等着了。

看见他们下来，霍飞宇笑成了一朵花："阮冬天，许知景，你们快点啊。"

霍飞宇是个吃货，好吃，也会吃。四柳胡同的涮羊肉馆，是他偶然发现的，从此以后一发不可收拾。

馆子藏在巷子深处，装修也极为简单，但胜在收拾得干净。里面所有的羊肉都不是宁城本地的，而是从大草原空运过来的。大草原上的羊和本地羊不一样，它们不仅吃草，还吃沙葱。吃了沙葱的羊，肉质鲜嫩不说，还没有本地羊的膻味，简直是吃货一族的福音。

霍飞宇轻车熟路地点了菜，等着锅子里的汤汁"咕嘟咕嘟"冒泡，再把切得薄薄的羊肉往里面轻轻一涮，放进酱汁碟里沾一沾，丢进嘴里，又香又嫩，好吃得能将舌头都吞了下去。

阮冬天吃得停不下来，连向来不怎么吃羊肉的许知景也吃了不少。

结果就是，等到四人出门的时候，几乎是扶着墙出去的。

时间还早，不着急回家，他们决定去新世纪广场地下一层的游戏厅玩会游戏。

阮冬天扶着肚子说："不行不行，我吃得太多了，不能坐公交车，要不咱们走着过去吧。"

赵晓曼也在一旁拼命地点头："走走路，消消食，要不然都要撑死了。"

从这里到新世纪广场大概四五站路，不算远，再说两个女生都这么说了，霍飞宇和许知景也没有不同意的理由。

走了差不多有两站路，赵晓曼眼尖，突然指着对面马路说：“哎，你们看，那是不是姜姝？”

阮冬天转头一看：“好像是，哎，她身边的男生是怎么回事？”

隔着一条马路，他们清楚地看到了对面的情景。姜姝背了一个白色的帆布包在对面的蛋糕店前站着，一个个子挺高的男孩子拦着她。她往左走，男生往左堵，她往又右，男生往右堵。后来姜姝急了，转身就要往回走，却被那个男生拽住了手。她剧烈地挣扎起来，吸引了不少人的目光。

他们看得真切，姜姝这是被人给缠上了，都是同学，也没有视而不见的道理。

阮冬天回头看许知景：“许知景，我们要不要过去看看？”

许知景点头：“好。”

霍飞宇也摩拳擦掌：“光天化日之下就敢调戏我们班的女生，真是胆大包天了！”

四个人正准备出发，就看到对面冲过去一个男孩子，伸手将姜姝护在了身后，怒喝一声：“你干什么？！”

阮冬天停下了脚步，整个人一动不动。对面那个人她不只是眼熟，还很熟悉，是金止戈。

他明明跟她说今天篮球队集训，会训练到晚上八点，现在才下午五点二十五分，他却已经出现在了街头，还英雄救美地救了姜姝。

这一刻，阮冬天有种被欺骗的感觉。

“哎，那不是金止戈吗？他怎么在这里？！”霍飞宇也发现了金止戈，问阮冬天，“你不是说他有训练吗？”

刚才吃饭的时候，阮冬天亲口说过金止戈有训练所以不过来了。

阮冬天的脸色有点难看，勉强笑了一下，没有出声。

许知景的眼神从阮冬天的脸上划过，眼底微凉，像是落了一地的月光：“行了，走吧。”

“哎，去哪啊？”霍飞宇还没反应过来，“咱不是要过去帮姜姝吗？”

赵晓曼用一种看智障的眼神看着霍飞宇：“有金止戈英雄救美就够了，你上去凑什么热闹？还是说，你也想学金止戈英雄救美？！”

霍飞宇条件反射地看阮冬天：“才不是呢！”就算救美，也是救阮冬天啊，他又不喜欢姜姝。

说话间，金止戈已经赶走了那个缠着姜姝的男生，护着姜姝一路朝相反的方向走去。

因为这小小的插曲，四个人都陷入了沉默。后来连神经大条的霍飞宇也反应过来，犹豫了半天，偷偷摸摸地跑到许知景身边，小声地说：“阮冬天有些不高兴啊。”

“嗯。”许知景看了霍飞宇一眼，这个蠢货终于明白过来了。

“因为金止戈和姜姝吧。”霍飞宇挠了挠头，得出了一个“惊人”的结论，“阮冬天不会真喜欢金止戈吧？”

许知景猛地停下了脚步，盯着霍飞宇的眼睛幽深一片。

“你别这样看我啊。”霍飞宇被他盯得头皮有些发麻，“我就是想，她要不是因为喜欢金止戈，怎么会看到金止戈和姜姝在一块就不高兴了呢？”

许知景听他说完，哂笑：“是吗？”

新世纪商场的游戏厅新进了几台抓娃娃机，也不算贵，一次一块钱。阮冬天换了十块钱的硬币，走到娃娃机面前。她有心事，心情浮躁，十个硬币投进去，连娃娃的毛都没有抓到，气得她直揪头发。

“你再揪头发，小心变成小尼姑。”许知景的声音从她背后传来。

阮冬天转头，撞进许知景黑沉沉的眼睛里，没说话。

许知景走到她身边，从口袋里掏出一把亮闪闪的硬币，说：“心情不好，也不要拿头发出气，难道你想变成‘大螃蟹’？”

大螃蟹虽然是“三十五的男人一枝花”，但这枝花开始脱发了，尤其是头顶，隐隐约约都能看到头皮。

阮冬天想到他那副样子，一时没憋住，又有点不好意思，嘴硬道："谁说我生气了？"

"不是谁说的，我看到的。"许知景没着急说下去，而是看着橱窗里面的娃娃，"喜欢哪个？"

阮冬天愣了一下，伸手指给许知景看："那个，绿色的小王八。"

这品味，够独特，许知景心想。他投了个硬币，又说："是因为金止戈吧？"

阮冬天被戳中了心事，咬了咬嘴唇，没出声。

许知景看了她一眼，眼神平静，别有意味地说："你是因为看见金止戈和姜姝在一起不高兴，还是因为金止戈骗了你才不高兴？"

"这有什么区别吗？"阮冬天想了一下，觉得这两者之间并没有区别。

"当然有区别了。"许知景冷冷的声音在有些嘈杂的游戏室里显得异常清晰，"如果是因为金止戈和姜姝，我可以理解成你不喜欢他和其他的女孩子有过多的接触。如果是因为金止戈骗了你，那就是朋友之间的谎言。这两者之间，有本质的区别。所以，你是哪一种？"

他的话像是在阮冬天的心湖投下了一颗细小的石子，泛起了阵阵涟漪，她蹙眉想了半天，说："我是喜欢金止戈的啊。"

许知景握住娃娃机把柄的手猛地一顿，白皙的肌肤上青筋暴露，有种挣扎的狰狞感。

"是吗，你是哪种喜欢？是习惯了他的存在而又刚好觉得相处得很愉快，还是你会时时刻刻地想他，看到他会高兴，看不到会难过，在一起的时候会觉得时间变短，不在一起了，会觉得时间格外漫长。你未来所有的设想里都有他的存在，也希望能和他走到生命的尽头？"

阮冬天听得瞠目结舌："不，不是，我可没有时时刻刻地想他，也没想和他走到尽头。"

“那你就不是男女生之间的喜欢，而只是好朋友而已。”许知景猛地吐出一口浊气，有种豪赌之后的虚脱感，“所以，你不高兴仅仅是因为金止戈骗了你。回头问问他原因，解释得合理，原谅他。解释得不好，打一顿就是了。这么简单的问题，值得你大动肝火地生气？”

阮冬天有种豁然开朗的感觉，对啊，回头当面问他啊，大不了打一顿再不理他就是了，干吗在这里生闷气？

“你说得对。”阮冬天跳出了这个怪圈，心情一下子好了，“大不了就打一顿，看他以后还敢不敢骗我。”

“这就对了。”

给阮冬天和金止戈的关系下了定义，让阮冬天的心里埋下了朋友的种子，许知景的心情也轻松许多，手中一个巧劲，绿色的小王八轻松上钩。

他在阮冬天的欢呼声中把小王八拿起来，递到她的手中：“拿着。”

阮冬天一点也没客气，抱在手里眉眼弯弯地看许知景：“谢谢啊，许知景。”

一个玩具就哄好了，这女生也太好哄了点，许知景心里想着。忍不住又投了个硬币，说：“还喜欢哪个？我给你抓出来。”

“再给我抓个小王八，两个凑一对，要不然多孤单啊。”阮冬天凑过去，指着里面的小乌龟说。

“好。”他微微一笑，答应了。

阮冬天的脸贴着娃娃机的玻璃窗，一侧头，许知景俊俏的轮廓尽入眼底。她心里一动，开口问道：“许知景，你有喜欢的人吗？”

——许知景，你有喜欢的人吗？

这一句话敲在许知景的心头，他心中忽然升起了一股恍然隔世的感觉。半晌，他转头，对上阮冬天那双黑白分明的眼睛，徐徐开口：“你想知道？”

“嗯。”阮冬天点头，好奇嘛。

许知景听见她这么说，倏地一笑：“是吗？那我就不告诉你。”

“……”阮冬天炸毛了，“什么叫就不告诉我？！许知景，我告诉你，你这样做很容易让我们的友谊破裂。”

“是吗？”许知景指着玻璃里面的小乌龟，“还想要吗？”

阮冬天咬牙纠结，最后一甩手：“你赢了。”

许知景眉眼含笑，怎么看都有几分风流意味，转头的瞬间，脸上的笑意敛尽。不是不想说，而是有些话，真的不能轻易说出口啊。

阮冬天和许知景在公交车站告别，然后抱着绿油油的小乌龟回家。到了楼下，撞到了金止戈。

在许知景的一番开导下，阮冬天已经没有了之前的别扭，但是看见金止戈依旧心气不顺，她冲他冷哼一声，抱着小乌龟上楼了。

留下金止戈看着她的背影——嗯，这丫头又犯病了。

但是很快，金止戈就发现事情有点不对劲。一连三天，阮冬天看见他就没有一点好脸色，他仔细琢磨，好像也没有做什么对不起阮冬天的事。后来没办法了，他冲到阮冬天的房间里找她。

“祖宗，我到底哪里得罪你了？你倒是说啊！整天见我不是哼就是哈的，我还以为你变成哼哈二将了呢！”

阮冬天正在看电视剧，她房间里有一台十七寸的电视机，是家里淘汰下来的。她喜欢看电视剧，又怕在客厅看吵到爷爷奶奶休息，便央求爷爷把这台退役的电视挪到了她的房间，继续发光发热。这会儿电视上正在重播《欢天喜地七仙女》，她已经看到鱼日上线了。

金止戈的话阮冬天自然是听进耳朵里了，她慢吞吞地将视线从电视机屏幕上收回，侧头，趾高气扬地看着他：“你真不知道哪里得罪我了？”

“我真不知道。”金止戈摊手。要不怎么说“女人心海底针”呢，他才猜不透她们这些小丫头到底在想什么。

“那我就来提醒你一下。”阮冬天眯着眼睛说，“上个星期六，下午五点二十五分，欣欣蛋糕店。”

上个星期，下午五点二十五分，欣欣蛋糕店？！

金止戈一思索，当即反应过来，直接站起来，脸都红了起来：“你……你都看到了？”

“不止我，还有许知景、霍飞宇和赵晓曼。”阮冬天掰着手指头给他算。

“你——”金止戈额头的汗都急出来了，“事情不是你想的那样，是姜姝遇到了危险，所以我才出手帮忙的。”

“我知道啊，我们都看到了，本来想过去帮她的，但是你过去了，我们就没动。”阮冬天说，“你帮姜姝解围这件事我一点意见都没有。关键是，你为什么骗我呀？你明明说周六要训练到晚上八点的。”

金止戈一僵：“你为了这个和我生气的啊？”

“算是吧。”阮冬天说，“谁让你骗我来的，害得我在大家面前丢脸。”

金止戈期期艾艾了半天，终于在阮冬天的视线里败下阵来，一屁股坐在她的床上。

“其实我也不是故意骗你的，教练说我们神经绷得太紧不是件好事，就放了我们半天假，然后我们约好去网吧打游戏。你知道我妈的性子，叫她知道了肯定又是一顿唠叨，我也不耐烦，我就骗她说周六有训练，回来得晚。正好你问我有没有时间，我也怕你说漏嘴，就顺便连你一起骗了。”

金止戈一口气说完，阮冬天已经失去了和他生气的力气：“金止戈，咱们十多年的交情，我就这么不值得你相信？！”

“不是相不相信的问题，是赶巧了。”金止戈冲她讨好地笑，“我都告诉你了，你不能再生我的气了啊。”

阮冬天有气无力地看着他：“你知道的，我最讨厌别人骗我，不管是什么原因。再有下一次，我会觉得你这个人不值得相信。”

“我知道我知道，以后我保证不骗你。”金止戈拍着胸脯打包票，“那这件事咱就过去了？”

“没过！”阮冬天笑眯眯地说，“肯德基香辣鸡腿堡，你要给我买三个！”

三个？零花钱剩不下多少了。但金止戈还是咬了咬牙：“成交。”

阮冬天开心了，琢磨起来一件事，八卦兮兮地凑近金止戈：“哎，金止戈，你和姜姝怎么样了？”

“你……你问这个干什么？”金止戈紧张得都有些结巴了。

“不干什么啊，就是问问。”阮冬天笑得跟偷油的小老鼠似的。

“还能怎么样？就那样呗。”金止戈留下这么一句话，哼哧哼哧地跑走了。

阮冬天瞧着他的背影“嘿嘿”笑了两声，电视剧演到鱼日已经遇到了四公主。

啧啧啧，春天啊，真是令人躁动的季节呢！

虽然金止戈嘴上回避和姜姝的事，但事实是，姜姝已经开始频频出现在金止戈身边了。

阮冬天再一次看见姜姝和金止戈一起从小卖部出来时，不禁感慨道：“虽然金止戈死鸭子嘴硬，但是我又不瞎，难道还看不出来？”

许知景吃了一口小饼干，将视线从远处两个背影上收回来：“你和金止戈和好了”？

“算是吧。”阮冬天也啃了一口饼干，“虽然我不喜欢他骗我，但是骂也骂了，嫌弃也嫌弃了，还敲了他三个香辣鸡腿堡，这事就这么过去了。”

许知景“嗯”了一声，心里的小本本又偷偷记上了一笔——阮冬天不喜欢别人骗她。

阮冬天把手里的酸奶一饮而尽，想起来一件事：“许知景，你们班上次月考的语文试卷发了吗？”

“发了。”

上个星期考的，今天都是周四了，别说发试卷了，卷子都讲完了。

阮冬天暗叫一声不好：“不行，我得赶紧回教室了。”

“怎么了？”许知景看她这副模样，问道。

“我们卷子到现在还没发，你是不知道大螃蟹，他憋的时间有多长，就说明我们考得有多烂，尤其是没考过你们班。要不然，他肯定第一时间把卷子发下来了。”阮冬天从高一上学期就跟着大螃蟹，已经渐渐摸到了些许规律，“下节课是语文课，大螃蟹心情估计好不到哪里去，我得赶紧回去，不能撞枪口啊！”

说完，她火烧火燎地一路往楼上奔，留下许知景看着她的背影，无声地笑了起来。

阮冬天的预感果然没有错，上课的时候，大螃蟹阴着脸抱着一摞试卷上了讲台。

大家屏气凝神，完了，一场暴风雨就要来了。

大螃蟹把试卷往桌子上一放，说：“这是上次月考的试卷，知道我为什么拖到现在才发吗？！是因为我没脸发，考成这样，你们有脸领成绩，我都没脸发试卷！

“虽然这次月考题难了点，但我也没要求你们个个都给我考一百五十分啊，是不是？可你们看看，咱班这次上一百二十分的竟然只有八个！八个！比隔壁七班整整少了四个！这我就不说了，高分少点就少点，平均分给我高点也行啊！生生比七班少了一点五分，一人一点五分，这四十多个人得是多少分？！这下可好，第一名没了，连第三名都是和一班并列的！”大螃蟹想到这几天一直活在周越那厮的嘲笑下就心塞，“个个把我的话当耳旁风，你们不听也行啊，把分给我考得高高的啊！”

大螃蟹越想越生气：“那几个考最低分的我就不说了，你们也有点自觉性，汉语从小学到大，给我考六七十分，还好意思说自己是中国人！剩下的我也不念分数了，丢人！但是我必须在这里强调一点，我有没有说过古诗默写是整张卷子上最不能丢分的？纯靠背诵，一点技术含量都没有，所以你们一分也不能丢，但是咱们班就是有人不听，错得一塌糊涂。都给我听好了，古诗默写错的，一律给我抄十遍，我就不信了，养不成大脑记忆，我还不能给你们养个肌肉记忆！”

说完，大螃蟹挥手招呼阮冬天：“课代表上来，把试卷发下去，开始讲试卷！”一看到阮冬天，他突然想起来了，“阮冬天，你的古诗默写错了两处，作为课代表，带头犯错，别人抄十遍，你抄二十遍，放学前交到我那里。”

阮冬天几乎要哭了：“解老师……”

大螃蟹傲娇地看她一眼：“嫌少啊，不行就三十遍。”

“……”阮冬天在全班投来的可怜目光中拼命地摇头，“不少，不少。”

接下来的半天，阮冬天都在奋笔疾书抄古诗中度过，在下午放学前，乖乖把写好的古诗交了上去。

大螃蟹翻了两页，见字迹端正，知道她态度良好，心里很满意。只是又忍不住敲打她一番：“早写成这样，你这两分加上去，咱们到底也能捞个语文状元当当啊！你看看，叫许知景拔了头筹。同样都是语文课代表啊，人家就能拿第一，你就不能拿，阮冬天，你说我该说你什么好？”

接下来是省略嫌弃阮冬天的五百字，加赞赏许知景的一万字……

阮冬天出语文办公室的时候都变成了蚊香眼，一路飘着回教室，正好碰到许知景。

“阮冬天。”许知景微笑着和她打招呼。

“你不要叫我。”被大螃蟹荼毒了二十多分钟，现在她心里有小魔鬼。

“为什么？”许知景颇为不解。

“因为，我看见你就想捏你啊！”不捏他一下，对不起她心中咆哮的怪兽。

“那你捏啊。”许知景故意说，反正又不是没捏过。

“算了。”阮冬天有气无力地说，“还是下次你少考两分吧，要不然我会被解老师念叨死。”

“没问题啊。”许知景觉得她脸上的情绪变化特别可爱，“我争取下次多错两道题。”

阮冬天盯着他。这人哦，是不是傻？这么好，好到让她连嫉妒，都嫉妒不起来！

“切，谁要你让了，我要正大光明地压倒你！碾压你！”阮冬天骄傲地宣布。

许知景摊手，笑意染上嘴角：“好啊，你尽管来。”

第五章 我听她的话

宁城高中篮球赛定在每年的春天举行，经过四月的小组抽签，初赛就这么如火如荼地开始了。

一中实力不俗，往年都是正儿八经的冠军种子，今年也不例外，过五关斩六将之后，一中正式杀入了决赛，导致最近几天，金止戈人都是飘的。

马上就要到决赛了，大家趁着放学，在学校门口的奶茶店组织了个小聚会，算是给金止戈赛前加油打气。

只是这次小小的聚会，比之前多了个人，姜姝。

姜姝某些方面和许知景有点像，话不多，笑起来抿着嘴，脸颊上有一个若隐若现的小梨涡。

阮冬天偷偷观察过，姜姝看金止戈的时候，眼睛里带着光。

金止戈喝了口矿泉水，不忘嘱咐大家：“决赛那天你们都来啊，一个都不能少。”他马上要比赛了，吃东西格外注意。

“知道知道。”阮冬天漫不经心地答应着，眼睛却盯着珍珠奶茶里面的珍珠，“你就放心吧，到时候我们一个也不少。”

“就是，这种事怎么能少了我们呢？”霍飞宇也很积极，“我已经在打印店打印了一个五米长的横幅，到时候我们扛到现场给你加油，一展开，绝对拉风。”

“我听说这次决赛还有市里的电视台来拍摄呢，不知道真的假的。”姜姝说完，看见大家的目光都集中到她身上，立刻不好意思地说，“我……我也只是听说的，不知道真假。”

“真假有什么关系，反正不管电视台来不来，咱们都会给金止戈拍的，到时候把他的英姿记录下来。姜姝，我送你一份啊。”阮冬天笑嘻嘻地靠在姜姝的肩头，成功地看到姜姝的脸红了。

金止戈不满意了：“阮冬天，你给我收敛点。再说了，你又没有相机，拿什么拍？少大言不惭了！”

“嘿，你这人！”阮冬天气得瞪他，“我没有不代表许知景没有，我问他借不行吗？你再说我，到时候我不给你拍了。”

金止戈蹙眉，看向一直沉默不语的许知景：“你那里真有相机？”

“没有。”许知景目光所及之处是金止戈扬扬得意正要开口反驳的脸，随后慢吞吞地补了一句，“但是有个DV，我一直没用。阮冬天想要，我就借给她了。”

“你也敢把东西借给她？”金止戈没想到还有这出，忍不住吐槽道，“就她那个破坏大王，回头给你弄坏了，你都没地方哭。”

许知景看了一眼愤愤不平的阮冬天，眉眼清淡，却有一股温柔的气息：“没关系，DV再贵，也不过是个东西，她喜欢，拿去玩就是了，玩坏了算我的。”

许知景说完，阮冬天瞬间觉得底气十足，腰板都挺得直直的：“看看，看看，金止戈，同样是人，你和许知景之间的差距怎么这么大呢？！哼，还是许知景最好！”

许知景闻言，浅浅地笑了，没有说话。只是落到阮冬天脸上的眼神，格外专注。

金止戈看着这一幕，令他有种莫名地难受。但很快这种感觉就被他抛到了脑后，因为现在他还有更重要的事情要做。

今年的高中篮球联赛的决赛定在五一劳动节前的最后一个周六，这天天气特别给力，有云有微风，还有鸟语和花香。

一大早，阮冬天和许知景一行人到达篮球场的时候，偌大的场馆已经泾渭分明地坐了许多学生。阮冬天定睛一看，蓝方是这次的对手宁城大学附属中学，红方是他们宁城一中。

有金止戈这个篮球队主力罩着，阮冬天他们坐到了靠前的位置。视野宽阔，位置绝佳，绝对是VIP座位。

阮冬天挨着许知景坐下，旁边的霍飞宇“嗷呜”一声，把定做的大红色条幅展开，阮冬天瞄了一眼，上面印的字格外简单粗暴，她决定装作没看见。

开赛之前，两个学校的啦啦队上场为各自的学校加油鼓劲。

一中的啦啦队队员身着红色服装，随着音乐翻转、跳跃，年轻的小脸配上飒爽的英姿，让整个篮球场都沸腾了起来。附中的啦啦队更是不遑多让，主打性感路线，优美的曲线和热辣的动作，将篮球场上所有人的情绪彻底点燃。

阮冬天也看得如痴如醉，还和许知景分析：“哇，你看这些啦啦队的小姐姐身材好好啊，平时都裹在校服里看不到，可惜了。

“那个是咱们的啦啦队队长吧，果然是队长，最后那个跳跃绝了。

“我的妈呀，附中的小姐姐们怎么这么漂亮？你看第一排的那个，肤白貌美大长腿啊，我也想要！

“哇哇哇，那个小姐姐的一字马厉害了……”

许知景原本听得认真，后来忍不住扶额，盯着阮冬天，希望能从她脸上看出一朵花来。

阮冬天看得热血沸腾，一转头对上许知景的眼睛，傻了："你不看啦啦队表演看我干什么？"

"阮冬天，你是一个女生。"许知景说。

"女生怎么了？"

"既然是女生，能不能不要像霍飞宇那样，盯着别的女生流口水。你这样子，我很容易误会。"许知景想，当初叫她小流氓，真是没有叫错。

"你……你误会什么？"阮冬天瞪他。

"我会以为，我身边坐了个男的。而且，是比霍飞宇更男人的男人。"说着，许知景点了点下巴，示意她看隔壁坐着的霍飞宇。

阮冬天转了小脑袋去看霍飞宇，半晌后回头，咽了口口水："我……我真的有那么夸张？"

"有过之无不及。"许知景说。

"那不行，太夸张了，我得矜持点。"阮冬天轻咳了声，正襟危坐，摆出一副格外正经的模样。

一分钟后——

"许知景，你看，那个小姐姐好漂亮啊。嘤嘤嘤，我想认识她，做她的朋友一定很幸福，每天都能看到这么好看的脸……"

许知景："……"

算了，由着她吧。随后，又有些无奈，阮冬天和他做朋友，不会是因为他这张脸吧？据他所说，他的脸长得也算好看的？

陷入纠结的许知景一时没注意，裁判的哨声吹响，球赛已经开始了。

今天是决赛，一中是蝉联两年的冠军，这一次对冠军志在必得。而附中更是对冠军的奖杯虎视眈眈，去年仅以两分之差输给了一中，这股劲已经憋了整整一年。

所以一开场，双方就没有什么友好或者是试探，都拼尽了全力。

金止戈不在首发阵容里，上半场快结束的时候才上场，那时候，一中已经落后附中六分。金止戈一上场，就引起了不少小女生的尖叫。没办法，谁让金止戈生得剑眉星目还会打篮球呢！

阮冬天的目光从盯着金止戈一眼不眨的姜姝脸上收回，感慨一句：“这些小丫头哟，到底是来看帅哥的，还是来看球赛的？”

许知景接替了阮冬天掌着DV，闻言笑问：“那你呢，你是来看什么的？”

阮冬天转过头，冲他做了个鬼脸：“我是来看漂亮小姐姐的。”

说话间，金止戈已经投了一个三分球，比分很快就追了上来。附中那边也似乎察觉到了金止戈的厉害，不仅把他们的队长叶孟深换了上来，防守的力度也加大了。随着两大主力上场，比赛胶着起来，到下半场开场，双方比分仍旧咬得死死的，压倒性的局面并没有出现。

严继一个跳跃将球截和，然后以最快的速度传给了在外场的金止戈。金止戈运球到球筐下，在围追堵截之中试图跳跃将球送进篮筐，但几次都没有成功。最后一次跳跃，他刚刚起跳，突然一声惨叫，随后摔倒在地。他忍痛站起来，冲着对方的九号球员大喊：“你捣我干什么？”

九号球员摊手大喊：“我什么时候捣你了，你哪只眼睛看到的？”

“你还不承认！”金止戈捂着胸肋处，气得要揪他的球衣。

“哎哎哎，打人了啊！”对方球员大声叫起来。

场面混乱起来，裁判拼命吹哨制止，告知他们如果再继续吵闹下去将会被罚下场后，开始听双方的意见。

金止戈说对方趁他跳跃，故意攻击他的胸肋处，但是九号球员说自己没有。再到后来，对方的九号直接摊手说：“球场上本来就有撞击，就算我真的撞到了你，那也是意外碰撞，根本不是故意的。你这么咬着我不放，是不是怕了？！你要是怕了，直接下场不就好了，在这里磨磨叽叽揪着我不放算什么？”

“你！”金止戈气得眼睛都红了。

本来球场气氛热烈，连带着脾气都会变得暴躁，现在的他拼命压制着自己的脾气，生怕因为一时之气被裁判罚下场，给整个队伍造成损失。

“要是普通冲撞，我根本不会说什么。郑强，你明明就是故意的！”

“你说我是故意的，拿出证据来啊！”郑强面带调笑地看着金止戈，眼里写满了挑衅，“要不然，就是你在诬陷。”

他是吃准了金止戈没有办法，因为他方才下手的角度格外刁钻，不在裁判的视线范围内。为了能在球场上给金止戈一个教训，他可是准备了很久，自然希望做得万无一失。

“你要证据，我这里有。”

球场上外突然传来一道清冷的声音，吸引了无数的目光，原本嘈杂喧嚣的篮球场在这一刻安静了下来。

无数目光紧紧盯着前排站立的少年，他挺拔的身姿岿然不动，充满力量。

金止戈是最先反应过来的，他狂奔到许知景身边，急切地问：“许知景，你说的是真的吗？”

“当然是真的。”许知景晃了晃手里的DV，“不信，你自己看。”

事情其实很简单，阮冬天某天和许知景聊天，知道他有一台新入手的DV，心里痒痒的，就想借来玩一玩、看一看。许知景当然不会拒绝，两人说好在篮球联赛决赛上带过来，这样不仅可以拍摄一些重要的画面，也能满足阮冬天的好奇心。可是阮冬天三分钟热度，DV摆弄了没十分钟，就被啦啦队和比赛吸引了目光，顺理成章地把拍摄任务交给了许知景。

郑强下手的速度快，角度也刁钻，所以即便是有人看见了，也不一定反应得过来。但是留下视频，那就是另一回事了。而且，这个视频在许知景的手里。

许知景把DV交给了金止戈，看过视频自然会发现其中的猫腻。他重新坐下来，正好对上阮冬天亮晶晶的眼睛。

“怎么了？”他问。

“没什么没什么。”阮冬天眨了眨眼睛，眼底还残留着惊叹。

“傻样。”

她笑得有点傻，让许知景也忍不住笑了起来。

有许知景提供的视频为证，事情圆满解决，郑强因为故意伤人而被罚下场，金止戈因为身体原因下场进行短暂的休整，下半场的篮球赛又重新开始。

当结束的哨音吹响，篮球场的欢呼声震耳欲聋，阮冬天激动地指着场内：“赢了赢了！许知景，我们赢了！”

许知景看着她激动的样子，微笑：“是啊，我们赢了。”

颁奖庆祝之后，篮球赛正式落下帷幕，但场馆里的热闹依旧不减。金止戈原本和队友正在庆祝，转头看到自己的朋友们，便抱着一瓶水走了过来。

经过激烈运动后的金止戈整个人像是水里捞出来的，但也给他添了男人味，越发显得帅气了。

“来来来，金止戈同学，赛后采访一下。请问对今天的球赛，你有什么想说的？”阮冬天拉着许知景，准备给他拍个小视频。

金止戈倒也大方，直接对着镜头说：“今天的球赛，我和我的队友们都发挥了最好的水平，也拼尽了全力，所以这个奖杯，是实至名归。另外，我要特别感谢一下许知景，要不是他，我也不敢想象之后会发生什么事，也不一定能站在冠军的领奖台上。所以，许知景，谢谢你。”

手执 DV 的许知景微微一笑：“不客气。”

金止戈咧嘴一笑，仰头把瓶子里的水喝光，然后转头看姜姝：“姜姝，我的水喝光了，把你的水给我呗。”

姜姝原本死死地抠着一瓶水，闻言愣了一下：“啊？”

金止戈笑得意气风发，又重复了一遍：“我的水喝光了，借你一瓶水喝，行不行啊？”

姜姝的脸有点红，伸手把水递了过去：“给你。”

接过水的金止戈仰头就是一大口，引得远处围观的小女生又是一阵尖叫，嗯，还有霍飞宇。虽然他不是女生，但是他也尖叫了。

“许知景，你又在拍什么呢？”许知景原本静静地拍着金止戈，镜头里突然闯入了一张笑脸。

“没什么，拍金止戈呢！”许知景说，心念一动，把镜头对准了阮冬天，“你也说两句吧？”

阮冬天指着自己，眼底的笑意如星河一般：“我，我有什么好说的？”

“随便啊，想说什么说什么，就当是留下个纪念。”许知景引导着她。

“那我想想啊。”阮冬天思索了一下，找准了镜头，“那我随便说点啦！今天过得很开心，我们再一次拿到了冠军，已经是三连冠了，希望以后能获得更多。嗯，还有最重要的，今天的许知景很帅啊！”

许知景手一抖，差点握不住 DV：“怎么说到我了？”

“就应该说你啊。”阮冬天认真地说，“你不知道你刚才站起来的时候有多帅，许知景，你是全世界最好的许知景，能和你做朋友，我觉得很开心。”

许知景看似冷淡，身上却藏着少年热血，虽然不至指点江山，却有挥斥方遒的魄力。

很多年后，阮冬天无数次回忆起这一天发生的事情。那时候年轻，她只是惊叹于许知景的行为，却忘了细细品味这惊叹背后掩藏的意味。

当初，她若肯再细心一些，可能她会经历完全不一样的人生。大家常说如若当初什么什么就好了，但是这个世界哪里有时光机，能回到过去。

“我也很开心，认识你我一直很开心。”许知景一说完，DV 耗尽了最后一点电，关机。

“金止戈，你说完了没有，赶紧过来！”严继远远地招呼金止戈。

“来了！”金止戈遥遥地答应了一声，和大伙交代，“同志们，我们待会儿队里有聚餐，就不和你们一块回去了，等回头有空，咱们再聚啊！”

“没问题啊，过两天就放五一了，咱们再一起玩。”霍飞宇现在看金止戈的眼睛里都带着小星星，甭管金止戈说什么，他都是答应的。

“那行，我先走了。”金止戈说完，赶紧跑回去集合。

剩下的孩子们面面相觑，站着干什么？收拾东西，撤退咯！

不知道是不是在比赛中消耗了太多精力，出了篮球场，他们竟然都神奇地觉得疲惫，而后谁也不愿意再玩，各回各家各找各妈了。

许知景回家后洗了个澡，睡了个午觉，又把作业做完，等到完全有空的时候，已经是傍晚了。

燃烧的晚霞给他的房间镀上了一层浅浅的烟紫色，他坐在电脑前，专注地看着屏幕，好像里面有什么东西能把他的魂魄勾住一样。

“咚咚咚”的敲门声惊到了他，他迅速用鼠标拉动进度条，然后轻咳一声：“进来。”

许妈妈捧着一盘刚洗好的草莓走了进来：“阿景，妈妈刚洗了草莓，你吃一点啊。”

“好。”他站起来，伸手接过来。

许妈妈看了一眼屏幕：“在看什么呢？”

“今天篮球赛拍的视频，我打算剪辑一下，刻成盘留作纪念。”许知景解释道。

“那好啊，剪完了记得告诉妈妈，妈妈也想看看。”

“嗯。”

“对了。”许妈妈问，“马上就放五一假期了，你想不想出去玩一玩？我最近看了几个旅游城市还不错，你可以和朋友一起去。”

朋友？

许知景想了想说：“现在还不知道学校有什么安排呢，过几天再说吧。”

“好，如果要去，和妈妈说，我帮你们联系啊。”许妈妈留下这句话，转身出去了。

许知景重新坐回电脑旁，捏了一个草莓送进嘴里，酸酸甜甜的，像极了他现在心里的味道。

半晌，他拿起了鼠标。

趁着周末，许知景到之前去过的影音店把剪辑的视频刻录出来，周一给大家带去。

阮冬天也收到了，晚上回家乐呵呵地放进电脑里，一遍看完，她以为自己看错了，又小心翼翼地拖动着鼠标重新看了一遍。生气，她去哪了？

第二天，许知景在路口遇到了阮冬天。

今天的阮冬天有些不一样，感觉“奶凶奶凶”的。

“怎么了？”许知景和她肩并肩地走，问她。

“许知景，我问你，我昨天把你给我的光盘看完了，但是我呢，我去哪里了？”

她明明在最后录了一小段的啊，她还和爷爷奶奶显摆，说她一定非常上镜。结果别说不上镜了，压根连镜头都没有。

许知景的眼睫闪了闪，说：“我忘记和你说了，你录的时候已经是最后了，没电了，所以你的镜头就没录上。”

“真的假的？”阮冬天一脸难以置信，哀号，“我要不要再倒霉点？！”

“没关系，以后有的是机会，我们再录。”许知景连忙说道。

“算了算了，我本来也对录视频没什么兴趣，以后再说吧。”阮冬天也不是紧追着不放的人，随即就把这件事丢到了脑后。

许知景见她没有再追问下去，悄悄地舒了一口气。

到了学校时间还早，教室里乱哄哄的。大概是因为马上就要放五一假了，这几天大家都很浮躁，有种飘飘然的感觉。结果就是太飘了，连早读铃声都没有听到，让大螃蟹气得直接炸毛了。

“我这一路走过来，别的班都在大声背书，就咱们班，乌泱泱的跟养鸡场似的，干什么的都有，就没一个正经学习的！我带了这么多届学生，数你们这届最没有自觉性。”大螃蟹气得眼镜直往下掉，他冷笑一声，“我知道你们都在想什么，五一假期要到了嘛，没老师管了，可以玩了，可以自由自在地玩了，对不对？但是我要提醒你们一句，五一假期回来第二周就是期中考试，你们是不是忘了？按照咱们学校的传统，期中考试完了可是要开家长会的。”

此言一出，全班皆是一惊。

家长会！妈呀，怎么忘了还有这么一出？！

大螃蟹看着底下坐着的学生从斗志昂扬的小公鸡瞬间变成了一只只小瘟鸡，满意极了：“行了，别的我也不多说，你们自己看着办吧。反正到时候考不好，我顶多扣个奖金，至于你们，呵呵。”

大螃蟹的冷笑彻底刺激了六班的学生，这不是冷笑，这是威胁，赤裸裸的威胁！可是怎么办？这个威胁他们必须咬牙吃下去啊！

一秒过后，教室里响起了朗朗的读书声。

“学习使我幸福，学习使我快乐！谁也不要拦着我，我还能再学五百年！”

五一假期转眼就到了，放假之前的最后一堂课，大螃蟹在教室里苦口婆心地细数安全条例，最后看着那一张张明显神游的小脸，一声“放学”算是解救了他们。

阮冬天边收拾作业，边想，五一假才几天啊，各科老师铆足了劲发试卷和练习题，势必要让学习填满他们的假期，真是太残忍了。

赵晓曼一边收拾书包，一边说：“冬天，回头社会实践报告你有什么好点子，给我打电话啊，我的舞蹈课快开始了，先走啦。”

“走吧走吧。”阮冬天挥挥手，“等我想一想啊。”

好好的一个五一假期，除了厚厚的一沓试卷，还有学校布置的社会实践报告。不限主题，随便发挥，但是必须要有。

阮冬天有些惆怅，命题作文她可以，这随意发挥让她一时没头绪。

许知景的班级放学有点晚，出来的时候阮冬天已经在走廊里等着他了，两人下了楼，看到了在那里等着的金止戈。

篮球赛结束以后，他们就恢复了三人小分队，只是很多时候，金止戈会先和姜姝说会话，然后再追上他们。

这次也不例外，金止戈正在和姜姝说话，阮冬天转头问许知景：“你打算好社会实践报告写什么了吗？”

都是高一的小苗苗，实践报告人人有份。

许知景摇了摇头：“没有。”

阮冬天的眼睛亮了亮：“要不咱们组队吧，找个主题，大家一起做，毕竟人多力量大，怎么样？”

许知景也有些心动，他原本以为放假这几天都见不到阮冬天了，闻言当即点头：“好啊。”

“但是做什么呢？”阮冬天有些苦恼，“我感觉能做的之前都做过了，实在没有什么新鲜的点子了。”

许知景的视线从学校门口那家土家菜馆的招牌上划过，心底微微一动：“要不，我们去观察农作物吧？”

“农作物？”阮冬天惊讶地看着许知景。

“对啊，我们可以到农村去，观察农田里农作物的生长、种植方式，还可以亲自动手采摘。”许知景建议道。

“啊嘞，这也是可以的嘛。”阮冬天越听越觉得他这个建议可行，“比植物园、动物园有意思多了。但是，我们能找到合适的地点吗？”

“我回家问问我妈妈，她说不定有办法。”

“好。”

许知景到家的时候，许妈妈已经做好饭了，许爸爸正好下班回来，一家三口吃完晚饭，许知景问：“妈妈，这个假期我想和朋友们出去一趟。”

这可是个好现象，许妈妈很开心：“你想去哪里，北京、上海、香港，还是普吉岛？”

许知景顿了顿：“这些都不去。”

“啊，那你想去哪里？”在这一刻，许妈妈觉得她翻的那些旅游攻略十有八九是用不上了。

“去个农家乐吧。”许知景细细思索着说，“就是那种能给我们提供住宿，条件好一些，还能让我们去观察农作物的那种。”

他看着妈妈被自己说得一头雾水，便解释道：“学校布置了社会实践的作业，我们想做得有新意些。”

说到底还是因为作业啊，许妈妈不开心，光想着作业，儿子会不会变成小傻瓜？

虽然在心里吐槽，但表面上许妈妈还是很支持的：“好啊，妈妈给你问问 。”

许妈妈跟她的小姐妹打电话，一圈询问下来，果然有个合适的。姓周，是她小姐妹的表妹，在宁城城郊经营一家农家乐。

许妈妈把许知景的条件说了，那头就笑了，说他们种了几十亩的小麦和地瓜，还有大棚蔬菜和草莓园，保证满足他们的要求。

许知景和阮冬天一合计，就这个了。但只是他们去也不好，一圈电话问下来，凑够了六人小分队。

第二天一早，许知景、阮冬天、金止戈、霍飞宇，再加上赵晓曼和姜姝，六人在汽车站碰头，热热闹闹地往城郊去了。

一个多小时后到达城郊的小站，农家乐的周阿姨已经在等着他们了。

六个人乖巧地打了招呼，然后上车。

五月的城郊，道路两侧的小麦已经泛黄了，在日光下金灿灿的。空气里还有残留着香味，说不清楚是桐花，还是槐花。

农家乐背靠一座小山，前面是待客的饭店，后面有两排房子。前头三间是周阿姨一家住，后面三间，腾出来给他们住了。

房间是刚打扫过的，棉被也是晒过的，被罩还散发着洗衣液的香味，干净整洁，比他们想象中的好太多了。

周阿姨给他们留下了两把钥匙，又嘱咐了些注意的事项，让他们先休息，回头有事就到前面去叫她。

一左一右两间房，大的那个给了三个女生住，三个男孩子住小点的那间。

六个人之前几乎没有和别人同住的经历，起初住到一起还有几分新奇，尤其是女孩子这边，很快就嘻嘻哈哈，没了拘束。

阮冬天从行李箱里翻出了葡萄干、榛子、腰果等零食，先挑出来几包给姜姝和赵晓曼吃，又把剩下的几包放在一边，说："你们先吃，这几包我待会儿给许知景他们送过去。"

"冬天，你不怕许知景吗？"姜姝问道。

因为金止戈的关系，姜姝和阮冬天她们渐渐熟悉起来。其实她一点也不高冷，就是性格内向了点，害羞了点。

"许知景很可怕吗？"阮冬天仰起脸，不解地看着姜姝。

"嗯嗯。"姜姝猛点头，"我们班都觉得许知景前世可能是座冰山，平时都不怎么说话，尤其是对女生，我几乎没看见他和女孩子说过话。之前我们班有不少女孩子挺喜欢他的，总爱过去找他说话，但他从来不理，看她们的眼神也是冷冷的，渐渐地就没人敢找他说话了。"

阮冬天听得瞠目结舌："有……有吗？他平时和我在一起话挺多的啊。"有时候还爱管她，絮絮叨叨跟个小唐僧似的。

"所以大家都觉得很神奇。"姜姝回忆起许知景冷冷的眼神，觉得浑身的温度都下降了，"也只有你才能降得住他。"

“哪有哪有，其实许知景很好说话的，只要你跟他熟悉了。”阮冬天把毛巾翻出来，准备洗个脸。

“算了算了，我就算了。”姜姝拒绝，她这个人天生怕冷，还是离那座冰山越远越好。

旁边盘腿坐在床上的赵晓曼往嘴里丢了个腰果，暗暗地笑了起来。阮冬天这个少女哟，还是太单纯了点。

阮冬天洗完脸抱着零食去找男生们，也不用敲门，站在院子里嗷一声就行了。

是许知景开的门，他换了一件白色的衬衣，在阳光下暗纹丛生，有种贵族气息。

“怎么了？”许知景看见是阮冬天，眉眼温和地问。

“没事，我带了些零食，给你们送过来点。”她刚洗过脸，脸上还有水色，衬得一双眼睛如水般清澈。

许知景心里软软的，接过她的零食说：“正好我们也饿了，先收下了。”

正说着，金止戈从屋里探出头来，看见许知景怀里的零食，顿时反应过来是阮冬天送的，嘲笑道：“嘿，阮冬天，就待两天你带这么多零食，你是猪投胎吗？”

阮冬天额角的青筋跳了跳：“我愿意带就带，关你什么事？金止戈，这零食你待会儿要是敢吃一口试试，我非打死你不可。”

说完，她转而去嘱咐许知景，凶巴巴地说：“待会儿不许给金止戈吃零食，一个也不要给。”

“好，不给，我都吃了。”许知景安抚道。

许知景抱着零食回屋，霍飞宇先蹿了过来，嘴里说着“刚好我饿了”，然后大口吃了起来。

金止戈虽然嘴上挤兑阮冬天，但身体还是很诚实的，伸手就要拿。

“啪”一声，金止戈的手背被人打了一下。

“许知景，你打我干吗？”金止戈表示不理解。

“不让你吃。”许知景淡淡地说。

“不是，为什么啊？”

许知景睨了他一眼：“阮冬天说了，不让你吃。”

“她说不让我吃，你就真不让我吃啊？”金止戈气得跳脚，“你怎么那么听她的话？！”

“没办法，我就听她的话。”许知景说这话的时候，眼神温柔到了极致。

金止戈离他很近，自然看得分明。他觉得许知景在提到阮冬天时的温柔，有些刺眼。

中午周阿姨炖了一锅小鸡炖蘑菇，还用大铁锅贴了锅贴，大家超级满足地吃了一顿，然后回房睡午觉了。

虽然还是五月天，但是中午的太阳已经热辣了起来，直接站在农田里会晒伤。周阿姨让他们下午三点半之后再出门，还说让她的大儿子山山带他们一块去。

吃饱喝足睡一觉简直不要太满足，阮冬天几乎爬不起来。

到了三点半阮冬天还没睡醒，是姜姝把她叫醒的。她迷迷糊糊地穿了衣服出门，看见许知景在院子里站着，含糊地打了声招呼：“唔，许知景，你起来了啊。”

阮冬天睡眼惺忪，脸上残留着熟睡的潮红，软萌可爱得想让人掐一把。

许知景努力地按捺住自己想摸一把她脸的冲动，把手里的遮阳帽给她戴上：“怎么也不戴顶帽子？小心待会儿晒伤了。”

草沿帽有些大。若是在平时，阮冬天不会让许知景帮她系带子，但是她没睡醒的时候就是迷糊得厉害，自觉地抬起下巴，让许知景帮她把帽子的带子系上。

近在咫尺，许知景能清晰地闻到她身上的奶香味，他小心翼翼的，不敢碰到她柔软的肌肤。

第六章

一只白眼狼

许知景觉得自己就像一只小虫子，撞上了阮冬天这只蜘蛛的网，被她笼络得彻彻底底的。被缚住了身心，但心甘情愿，连挣扎都不肯挣扎。

阮冬天浑然不觉许知景心湖掀起的惊涛骇浪，歪着脑袋看他："怎么了？"

许知景将手藏到身后，微笑着摇头："没事。"

"哦。"阮冬天点点头，"那我们走吧。"

六个人，原本分成了两个小队。金止戈和姜姝自动归为一组，剩下的四个人看着他们，一合计，得了，还是分成三组吧。

赵晓曼和霍飞宇去观察那片刚栽不久的地瓜秧子，金止戈和姜姝霸占了有稻草人的麦田，那一棚草莓自然就归了许知景和阮冬天。至于周阿姨的儿子山山，作为视察小队长，率先去了地瓜田。

大棚是去年才搭起来的，不算大，听说是周阿姨家的试点大棚，如果种得好，回头再包一片地，专门种草莓，等到成熟可以搞草莓采摘。

这个时节的草莓长得很好，红彤彤的草莓衬着碧油油的叶子，格外招人喜欢。

两人正沉浸在草莓的世界里无法自拔，突然听见一声微弱的猫叫声。

阮冬天身体一僵，立在原地没有动。

许知景环顾四周："好像是小猫，我过去看看。"

阮冬天努了努嘴，半天没有吐出一个字来。许知景把这当成了默认，往声音来源的方向走过去。

大棚最里面有堆柴火，一只黑色的小猫卡在了里面，估计因为是调皮，掉进柴火里出不来了。许知景伸手拿开卡住小猫的几根柴，把它抱了起来。小猫也不怕生，在他怀里嗅了嗅，看起来有点乖。

许知景眼底泛起了笑意，他回身，抱着小猫往阮冬天身边走。

"你看，有只小猫，还是黑色的。"他说着，还把怀里的小猫微微举了起来，这样可以让阮冬天看得更清楚。

阮冬天脸上的血色"唰"的一下如潮水褪尽，像是看到了什么可怕的东西，忍不住后退了两步。

许知景愣住了："你怎么了？"

"你不要过来！"阮冬天的音量拔高了许多，仿佛能刺透人的耳膜。下一秒，她的身体剧烈抖动起来，像是看到了洪水猛兽般惊恐。

"阮冬天，你……"

许知景还想说什么，阮冬天却突然捂着耳朵蹲了下去，尖叫一声："啊啊啊，你别过来！别过来！"

尖锐的声音穿透大棚，传到隔壁金黄色的麦田里。金止戈听到这个声音，面色骤变，扔下手中的纸笔就朝大棚的方向跑了过去。

一进去，金止戈就看到了蹲在地上剧烈颤抖的阮冬天，还有站在一侧抱着猫一脸无措的许知景。

“许知景，把你的猫拿走！”金止戈怒喝一声，转而脱下防晒服罩在阮冬天的头上，一把把她揽在怀里，安抚着，“好了，冬天，没有了，什么都没有了。不怕啊，我在呢，我在呢。”

阮冬天在他的声音里渐渐地平静下来，等着她平复得差不多了，金止戈取下了原本盖在她头上的防晒服，小声说：“冬天，我送你回去躺一躺，好不好？”

阮冬天一脸泪痕，眼底还有残存的惊惧，小心翼翼地说：“你，你不走？”

“我不走，我哪都不去。”金止戈扶着她的肩膀让她站起来，“我扶着你走，好不好？”

“嗯。”阮冬天乖巧地点点头。

金止戈扶着阮冬天站起来，视线越过因为听见动静奔进来的其他人，最后，落到了许知景的脸上。

他没有说什么，只是那眼神成功地让许知景的脸白了又白。

他们离开之后，安静的大棚里只剩下小猫的叫声和他们深深浅浅的呼吸声。

“阮冬天她，到底是怎么回事？”最终，还是霍飞宇开口打破了这令人窒息的安静。

但是没有人回答他，因为他们也不知道，为什么灿烂如太阳的阮冬天，会有这样脆弱的样子，像是摆在橱窗里的玻璃娃娃，一碰就会碎掉。

赵晓曼蹙起了眉，转身去看许知景：“许知景，到底发生了什么事？”

当时大棚里只有他们两个人，阮冬天经历了什么，许知景应该是最先知道的人。

许知景看着赵晓曼，惨淡一笑：“我也不知道。”

金止戈送阮冬天回房间，给她摘了帽子，又掀开被子让她躺了进去。

阮冬天很快闭上了眼，渐渐的，呼吸变得平缓，金止戈小声地叫了一声，见她依旧睡得沉，心底的大石头终于落了地。

他缓缓地吐出一口浊气，视线落到她的脸上。

阮冬天的小脸上，挂着惊惧过后的泪痕。现在睡着了，面容平静了许多，只是，手还抓着被角。

金止戈看着她现在的样子，想到了小时候。

等到霞光满天，金止戈才开门走了出去。

五月天，又是夕阳西下时分，天边的云被染上了深深浅浅的红，大地万物也被镀上了一层梦幻的色彩。

金止戈一眼就看到了院子里站着的许知景，少年意气风发，身姿挺拔。

听见动静，许知景转过身来，他的眉眼依旧昳丽，只是面色格外白，像是染了一层雪色。眼睛黑沉沉的，不见一丝光亮。连泛着柔色的霞光，都不能驱赶他眼底的寒意。

“她怎么样了？”不过短短一个多小时，他的声音像是遭到了重创一样，变得沙哑干涩，不复清越。

“睡着了。”金止戈说，举步走到他身边，与他并肩而立，“许知景，你不知道吧？冬天怕猫，尤其是黑猫。”

许知景的牙齿深深嵌入了唇里，因为太过用力，他似乎尝到了腥甜的味道。

金止戈看了他一眼：“你和冬天认识也有一段时间了，自诩了解她，怎么，你没有发现她身边从来没有一丁点和猫有关的东西吗？”

这个年纪的女孩子，大多喜欢软萌可爱的小动物，尤其是猫。所以他身边的女孩子，会有小猫头的笔和笔袋，也会有小猫款式的配饰等，但是阮冬天身边，却从来没有过任何，哪怕是和猫形似的东西。

“到底，是怎么回事？”许知景的声音都在颤抖。

“没什么，就是小时候被吓到了。”

阮冬天五岁之前，跟着爸爸妈妈在滨海市住。

阮妈妈年轻的时候经历过一场大型车祸，后来身体便不如以前好了。当年和阮爸爸结婚，夫妻俩其实是没打算要孩子的，后来怀孕，是意外之喜。等到阮冬天出生，虽然天生体弱了些，但也一路磕磕绊绊长到了五岁。

五岁那年，正值冬天，阮爸爸和阮妈妈闹了个乌龙，都以为对方去幼儿园接了孩子，但是其实谁都没有去。那会儿手机普及度不高，夫妻俩又都在单位加班，所以幼儿园老师即便有家里的座机号码，也是望洋兴叹。

阮冬天在幼儿园等到天黑，老师肚子不舒服上了趟厕所，但就是这一会儿工夫，让阮冬天摸出了教室。

当时因为阮爸爸工作的原因，他们住在滨海市开发区。说是开发区，其实还没开发起来。即便是幼儿园周围，也是人烟稀少，道路两侧还种满了高高的大杨树，冷风呼啸，吹得杨树的叶子哗啦啦作响，如鬼招手一般。

阮冬天一个人走在回家的路上，惊恐爬满了全身，她像是一只警惕的小兽，随时关注着四面八方隐藏的危险。走着走着，突然草丛里簌簌作响，她猛地停下脚步，前方的草丛里钻出来一只黑猫。

纯黑色的毛，还有绿油油的眼睛，一动不动地盯着阮冬天。

阮冬天惊恐地看着猫，大声叫着“猫你别吃我，我不好吃”。不知道是不是因为尖叫声刺激到了猫，还是猫真的饿急了把她当成了美味的猎物，猫弓起了身子，“喵呜”一声，朝着阮冬天扑了过去。

幼儿园老师追出来的时候，阮冬天坐在地上哭得撕心裂肺，两手都是血，连脖子上也有抓痕。

因为受到了惊吓，阮冬天大病了一场，几乎去了半条命。

为此，阮教授和钟教授大骂了阮爸爸一顿，回头就把阮冬天接回了宁城，连解释的机会都不给阮爸爸。这一待，就是十一年。

“你知道吗？她刚回宁城的时候，和现在一点也不像。”金止戈的声音沉沉的，含着无限的过往，“瘦瘦的，小小的，看谁都是怯生生的，跟只小鸡仔似的。我那会儿也小，不喜欢女孩子，但是她可怜得我连讨厌都讨厌不起来。既然讨厌不起来，那我就决定喜欢她。所以我每天都去找她玩，把我最喜欢的玩具给她，给她看最好看的动画片，带她出去玩，在她害怕的时候陪着她。直到她从恐惧中慢慢走出来，恢复以前的笑容，变成现在的阮冬天。

“许知景，我知道你自诩了解阮冬天。”金止戈说这话的时候，定定地看着许知景。

许知景的瞳孔有一瞬间的收缩，随即又放松了。

金止戈看得真切，微微一笑：“你熟知的是现在的阮冬天，开朗、阳光、乐观，笑起来能融化人心。你以为她金刚不坏，其实她比谁都脆弱。你如果不能接受这样的阮冬天，请适可而止。从今往后，不要再在阮冬天面前展现你那廉价的感情！”

阮冬天醒来时，黑暗正从大地的缝隙里钻出来，无声无息地侵袭了房间。她揉了揉眼睛，试图在这黑暗中发现些什么。当视线落到床头的身影时，她眯了眯眼睛，好一会儿，才试探性地开口：“许……许知景？”

原本坐着陷入沉思中的许知景，因为这句话，身体不自觉地抖动了一下，然后迫不及待地转过头看向她：“你醒了？”

“嗯。”

阮冬天拥着被子坐起来，经过几个小时的休整，她的情绪不再像之前那样崩溃了。

“怎么不开灯啊？”

“别先开灯。”许知景拒绝了她的提议。

“为什么啊？”阮冬天习惯了用灯光点亮黑暗，不开灯会让人觉得没有安全感。

“我有话对你说。”许知景叹了一口气，“开了灯，我怕没勇气说。”

阮冬天怔了怔：“你想和我说什么？”

“阮冬天，对不起。”许知景的眼前浮现出下午的那一幕，懊恼得要死，“我真的不知道你怕猫，我不是故意要给你看的。”

提到猫，阮冬天忍不住握紧了手，她努力地调整呼吸，开口：“不怪你的，你也不知道嘛。”

“我应该知道的，我和你认识那么久，你身边从来没有和猫有关的任何东西，我竟然从来没有问过你为什么，是我的错。”像金止戈说的，他总是扬扬得意于自己又靠近了阮冬天多少，自诩又了解了阮冬天多少。事实上，他差得远。

许知景语气里深深的懊悔和沮丧阮冬天听得清楚，他好像把所有的过错都揽到了他一个人身上。阮冬天掀开被子往前动了动，已经适应了黑暗的她准确地抓住了他放在椅子扶手上的手，轻轻地盖了上去。

“听我说，这件事不是你的错。你要是这样想，那我还要说都怪我怕猫呢，是不是？”她的声音轻柔，像是怕惊扰了一场梦一样，“你不是故意的，我现在也好了，所以这件事就这么过去了，我们谁也不要再提了。再说，其实我也没有那么怕，就是一切发生得太突然了，我才会有一点点害怕，真的！”

她故作轻松地笑了笑，努力安抚着许知景的情绪。

这一刻，许知景觉得自己很糟糕，明明是他惹的祸，结果却是阮冬天来安抚他。

“没关系，害怕就是害怕，没有什么好丢脸的。”搭在许知景手上的手很温暖，带着少女特有的柔软，他抑制不住内心的情感，反手用力地握住了她的手，“你现在害怕也好，以后继续害怕也好，都没有关系，反正不管什么时候，我都会一直陪着你。

“所以，以后害怕的时候，你能告诉我吗？”许知景的声音里有忐忑，“至少，让我知道，让我陪着你。”

黑暗里，阮冬天的眼睛里有水渍在迅速聚敛。

在过去的时间里，阮冬天经常经历的一件事就是别人听说她怕猫时，用一种奇怪的眼神看她，还要说“猫多可爱啊，有什么好怕的，你是不是想太多了，哈哈哈”……

每当这种时候，阮冬天心里总会觉得气闷：“你可以怕鬼、怕蛇、怕蜘蛛，我为什么不可以怕猫？”

就像有的人觉得吃花生过敏的人多矫情一样，有些人觉得她怕猫也是矫情。站在道德的制高点上指责她怕猫，但他们不是她，怎么会清楚当初的她有多绝望，又怎么会知道她有多害怕？

只是这种话，阮冬天从不曾说出口。因为说出来了，别人也只会认为她在找借口，从来不会反省自己。

直到今天许知景告诉她，她可以害怕，无论什么时候都不用强装坚强和镇定，可以自由自在地表达自己的害怕与恐惧，他的话像是清澈河底的青荇轻柔地挠着她的心房，舒服得让她忍不住要哭出来。

她眨了眨眼睛，哑着声音说：“好。”

黑暗中，许知景慢慢地笑起来，如释重负，却又越发心疼。

阮冬天的情绪好了七七八八，霍飞宇他们的心也都放了下来。晚上凑在一起乐呵呵地吃了饭，围着篝火烤了麦穗，还在周阿姨那里要了一副扑克牌。不斗地主也不干别的，就抽老鳖，一直抽到十点多。

阮冬天顶着一脸的卫生纸，看着许知景光滑的脸，艳羡不已。都是抽老鳖，为什么只有他一个人干干净净？这人运气也太好了。

许是她的眼神太热烈了，许知景察觉到了，看了她一眼：“怎么了？”

阮冬天捏着卫生纸跃跃欲试：“许知景，你不觉得你有点不合群吗？”

“有吗？我没觉得。”许知景有些警惕地看着她的手，瞬间明白她想干什么。

“大家脸上都贴了纸，我都快成卫生纸筒了，就你干干净净的，你好意思吗？”阮冬天“嘿嘿”一笑，朝许知景扑了过去，“让我来给你贴一个！”

许知景原本要跑，但是他忽略了阮冬天敏捷的身手，等到反应过来，脸上已经被她贴了一张。

她贴不要紧，原本就嫉妒他的其他人也抓住了机会，一拥而上，朝着他的脸下手。

挣扎中，许知景看到背对着火光叉腰而笑的阮冬天，心底微微一笑。

小流氓变成了山大王，这可如何是好？但他还是喜欢这样的阮冬天。

原定两天一夜的农家乐时间，阮冬天在第二天又疯玩了一上午，临走时周阿姨还给他们准备了土特产，让他们大包小包地拎着坐车回家。

正好六个人，两两而坐，阮冬天和许知景坐倒数第二排。

原本叽叽喳喳说个不停的阮冬天突然脸色大变，一脸惊恐地看着许知景，咽了口口水：“我想起了件可怕的事情。”

“什么？”许知景坐在靠通道的座位上，微微侧头，侧脸的线条格外优美。

“我的社会实践报告，一点没写。”阮冬天抱头，差点要哭出来。

她昨天被猫吓到，就把作业的事丢到了脑后。剩下的农家乐时间就是和大家一起疯玩，作业什么的都丢到了爪哇岛。

“我就猜到了，都给你准备好了。”许知景似乎早就料到了会有这么一出，他从书包里拿出早就准备好的作业，“各项数据都在里面，你自己看一看抄一遍就可以，反正咱们是一组。”

阮冬天迫不及待地接过来，许知景的字很好看，挺拔遒劲，颇有风骨。她一点点地从头看下去，草莓棵数、大棚面积，收成以及什么时候播种，成熟周期，所需使用的肥料等一应俱全。

阮冬天瞠目结舌：“许知景，你就是我的救星。”

有了许知景的场外援助，阮冬天的小心脏又归回了原位，然后太舒心了，一不小心睡了过去。开始只是迷糊着，脑袋一下一下地点着，小鸡啄米似的。司机师傅一个拐弯，她的身体顺势右滑，正好靠在许知景的肩头。

许知景的身体一下子紧绷起来，有些不知所措。半晌，悄悄侧过头去看她，她睡得甜美，白皙的小脸上有浅浅的粉红色，让许知景想起了三月枝头的第一枝杏花，粉白动人。

似乎被肩头硌得有些不舒服，她哼哼唧唧两声，眉头也蹙了起来。

许知景伸出手，小心地扶住她的小脑袋，让她可以舒服地伏在他的肩窝处。他很小心，连呼吸都屏住了，动作轻柔，生怕惊动她。她在他肩窝处蹭了蹭，睡得更香了。

许知景看着这一幕，嘴角露出浅浅的笑意，然后自己也轻轻地闭上了眼睛。

金止戈从车座的缝隙间将这一幕尽收眼底，他转过头来，脸色有些不好看。

姜姝小声地问他：“怎么了？”

“没什么。”金止戈忽略喉头被梗住的感觉。

姜姝也回过头看了一眼，再看向金止戈的眼睛，若有所思。

阮冬天一觉睡到快到车站，醒来时才发现自己是挨着许知景睡的，她第一反应是摸摸自己的嘴角，还好还好，没有流口水。接着她有点心虚地去看许知景，还好还好，他在睡觉没有发觉。

只是她看着看着，就觉得有些嫉妒。男孩子不都是很糙的吗，为什么许知景一点也不粗糙？他的皮肤又白又细，连毛孔都找不到，更别提痘痘了，让她不禁想到了爷爷案头那方和田玉印章，就是这样细腻的。

他的睫毛也很长啊，阮冬天伸手探了探，虚虚地量一下，应该有一厘米多吧，比她这个女孩子都要长好不好？！还有他的嘴唇，红红的，像涂了唇膏似的，该不会他真的有偷偷涂唇膏吧，要不要待会儿问问他用的什么牌子？

阮冬天盯着他神游天外，许知景却有些扛不住了。他原本就没有睡着，只是闭着眼休息而已。她醒来后的小动作他虽然看不到，但也能感觉得到。她盯着他看的眼神，几乎要把他的脸看穿了。

许知景实在忍不住，睁开了眼睛。

阮冬天对上他有神的眼睛，吓了一跳："你醒了？"

"嗯。"许知景装作不在意地点点头，耳朵的颜色却出卖了他，"你看什么呢？"

"没什么，没什么。"阮冬天才不会告诉他她在想什么，转而说，"我就是在想我的社会实践报告作业怎么写。"

已经给了她模版了，还要怎么写？许知景失笑，却也不拆穿她。

五分钟后汽车进站，许知景站起来准备拿行李。谁知一抬肩膀酸疼得厉害，阮冬天睡了半个小时，他一动未动，肩膀都硬了。

"怎么了？"阮冬天见他没动，伸手帮他捞了行李，反正也不重。

"没什么。"许知景活动了下肩膀，将行李接过来，"咱们走吧。"

在他没有看到的地方，阮冬天悄悄地吐了吐舌头！其实她都知道的呢！

美好的五一假期过去之后，令人绝望的期中考试就来了。等到考试完，一中的孩子们才发现没有最绝望，只有更绝望。

家长会啊家长会。

一中不成文的规定，期中考试完了要开家长会，并在家长会上公布成绩！

这简直就是惨绝人寰啊，这么摧残祖国的花朵，学校的老师和领导们良心不会痛吗？

阮冬天早晨上学之前，一边喝粥，一边说："爷爷，今天的家长会，您可别忘了啊。"

阮冬天的家长会一直是二老轮流去的，最近钟教授在赶一个翻译稿子，没时间，阮教授今天没课，这伟大的任务就交到了他的头上。

阮教授笑眯眯地回她："放心吧，爷爷保证不迟到。"

阮冬天啃了一口荷包蛋，口齿不清地说："爷爷，万一我这回没考好，你不能生气的。"

"爷爷什么时候因为考试成绩生过气？"阮教授觉得自家的小孙女有点不可爱了，竟然质疑他。

"当然没有了，我这不是提前打预防针嘛。"阮冬天"嘿嘿"地笑，吃完了，一抹嘴巴，"爷爷，奶奶，我走了啊！"

阮冬天的成绩一向稳定在年级前三十名，许知景就更稳定了，长期盘踞年级前三名，分文理科之后，更是稳坐文科第一名的宝座。而且两家家长对他们的学习成绩持佛系态度，所以对于他们两个人来说，家长会基本上没什么影响。

阮冬天乐颠颠地进了教室，早读之前的教室向来是热热闹闹的，这次竟然这么安静，实在令人不安。

她小心翼翼地拉了凳子坐下，小声地问赵晓曼："大家怎么这么安静？"

赵晓曼看了她一眼："你忘了今天要开家长会吗？待会儿有狂风骤雨，这会儿谁还敢嘚瑟，当然是怎么老实怎么来了。"

阮冬天深以为然，点点头。

正说着，大螃蟹就拿着语文书走进了教室，看着底下原本鲜活的学生变成了耷拉着脑袋的小瘟鸡，一点都不同情。

"瞅瞅你们现在的样子，跟一只只小瘟鸡似的，平日里上蹿下跳的猴样去哪了？！跟我以前说的一模一样，你们这就是'少壮不努力，老大害怕家长会'！"作为一个语文老师，大螃蟹已经忽略了这句话其实没那么押韵，“不过，你们放心吧，不用太害怕，待会儿老师会为你们说好话的，哈哈哈。”

全班：“……”你个魔鬼！

上午十点，家长会准时开始，教室里原本热热闹闹的，在发下成绩单的那一刻变得格外安静。考得好的自然神情自若，那些考得不好的、学习成绩下降的，简直要被家长的眼神戳死。

大螃蟹虽然平日里管他们管得严，但关键时刻还是很给力的，不仅提出他们这次成绩普遍上升，还有针对性地进行了表扬。所以总体来说，他们班的家长会还算比较和谐。

许知景班里也开完了家长会，许妈妈还特意被叫到讲台上，作为年级第一的家长发言。家长会结束后，又被周老师请到办公室里交流了近二十分钟。等到许妈妈离开学校时，其他学生家长已经走得差不多了。

“阿景，妈妈今天表现得怎么样？”许妈妈忐忑的样子，压根不像是年级第一的妈妈，而像是年级倒数第一的家长。

“挺好的。”许知景知道他妈妈的性子，活泼有余，严肃不足，于是大方地给了肯定的评价。

“那就好。”许妈妈放下心来。

正走着，许知景看着前方欢欢乐乐走过来的小女生，眉毛皱了起来。

阮冬天也看见许知景了，转身就要逃，但是已然来不及了，许知景已经看见她了。

“阮冬天，你站住！”

阮冬天背对着许知景，脸都皱成了核桃，转过来，谄媚极了：“嗨，许知景。”

“别藏了，我都看见了。”许知景淡淡地拆穿她，“拿出来吧。”

阮冬天好难过，见瞒不过去了，期期艾艾地把刚买的、还没开封的“七个小矮人”拿了出来，强调道：“我感冒已经好了，我可以吃雪糕了。”

“你已经好了，那鼻音是怎么回事？”许知景不赞同地看着她，直接没收，“拿过来。”

阮冬天委屈巴巴地把雪糕递到许知景手里，准备再挣扎一下：“你没收了干吗啊？你又不喜欢吃甜的。”

“我不喜欢吃，有人喜欢吃啊。”许知景一转手，把雪糕递到自家亲妈手里，“妈妈，雪糕你吃了吧。”

许妈妈：“……”

阮冬天：“……”

——许知景，你竟然抢了我的雪糕去讨好你妈妈！不对，妈妈？！

阮冬天瞪大了眼睛看着许知景身旁站着的年轻女人，真的很好看啊，皮肤白，眼睛大，头发长而浓密，垂在肩头，让她想到了紫藤萝瀑布。

阮冬天沉浸在许妈妈的美貌里，结结巴巴地打招呼：“许……许妈妈好，我是阮冬天。”

许妈妈捏着雪糕，想还给阮冬天，但儿子的眼神又很坚决，最后只能妥协：“你好啊，冬天。不好意思啊，雪糕阿姨先收下了，你感冒还没好，雪糕先不吃了。等回头痊愈了，阿姨给你买一箱雪糕吃，好不好？”

嘤嘤嘤，许知景的妈妈不仅人长得漂亮，说话也好温柔好温柔的呀。

阮冬天有些不好意思地摸了摸自己的脑袋：“不用一箱子，我吃一个就好。”

许妈妈内心：这个小女生实在是太可爱了，圆圆的、肉肉的、粉粉嫩嫩的，跟个小丸子似的，好想带回家啊！

许知景看得真切，虽然雪糕不在自己手上，但阮冬天的眼睛始终没从“七个小矮人”上离开，于是轻咳一声：“你先回教室吧，我送我妈妈到校门口。”

“好吧。”

连她想拐回去再买一根雪糕的念头都给掐断了，许知景果然心狠手辣。她垂着脑袋，有气无力地上了楼。

许知景的视线从阮冬天的身上收回来，撞进了许妈妈含笑的眼里。许知景有种心事被撞破的感觉，很不自在。

许妈妈暗笑，她实在太了解自家儿子了，性子淡得无趣，有时候连她都嫌弃。现在连人家小女生感冒没好吃个雪糕都管，绝对有猫腻。

于是，许妈妈故意说：“阿景，你就这样把雪糕给扣下了，还给了我，就不怕人家小姑娘生气啊？”

“没事，她没那么爱计较，不会生气的。”许知景了解阮冬天，没那么大气性。

许妈妈闷笑着点头，又问：“她是叫阮冬天对吧？刚才家长会，我怎么没有看到她？”

“她不是我们班的，是隔壁班的。”许知景道。

“哦。”许妈妈了然，“妈妈觉得她挺可爱的，有时间带她来家里玩。再说了，妈妈还欠她一个雪糕呢，得买点好吃的给她补回来。”

许知景犹豫了一下：“好。”

许爸爸这天下班回来得早，进门看到茶几的水晶碗里放了根正在融化的“七个小矮人”。他知道自家儿子不喜欢吃雪糕，觉得太甜了，估计是他亲亲老婆买的。这么多年了，口味还跟小孩子似的。

许妈妈正好从卧室里出来，看见他在动雪糕，连忙制止他：“哎哎，你别动我的雪糕。”

许爸爸很无奈：“你放心，雪糕都留给你，我一口也不吃。”

“谁说我要吃了。”许妈妈嗔怪地看他一眼，“我要把这个雪糕冰冻起来，收藏。”

“怎么，这个雪糕是金子做的？值得你收藏。”许爸爸失笑。

“你不知道。”许妈妈很得意，“这个雪糕可是儿子唯一的女性朋友送我的第一件礼物，我当然要好好地收藏啦！”

许爸爸：“……”他好像听到了什么了不得的大事。

这边许家父母八卦兮兮，那边，许知景也得了一个消息。

宁城所在的H省每年都会举行一次数学大赛，今年也和往年一样，将主考地点定在了省城。一中三个名额，两个落到理科班的头上，剩下的一个，经过年级组的慎重决定，最后定下了许知景。

许知景知道这个消息时，没有很惊讶。平心而论，这点自信他还是有的，只是……

“老师，您的意思是要封闭练习半个月？”

“这是当然了，往年也是这么定的。”文科班选出的小苗苗是周越手底下的，他的心情好到飞起，“怎么，有什么问题吗？”

“没有。”许知景摇了摇头。

“那就行。”周越拍拍他的肩膀，“这个周末才集训，你也不用太紧张，回家和家长说一下，让他们给你准备点行李，放轻松，就当和平时考试一样。”

放学回家的路上，许知景把这件事告诉了阮冬天。

阮冬天先是瞪大了眼睛，而后豪迈地拍了拍他的肩膀：“许知景，咱们文科班的荣誉就交到你的手上了，请你一定要全方位地碾压理科班，让他们知道我们文科班也有数学好得不得了的人才！”

没办法，自古以来大家都觉得选文科是因为数学不好，对此，阮冬天表示这都是谬论！谬论！

许知景看着她这副模样，淡淡地补了一句：“嗯，我不在的这半个月你自己注意，有事就给我打电话。”

阮冬天终于抓到了重点：“你要去半个月，这么久？”

“说是要集训，然后再考试。”许知景解释给她听。

“啊，你都要集训了，还能打电话吗？”阮冬天觉得有点悬，“我还是不要给你打电话了，省得打扰你，反正我也不会有什么事。”

所以，她是打定主意半个月不和他联系了？

许知景冷冷地看了一眼这只小白眼狼，说：“具体什么样我也不大清楚，这样吧，到时候有时间我就给你打电话。”

“好的，没有问题。”阮冬天觉得这样很合理，当即答应。

许知景看着她没心没肺的样子，叹了口气：“阮冬天，我和你商量个事。”

“你说。”

“我不在的这半个月，你老实点，别把这副傻样给别人看。”

阮冬天遭到了暴击：“你什么意思？！你把话给我说清楚，哎哎哎，你站住，你说啊，我哪里傻了？”

许知景轻轻地笑了笑，伸手揉了把她毛茸茸的脑袋：“这样还不傻？”

——傻瓜，你当然不傻。我这么说，只是因为我怕，怕我不在的时候，你这有趣的模样会吸引到其他的人，交到其他的朋友，而淡忘了我。

——那样，我会嫉妒的。

第七章
儿童节礼物

阮冬天没心没肺惯了，原以为许知景的离开不会对自己的生活产生什么影响，谁知等他走了以后，她才发现自己想得太简单了。

不知道从什么时候开始，许知景成了陪伴她上下学的伙伴，现在没了许知景，她变得很孤单。吃饭时也不会再有人把大鸡腿夹给她吃，甚至在她感冒好了，蹲在学校小花园里一连吃了三支“七个小矮人”，都没人管她了。她发现其实雪糕也没有她想的那么好吃。

她有点闷闷不乐，有种做什么都提不起劲来的感觉。

课间操结束，阮冬天和赵晓曼溜达着去小卖部买面包吃。

学校小卖部新上了好吃的果子面包，两人一人拿了一个，阮冬天还给自己配了一包辣条，付了钱往外走，她忍不住又叹了一口气。

赵晓曼喝了一口酸奶，说：“阮冬天，你知道现在你的脸上写了两个字吗？”

“什么字？”她把辣条拆开，先往赵晓曼的嘴边送了一根。

“怨妇。”赵晓曼啃了一口辣条，含混不清道，“自打许知景走了你就这副怨妇相，不知道的还以为你对许知景有意思呢！”

阮冬天噎了一下：“赵晓曼，你脑袋里天天都想些什么呢？！我对许知景，绝对是纯洁的革命友谊，不掺杂任何特殊成分。”

“你说什么就是什么呗。”赵晓曼耸耸肩，“不过讲真的，你真的不喜欢许知景？许知景在咱们学校真的很抢手的好不好？！长得好，学习好，家世也不错，多少女生排队想抢他呢！”

“我是喜欢许知景，但不是你说的那种喜欢。”阮冬天啃了一口面包。

赵晓曼：“不是就不是吧，要我说吧，你和许知景保持点距离也好。你看他现在才离开三天，你就这么唉声叹气的。要是以后他有了女朋友，你还指不定怎么样呢！”

“女朋友？”阮冬天扬起了声音。

“是啊。”赵晓曼看了她一眼，脸上写满了“你这么大惊小怪干什么”，“他现在没有，不代表以后没有，总不能一辈子打光棍吧？”

“他要有了女朋友，我……我就不和他玩了呗。”阮冬天嗫嚅地开口，却不知道什么时候，手上蓬松的面包已经被她捏成了面包饼。

接下来的一天阮冬天被“许知景的女朋友”几个字弄得魂不守舍，地理课上老师让她回答世界各地的气候，她生生地把加尔各答说成了温带季风气候，地理老师看她的眼神，想把她吃了。

晚上写完作业，阮冬天躺在床上翻滚，连最喜欢的电视剧都不看了。她琢磨着琢磨着，就有点难过。

她和许知景是好朋友，以后等他毕业了，有了女朋友，大概会把她丢到脑后吧？这么一想，她更加觉得胸口像是堵了棉花似的。

正翻滚着，外面电话铃响了，阮教授正坐在沙发上看报纸，接起来说了两句，扬声喊道：“小阮阮，出来接电话了。”

阮冬天边趿拉拖鞋边问：“谁啊？”

“许知景。”

阮冬天顿了顿，刚想到这人，就来电话了，真是不经念叨。

阮冬天接了电话，许知景清越的声音传来，在这初夏时节带着舒爽的感觉：“干什么呢？”

“没干什么，躺着呢！”阮冬天盘腿坐在沙发上，随意道。

“怎么，没看电视？”许知景知道她是个电视儿童，“我记得《倚天屠龙记》重播了的。”

“等会儿看。”阮冬天快快地回答，有些事情没想明白，连电视的吸引力都没那么大了。

“你怎么了，发生了什么吗？”许知景心细如发，很快就发现了阮冬天的不对劲。

阮冬天咬了咬嘴唇，犹豫了半天：“许知景，我问你个问题呗。”

“什么问题？”

“如果，我是说如果有一天，你有女朋友了，你会不会光陪女朋友不和我玩了？”阮冬天问。

“女朋友？”隔着电话，许知景的眉毛高高地挑了起来，他才离开几天，怎么提到女朋友了，“你想什么呢，现在要以学业为重，我怎么可能有女朋友。”

阮冬天：“我知道你没有啊，我是说如果、假如、假设！”

“如果、假如、假设都不会有，我不会有女朋友。”许知景斩钉截铁地说，“你放心好了，我答应过你要陪着你了。”

得到了许知景肯定的答复，阮冬天瞬间活过来，笑嘻嘻地说：“你说的啊，你要是骗我，我就不和你玩了。”

瞧瞧瞧，她这个样子多像护着糖不给别人吃的小孩，真是任性极了。

可许知景一点都不觉得她这样的任性讨厌，反而欢喜，那种从心底渐渐蔓延开的欢喜：“好，是我说的，你就放心好了。”

阮冬天心头的阴霾一扫而空，终于开始询问许知景的近况：“你在那边怎么样啊，集训累不累啊，餐厅的饭好不好吃啊，周末能休息吗？”

阮冬天的嘴说个不停，絮絮叨叨的像一只小麻雀。许知景却听得认真，他靠着长廊尽头的墙壁，黑裤白T，眼睛里像蓄了一汪清澈的水，映着头顶的水晶灯，流光溢彩，瑰丽得令人心惊。

最后，许知景看了眼腕表，说：“时间差不多了，我先不和你说了，要回宿舍了。”

“嗯，我知道啦，你赶紧回去休息吧。”阮冬天知道他集训费脑子，所以也不敢耽误他。

“你也早点休息，少看会儿电视。”临挂电话前，许知景又不放心地嘱咐了一句。

“知道啦，知道啦。”阮冬天看了眼头顶的钟表，“还有一集，我看完就睡觉。”

“好，晚安。”

许知景收了手机，因为通话时间较长，机身变得滚烫。他把手机握在手心，感觉心都是滚烫的。

没想到他这次离开竟然有了意外之喜，阮冬天开始有占有欲了，真是可喜可贺。

他把手机放进裤兜里，准备回宿舍，背后突然传来踢踢踏踏的脚步声，然后就听到有人叫他。

“许知景。”

许知景停下脚步，回头。

楼梯口站着一个年轻的女生，十五六岁的样子，有着窈窕的身姿和姣好的面容。对上他漆黑的眼睛，女生的脸颊飞起了一团红晕。

女生跑到他身边，与他并肩而立：“你是要回宿舍吗？我们一起走吧。”

许知景眉心微蹙："你回女生宿舍，我回男生宿舍，不顺路。"

他话语里的拒绝，女生一点也不在意，说："走到路口再分开，也一样。"

许知景的眉头皱得更厉害了，转身大步走了出去。女生反应过来，赶紧追了上去。

女生的腿不短，频率也快，不一会就追上了，趁着分道扬镳前最后的路途抓紧时间套近乎："许知景，我刚才看到你在打电话，是和家里打的吗？也是，咱们离开家好几天了，我也特别想家，我以前还没离开我爸妈这么长时间呢！不过我不敢打，我怕打电话了我就会哭。我要是哭起来，能半个小时停不下来，我……"

女生停住了脚步，仰头看着猛地停下来的许知景："怎……怎么了？"

"话太多。"许知景眼里带着不耐烦，"还有，你哪位？"

女生有些瞠目结舌，指着自己的鼻尖："我是高楠啊，上课的时候我坐你前面。"

"没注意。"许知景冷冷地说，"我们不熟，以后你不要找我说话了。"

说完，他转身就走了，不留一丝情面。留下高楠站在原地，凝视着他的背影久久未动。

许知景拐上回男生宿舍的石子路，身后有人跟了上来。

"啧啧啧，许知景，你说话也太不留情面了。好歹高楠也是我们附中美貌与智慧并存的女生，你这么不给面子，好意思吗？"追上来的人调侃道。

许知景看了一眼身边这个唯恐天下不乱的"二百五"，开口道："偷听别人说话，你好意思吗？"

叶孟沉撇撇嘴："我可不是故意的，只是恰好经过而已，不过我真的很想知道你为什么会拒绝高楠？"

许知景忽然想到那个小太阳一样绽放光芒的女孩，微微一笑："我和一个人有过约定。"

他的笑容很浅，却被叶孟沉看到了："谁啊，你们学校的吗，能不能介绍给我认识？能拿下你这座大冰山，我表示很有趣。"

许知景推开他，拒绝道："不行。"

"为什么？"

"你长得太丑。"许知景睨了他一眼，"我们一中有规定，不和长得丑的人做朋友。"

叶孟沉："许知景，你是不是瞎？"

就他这颜值，吊打整个集训队的成员好不好，还说他长得丑，除了瞎不可能有别的解释了。

回答叶孟沉的，是许知景无情的背影。

日子过得飞快，集训队里的时光过得更快，每天除了上课就是刷题，等最后的考试结束时，大家竟然不觉得是参加了一次考试，而像是做了一套模拟卷。

许知景从考场里出来时，叶孟沉正从隔壁考场走出来。

他们都来自宁城，一个是宁城附中，一个是宁城一中，作为今年数学大赛最有可能夺冠的两枚种子选手，他们彼此竞争之余，也惺惺相惜。

"考得怎么样？"叶孟沉率先开口。

"还行，你呢？"许知景说。

"就那样吧。" 叶孟沉笑着说道，"我们明天才回宁城，还有一些时间，要不要一起出去逛一逛？"

"我和你，有什么好逛的？"两个大男生出去逛街有什么意思。

"在这里住了快半个多月，也没出去逛一逛，多没意思。再说了，既然来一次，我也想买点礼物带回去。"叶孟沉说，"你要是不愿意就算了，我自己也可以。"

礼物？

许知景心里一动：“我和你一起去。”

阮冬天从跆拳道馆出来，一眼就看到了在门口站着的身影，像小白杨一样，格外招眼。

许知景也看到了她，露出一抹淡淡的笑意：“阮冬天。”

阮冬天飞快地跑到他面前，脸上写满了惊喜：“许知景，你什么时候回来的？”

“四点半就到了。”他们今早通知成绩，颁奖，坐上回宁城的车时已经是中午了。许知景细细地描摹她的模样，明明只是两个星期，他却像是很久没有见到她一样。不见时惦念，见了才觉欢喜。

“你回来不好好休息，怎么来这里了？”阮冬天问。

“我来剑道室拿点东西，顺便给你送点吃的。”许知景说着，变戏法似的从身后拿出了一盒包装好的点心。

“什么啊？”阮冬天探着头看。

“集训队旁边有家许记糕点，听说是百年老店，栗子糕做得最好，我买了一点带回来给大家。”许知景解释。

“那我就不客气啦。”阮冬天觉得许知景真是全世界最贴心的人，出去比赛还不忘给大家带礼物，“只有我有吗？”

“当然不是，大家都有，等明天上学，我会带过去给他们。”

“那就好，那就好，有好吃的大家要一起分享，不然我一个人吃，多没意思。”阮冬天抱着点心盒子不撒手，笑眯眯的样子像一只刚刚偷到油的小老鼠。

许知景边走边问：“你怎么也不问我考得怎么样？”

阮冬天一拍脑袋：“你看我这记性，看到你光觉得开心了，都把正事给忘了。你考得怎么样？”

许知景微微一笑：“还行。”

“还行是怎么个意思？！”阮冬天觉得他说得不明确，“第一，第二？”

“第一。”许知景浅笑。

“我的天，许知景你真是太厉害了！”阮冬天几乎要蹦起来了，许知景拿了第一名，她比自己拿第一还兴奋：“不行不行，这么个好事我们一定要庆祝一下！”

“是吗？”许知景失笑，“你准备怎么给我庆祝？”

“当然是把大家召集起来，热热闹闹地开个庆祝会了，你放心，这事交给我，包你满意。”阮冬天已经开始琢磨场子要订到哪里比较合适了。

看着阮冬天兴致勃勃的样子，许知景心底忍不住叹息一声。

“好啊，就交给你。”

阮冬天和许知景大半个月没见了，一见面就叽叽喳喳说个不停，大有要把过去半个月学校发生的所有事情都告诉他的架势。

许知景静静地听着，一直到他送了阮冬天回家。

阮冬天的脚步声消失在楼道里，许知景的右手握得紧紧的，半仰着脸，视线从种着各色绿植的三楼收回，转身离开。

走了没几步，遇到了打球回来的金止戈。

每个周末，金止戈都会到宁城大学的篮球场打一下午的篮球。他骑着小电驴回来，正好看见了许知景，小电驴“吱嘎”一声停了下来。

“许知景？”金止戈还以为自己看错了，这人不是在比赛吗，怎么在这里？

“嗯。”许知景将右手揣回裤兜，“你去打球了？”

“是啊，你怎么在这？我还以为明天上学才能见到你呢。”金止戈撸了一把脑袋。

“没有，今天就回来了。”许知景说完，不等金止戈再问，说道，“你赶紧回去洗洗澡吧，我先回家了，明天见。”

金止戈骑着小电驴回到单元楼下，把车停在地下室，进门扔了球，就进了浴室洗澡。

他简单地冲了一下，换了件新的T恤，趿拉着拖鞋就往外跑，一路跑到阮冬天家门口，才缓了缓气，敲门。

金止戈和阮冬天一起长大，再加上金止戈的父亲是钟教授的学生，所以打小他进阮家就跟进自己家一样。先和二老打过招呼，然后就去了阮冬天的房间，好家伙，这女生正盘腿坐在椅子上，一口西瓜一口栗子糕的吃得正欢呢。

阮冬天看见他，鼓着两颊问：“你怎么来了？”

“没事，我这纯属溜达一下。”金止戈在一旁的藤椅坐下，在阮冬天的白眼里装作不在意地说，“哎，我刚才在楼下看到许知景了，他怎么来了？”

阮冬天啃了口西瓜：“啊，他送我回来的啊，你看到他了？”

“嗯，他们刚比完赛不应该很累吗，怎么还有时间过来找你？”

“不是特意找我的，他要去剑道室拿东西，跟我的跆拳道馆挨着，刚巧碰见就顺道一起回来了。”阮冬天心无城府道，“哎，栗子糕你吃不吃？许知景买回来的。”

“他去剑道室拿东西，还不忘给你带栗子糕？”金止戈的眉毛扬得老高。

“不是说了吗？顺路。”阮冬天一脸“你是不是智障儿童”的表情。

金止戈觉得阮冬天才是智障，拿了个栗子糕塞进她嘴里：“吃你的吧，小心吃太多变成猪。”

阮冬天气得磨牙：“你不吃拉倒，老对我人身攻击有意思吗？有本事明天许知景给你带栗子糕，你也别吃！”

第二天，许知景果然给金止戈带了栗子糕，不只是他，姜姝、霍飞宇还有赵晓曼都有，大家都很高兴。东西其次，关键是许知景瞧着一个冷冷清清的人，比完赛还不忘给他们带礼物，实在心意可嘉。

与此同时，这次数学比赛许知景获得第一名的消息也在学校传遍了。

许知景是当之无愧的冠军，听说昨天消息传回学校的时候，两个理科班参赛选手的班主任当场绿了脸，看周越的眼睛里带着嫉妒的光。可周越一点也不在乎，优秀的人就是在别人的嫉妒中才会更优秀，最近几天他走路都带风，那架势，感情拿第一的不是许知景，是他。

大螃蟹为此心情郁郁，这种被踩了一头的感觉让他都消化不良了，回头对着六班的“小白菜”进行了地狱式的训练，要在之后的作文比赛上碾压七班。

许知景最近有点忙，比赛获得第一名，电视台有采访，报纸上也露了脸。校长同志更是见缝插针，借着获奖的许知景对一中好一通宣传，这种能够体现一中风貌和教学质量的好事，怎么能够少了他？

前后折腾了快一个星期，许知景才逐渐恢复正常的学校生活。

下午放学时，阮冬天惦记着周末的聚会，问许知景：“周末的聚会你想吃什么？”

许知景知道她是在说给他庆祝的事，他也不是个好口腹之欲的人，便说：“什么都可以。”

阮冬天瞪着许知景看了三秒，难道他不知道这个世界上最难的就是“随便、什么都可以”吗？

半晌，她转头去看霍飞宇：“我也不指望许知景了，霍飞宇，你是咱们的小行家，你说咱们吃什么？”

“吃火锅啊！”霍飞宇想都没想地说，“外面热气腾腾，火锅店里把空调开得很低，围着牛油火锅涮肥牛，那感觉绝对飞起。”

“好，就吃火锅了！”阮冬天一锤定音，这件事就这么定了。

转眼到了校门口，赵晓曼和霍飞宇一起往南走，她和许知景往北走。走了没几步，阮冬天小声地“呀”了一声。

许知景和阮冬天肩并肩地走着，听得真切：“怎么了？”

阮冬天的脸有点红，捂着胸口处："我校服的扣子掉了一颗。"

已经到了夏天，大家都换上了夏季的短袖校服。昨天阮冬天就发现胸前的第二颗纽扣已经摇摇欲坠了，晚上洗校服的时候还惦记着干了之后要缝一下，结果今天起晚了些，来不及就凑合着穿了。她以为怎么也能撑过今天，没想到不知道什么时候纽扣就不翼而飞了。

第二颗纽扣掉了，领口便会大很多，阮冬天害羞得脸上都要着起火来，手足无措地站着，不知道该怎么办才好。

许知景看着她手捂的地方，明白了。他从口袋里掏出一个银色的东西，递给阮冬天："扣子不好找，你用这个将就一下吧。"

阮冬天看向许知景的掌心。素白的掌心里躺了一个银白色的小太阳，映着夏日的阳光熠熠生辉。

"这是？"

"胸针。"许知景说，"没有别的办法了，你先凑合一下吧。"

阮冬天也不矫情，伸手拿过来，转过身，把胸针别在扣眼处，再转过脸来时，脸颊依旧红扑扑的："谢谢你啊，等我回家缝上扣子，就把胸针还给你。"

"不用还我，你留着就好了。"许知景的视线从她胸前的小太阳上掠过，如他所想，真的很合适她。

"那多不好。"阮冬天不自觉地摸了摸胸针，凉凉的，"你这个胸针是送给别人的吧？我拿来用本来就很不好，再收下那成什么了。"

阮冬天虽然迟钝了些，也不至于太笨。许知景一个男孩子，身上带着女孩子才会用的胸针，肯定是送给别人的礼物，哪想到还没送出去，就被她占用了。

"本来就是送给你的，你再还给我算什么？"许知景轻笑着说。

阮冬天蒙了："不逢年不过节的，你干吗要送我礼物？"

"谁说不过节了，儿童节啊！"许知景有种得偿所愿的满足感，"阮冬天，这是我送给你的儿童节礼物。"

阮冬天哭笑不得："许知景，今年的儿童节已经过去九天了。"

"过去了也没关系，你要是觉得不妥，也可以当成提前收到了明年的儿童节礼物。"许知景不会给她拒绝的理由，天时地利人和，送出去的礼物怎么可能有再收回来的道理，"总之你留着，不可以还给我。"

阮冬天在她十六岁"高龄"时，收到了许知景送她的儿童节礼物。

她表示，强送礼物的人好任性。但是，她很喜欢啊！

阮冬天靠着许知景送她的胸针，一路有惊无险地回家。到家后，她把校服衬衫脱下来放进洗衣机里，然后捏着胸针趴在桌子上看。

阮家的家具，都是清一色的老红木，有些年头了，有种老旧感，但没腐朽。银白色的胸针放在朱红色的桌子上，有种相得益彰的美感。

她趴在桌子上，伸手去拨弄一下胸针，小太阳不倒翁似的动了动，又停在了原地，笨拙得可爱。她笑了，从抽屉里找出来一个盒子，郑重地放了进去。

第二天是给许知景庆祝的日子，阮冬天看着衣橱，不由自主地拿起了那件买了以后就没动过的连衣裙。

白色的掐腰连衣裙，上面绣着大朵大朵的黄色太阳花，裹着少女窈窕的身躯，花苞一样的美丽。平时梳惯了马尾辫，此刻放下来，乌黑的长发垂在肩头，多了几分娇俏婉转的味道。

她在镜子跟前照了一会儿，觉得有些不习惯，还是把头发扎了上去，只是不再是马尾，而是丸子头，依旧俏丽。

出了卧室，钟教授看着她这身打扮，眯起了眼睛："咱们小阮阮还是穿裙子好看，这件裙子衬你，你妈妈眼光不错。"

这裙子原是阮妈妈买的，她希望把女儿打扮成美美的小仙女，钟教授也觉得漂亮，便哄着阮冬天换上。可惜这女生对裙子不感冒，觉得没有短裤舒服，死活不乐意穿。如今换上了裙子，漂漂亮亮的，格外招人喜欢。

阮冬天被钟教授夸奖得脸上红扑扑的，然后乐颠颠地背着小书包出门了。

她这么一折腾，下楼也就晚了些，金止戈在楼下等得不耐烦，听见脚步声张嘴就要嫌弃。等他看清她的样子，眼睛瞪得像黑猫警长，脸都憋红了，半晌才憋出了一句：“阮冬天，你穿的什么玩意？”

哪个女生不爱美？阮冬天虽然平日里大大咧咧、没心没肺了些，但也喜欢别人夸自己。她费心打扮了一番，落到金止戈眼里好像丑得很。

阮冬天有些沮丧：“不好看吗？要不我回去换回来。”

“算了算了，你再换回来指不定要耽误多长时间呢！”金止戈摸了摸鼻子，一副不耐烦的样子，“走吧走吧，别换了。”

火锅店是霍飞宇定的，阮冬天和金止戈坐公交过去也不远，只是要走一段路罢了。

许知景和姜姝早就到了，两人很有默契地在站牌前等着。

阮冬天在车上就看见了许知景，隔着车窗和他打招呼，眉眼弯弯，像极了垂在天空的月牙。

许知景暖暖地笑着，等到阮冬天下来，他的眼睛里，像是燃了一把火。

阮冬天被他看得不好意思，捏着裙角小声说：“不好看吧？我本来想回去换来的，但是时间来不及了，我就没换。”

“没有，很好看。”许知景的眼睛像蒙了一层薄薄的水光，泛着春波一般，语气却笃定。

“真的？”阮冬天有些不敢相信，“金止戈之前还说我穿着不好看呢。”

“金止戈？”许知景看了一眼正和姜姝说话的罪魁祸首，“他眼神不好，我们以后不和他玩了。”

阮冬天：“好。”

四个人两前两后地走着，姜姝在后面瞄了好一会儿，压低了声音，悄悄地和金止戈说话。

“阮冬天穿这件裙子可真好看，虽然她以前也好看，但是现在打扮起来，更好看了。”

姜姝因为和金止戈的熟识，也与阮冬天交好了，相处久了，她越来越喜欢阮冬天的性格，热情，充满活力，对这个世界充满好奇，是她永远也无法企及的。她觉得阮冬天怎么都好看，不修边幅是清水出芙蓉，稍微打扮就是貌美如花。

金止戈抬眼看了一眼，撇了撇嘴：“没觉得，花枝招展的，跟花蝴蝶似的。”

姜姝低头，看着自己长裙上的小蝴蝶，眸光闪了闪，算了，当她没说。

五分钟后，四人到达霍飞宇定的火锅店。还没来得及进门，许知景看向另一侧走过来的两个人，眉毛挑了挑，真巧，是熟人。

叶孟沉也看到了许知景，欢快地挥舞手臂：“嗨，许知景。”

许知景看着他有些头大：“你怎么在这？”

“在火锅店门口，当然是吃饭啊！”叶孟沉说完，眼前一亮，“正好碰到了，许知景，你拿了第一名，伤害了我幼小的心灵，要不今天的火锅你请我吃，权当安慰我这颗脆弱的心了，好不好？”

这次全省数学大赛，最高分是许知景，叶孟沉只比他少了零点五分，屈居第二。这厮在家捶胸顿足了半天，后来得出了许知景是变态的结论，这才让自己好过了点。

集训队相处了半个月，许知景算是了解了他的性子，简单三个字来形容——二百五。他头痛之余，只好先应着：“我先问问我同学。”

回头看剩下的三个人，金止戈和姜姝没有意见，只有阮冬天“哼”了一声。

许知景就有些犹豫，谁知下一秒，他眼睁睁地看着那个“二百五”

把爪子放到了阮冬天的头上，还不要脸地捏了一下她头上的小丸子。

“行了，冬天，还和我生气呢？”

阮冬天打掉他的爪子：“哼！”

“我都跟你说了，那个郑强真的和我没关系。再说，郑强也已经被篮球队开除了，冠军也让你们捧回去了，小金子还拿了MVP，我这里输人又输面子，你就不能可怜可怜哥哥我？别生气了！”

叶孟沉觉得自己可能是现代窦娥，当初郑强在篮球联赛上的那一出，直接把附中的脸丢到了姥姥家。回头他一打听，才知道郑强为什么对金止戈有那么大的敌意。

郑强有个初中同学叫姜姝，他死缠烂打了许多年，可惜人女生不待见他，躲他跟躲瘟疫似的。后来有一次他又去堵姜姝，叫金止戈撞见了，差点打起来。再后来郑强又悄悄地去一中打听，知道姜姝和金止戈走得近。他心里恼怒，想找个机会教训下金止戈，就把心思动到了篮球联赛上。也难为他那个猪脑子，琢磨出这么阴毒的招数，只是命不好，叫许知景给撞破了。

叶孟沉是附中篮球队的队长，出了这事，郑强肯定是不能留，回去就开除了。他哪里想到回家就接了阮冬天的电话，为了给金止戈出气，把他好一顿骂，说他选人的眼光不行，把他难过得想上吊。当即好言好语地安抚了一顿，又躲了这么长时间。没想到时隔这么久，这丫头的怨气还没消。

许知景被眼前的一幕弄得有点蒙，半晌才说：“你们，认识？”

叶孟沉伸手把阮冬天往自己身边一搂，骄傲地宣布：“那当然了！”

许知景看着他搭在阮冬天肩头的爪子，想给他剁掉。

霍飞宇开了个包间，加上叶孟沉和他的朋友，八个人坐了一桌，点了火锅汤底和菜肉饮料之后，他突然对桌上出现的不速之客产生了好奇。

叶孟沉是个自来熟，把自己的底交代了个清楚。

叶孟沉的爸爸是阮教授带的第一届硕士生，也是唯一一个留在宁城工作的。师生情谊深厚，即便是毕业参加工作了，叶爸爸也会抽时间探望阮教授。叶孟沉出生后，逢年过节都会跟着老爹去阮教授家里探望，自然而然也就认识了阮冬天，还有金止戈。他们三个还是幼儿园、小学同学，只是后来叶爸爸调到别的区工作，初中高中才没在一起。

鸳鸯锅底端上来，一边红油一边清汤，泾渭分明。霍飞宇是个在吃上十分讲究的主，什么时候下什么，时机把握得刚刚好。

他又下了一拨山药，然后说："你爸爸和金止戈的爸爸都是阮冬天爷爷的学生，那要是在武侠小说里，你们就是妥妥的大师兄和小师妹啊！"

一直坐在阮冬天身边的许知景眉头微微皱起，这厮最近沉迷看武侠小说，昨天课外活动看《神雕侠侣》，让临时来教室的周越抓了个正着，好一顿教训。没想到今天依旧三句话不离武侠小说。

赵晓曼也兴致勃勃地补了一句："大师兄，小师妹，一听就是要配对的嘛！嘿嘿嘿！"

她说完，骤然觉得脊背有点凉，环顾一周，唔，可能是空调开得太低了。

叶孟沉的眼睛一亮，乐呵呵道："我爸入门比小金子爸早，我是大师兄，所以冬天小师妹，待你成年可否考虑一下大师兄我呀？"

阮冬天真是受不了这个神经病了，打小就会顺杆爬，也不知道跟谁学的："不好意思，你爹入师门再早，早得过我爹？"

"没关系啊，你当师姐也可以啊，我不介意的。"叶孟沉明显不想放弃，还不忘求金止戈场外援助，"小金子，你说是吧？"

回应他的，是金止戈的一个白眼。

火锅里的肉菜已经随着汤汁翻滚，热气氤氲中，传来许知景慢吞吞但又凉飕飕的声音："师哥师弟，都没好下场。"

叶孟沉一口嫩牛肉没下去，呛得死去活来，好不容易止住了咳嗽，他泪眼汪汪地看着许知景："你什么意思？"

"《笑傲江湖》里，岳不群是宁中则的师哥，林平之是岳灵珊的师弟，最后，他们都自宫了，你也想学他们？"许知景冷冷地开口。

众人闷笑，叶孟沉不服气："我为什么一定就是岳不群和林平之，我就不能是令狐冲？"

"令狐冲没娶到小师妹，和任盈盈走了。"言外之意，小师妹你就别想了。

"呸，你就单捡着《笑傲江湖》和我说事，我就不信别的小说里没有！"

许知景好整以暇："好啊，你说一个我听听。"

"我……"叶孟沉想了半天，脸垮成了一朵菊花，终于摔筷子，"算你狠，老子想不出来！"

许知景终于满意了，徐徐吐了一口气："想不出来，那就好好吃东西，话说多了显得你格外没文化。"

众人："……"

假装没听见，附中年级前三名其实没有文化。

阮冬天盯着锅里的年糕，一下两下，都没有夹出来。

许知景看得真切，说："我帮你。"

阮冬天乐颠颠地收了筷子，眼巴巴地等着。

许知景的筷子伸进锅里，眼疾手快地捞了块年糕，就听见金止戈说："哎，许知景，我们这师哥师弟的是做不成了，那你呢，你想做什么？"

许知景的手微微一顿，白胖的年糕抖了抖，一时沉默了。

第八章 黑芝麻汤圆

许知景的视线与金止戈相撞。

金止戈是典型的浓眉大眼，因为年轻，眼睛里盛满了飞扬洒脱。如今平静如深渊，倒和他平时认识的金止戈大相径庭。

许知景笑了笑，把年糕放到阮冬天的碟子里，然后才说：“同学啊，还能是什么？”

金止戈嗤笑一声，觉得许知景虚伪，嘴上这么说，心里不知道是怎么想的，于是故意呛他：“当一辈子的同学？”

“一辈子？我没意见啊。”许知景去看阮冬天，“阮冬天，等你哪天不想和我做同学了，你告诉我啊。”

和她做一辈子的同学，是下下之策，只是现在他不贪心，能做同学就很好。若是哪天因为按捺不住被阮冬天察觉了心思，她也喜欢，那皆大欢喜。她若是不喜欢，他自然也不会做让她不开心的事。

阮冬天咬着年糕正吃得欢，冷不丁地被点名，三下五除二把年糕咽了下去，也不顾是不是烫得牙龈疼："怎么可能不想呢？你放心好了，咱们永远是好同学，好朋友。"

许知景笑了笑，把涮好的鸭肠给她："你这话我爱听，鸭肠给你吃了。"

阮冬天咧着嘴笑，笑得跟傻白甜似的。

金止戈看得气闷，觉得阮冬天真是没出息，为了一口两口吃的，就被许知景收买了。她难道没有听出来，许知景话里还有别的意思？

旁人和阮冬天一样，眼里除了锅里的肉和菜，什么都没剩下。只有姜姝和叶孟沉，一个咬了咬唇，像是明白了什么，脸瞬间白得像一张纸；一个捧着碗藏挡脸只露出一双圆溜溜的眼睛，像是发现了什么新大陆般，偷偷地笑了起来。

一顿火锅吃下来，大家都有一种全身毛孔被打通的感觉。所有人都兴致不减，叫着一起去唱 KTV。

阮冬天是个五音不全的主，对 KTV 向来是敬而远之。但大家都喜欢，她也不好拒绝，只能跟着一道走。

叶孟沉是个老手，站在火锅店门口左右一看，说往西走五百米就有一家 KTV，也是他去惯了的。大家没意见，就让他当了领头羊，浩浩荡荡地往前走。

阮冬天背着小书包看着叶孟沉的背影，好家伙，平时果然没少来，不然能这么熟？回头他再敢欺负她，她就拿这事告黑状，看他还敢不敢。

一路到了 KTV，叶孟沉轻车熟路地定了包间，然后带着其他人先进去了，留下阮冬天和许知景到旁边去拿饮料和零食。

叶孟沉都走出去好远了，还扯着脖子对着阮冬天喊："哎，阮冬天，你别忘了我喜欢吃焦糖瓜子和地瓜条！"

阮冬天剜了他一眼："知道了！"

阮冬天在前面选饮料，许知景提着绿色的镂空小篮子跟在她后面，她拿一个，他接一个，倒也默契。到最后她发现叶孟沉点名要的零食只有焦糖瓜子没有地瓜条了，随手给他拿了山楂球。

看着满满的一篮子，阮冬天拍了拍手："差不多了吧？"

"差不多了。"许知景瞄了一眼。

"那行，先这样吧，过去结账啦！"

他们两个到了收银台，前面正排着个女生。他们站在后面看不清脸，但许知景隐约觉得声音有点熟悉，他突然有有种不好的预感。

等女生拿了发票要离开，一回头看到许知景，眼睛都放光了："许知景，你怎么在这里？"

是高楠，许知景听声音就觉得熟悉，没想到果真是她。

许知景脸色平静，依稀有冰霜，他冷着嗓子说："让让，我们要结账。"

"哦，好呀。"

高楠没想到能在这里遇到许知景，比赛结束后她就再也没见过他。她原本已经打算下周到一中去找他，没想到在这里碰上了，她觉得这可能就是传说中命运般的相遇。

"许知景，我还没恭喜你呢，这次比赛拿了第一。我听我们老师说，这次比赛的前三名会有直降五十分读D大的奖励，你以后是不是要去D大啊？"

许知景听到她说的话，眉头蹙成了疙瘩："不好意思，你问的这些是我的隐私，我没有必要告诉你。"

高楠早就习惯了他冷脸，也不生气。她自小生得美，家境优越，学习成绩也拔尖，从来是众星捧月，遇到许知景这样不把她放在眼里的，反倒引起了她的兴趣，激起了她的斗志。

"你不说就不说呗，干吗这么凶啊？"高楠嗔怪地看了眼许知景，再接再厉，"明天你有空吗？我们一起去看电影吧。你喜欢什么片子告诉我，我提前订票啊。"

高楠兴致勃勃地给出建议时，收银台那边已经清点完毕，许知景付了款，然后看着高楠，硬邦邦地说：“我不看电影，不好意思，让一让，我们要走了。”

“我们？”

高楠蓦地瞪大了眼睛，受了惊一样：“她是谁，什么时候过来的？”

阮冬天听了这句话差点没被自己的口水呛死，敢情她一个大活人在这站了五分钟，人家把她当成了空气！

阮冬天幽幽地说：“我一直在这里。”

“啊，你太矮了，我刚才没有看到。”高楠不在意地挥了挥手，继续盯着许知景看，就跟老鼠见了奶油蛋糕一样，“你不爱看电影啊？那要不我们去书店吧，我正好想买几本新书。”

阮冬天都要炸毛了，她是只有一米六，比起对面一米七的高楠，她确实矮了些，但她不是不存在好不好？！

许知景有些烦躁，身边的女孩子，除了阮冬天，他向来不会亲近。之前也不是没有女孩子来找他说话，邀请他周末一起玩，但是都被他的冷脸冷语吓跑了。可高楠仿佛不知道“知难而退”四个字怎么写，他敬佩她打不死的精神，但是他真的不喜欢，尤其是现在还当着阮冬天的面。

“你跟我过来。”许知景拉着阮冬天走向KTV大厅的一侧，然后看着一脸惊喜跟着他过来的高楠说，“高楠，我知道你在想什么，但是对不起，我不接受。”

高楠眨了眨眼睛，这种拒绝太彻底了，让她觉得有点刺激，又很委屈：“你为什么要拒绝我？我又瘦，长得漂亮，学习也好，有哪里配不上你吗？”

见他们有话要说，阮冬天想躲得远远的，但是许知景拉着她不让她走，她也只能在旁边继续当背景板。

阮冬天听完高楠说的话，觉得这个女生虽然有点虎，但也蛮可爱的。

“对，你很好，但是我不喜欢。”许知景一字一顿道。

这个世界上有很多很好的人，但和他又有什么关系？他心里已经有了他的冬天“睡美人”，其他的公主有再宏伟的城堡再盛大的庄园都不能让他动心，他只愿守着她等她醒来。

“你这话是什么意思？”高楠气得很，一直隐藏的小脾气也上来了，“我不管，你今天要是不给我说出个正当理由来，我是绝对不会放弃的。”

这女生，有个性！

阮冬天悄悄地想，然后就听到许知景无奈的声音：“高楠，你会吹唢呐吗？”

高楠有些蒙，唢呐，难道不是喇叭？不好意思，她会弹钢琴，还会拉小提琴，但是唢呐……

“我不会，怎么了？”

“你不是问我要理由吗？那我就告诉你。”许知景看了一眼站在自己身旁的阮冬天，“我欣赏会吹唢呐的女生，你不会，所以我不喜欢你。”

阮冬天被许知景拉着一路往包间里走，她有点蒙，脚步有点飘，连脑子都不大好使了，只会无限重复着许知景的那一句“我欣赏会吹唢呐的女生”。

唢呐，唢呐，刚巧，她也会吹呢！

长长的走廊里铺了厚厚的地毯，踩上去连声音都被吸收得干干净净。阮冬天心神不定，被地毯绊了一下，差点跌倒。

许知景眼疾手快地捞住她：“想什么呢？”

阮冬天捧着脸“嘿嘿”笑：“许知景，你刚才说欣赏吹唢呐的女生，我可不可以理解为，你特别欣赏我？”

许知景心头一震，他望进阮冬天无垢的眼睛里，像阳光下的溪流，澄澈一片。他敛了敛神，故作轻松道：“是啊，我从来没见过像你一样会吹唢呐的女生，所以我特别欣赏你。”

“你太有眼光了，你也觉得我会吹唢呐特别棒、特别可爱对不对？可惜了，小区的爷爷、奶奶、叔叔、阿姨不懂得欣赏唢呐的美，集体劝我不要再吹唢呐了。要不然，我说不定能进国家民乐团呢！”阮冬天这清奇的脑回路，直接把许知景的欣赏从喜欢她转成了许知景喜欢她吹的唢呐，敢情他成了慧眼识骏马的伯乐。

许知景看着她扬扬得意的样子，有一种想掐死她然后再掐死自己的冲动。摊上这个缺根筋的女生，也算是他倒了八辈子的血霉！

被她气到没脾气的许知景转身就走，阮冬天跟在他身后絮絮叨叨：“哎呀，我说你也够残忍的，你把唢呐祭出来，简直就等于祭出了大法器啊！高楠被你碾压得脸都跟小油菜似的，绿绿的，啧啧啧！”

说他残忍，他能残忍得过她？

许知景停下脚步，回头狠狠地盯着她：“那我要不要温柔一回，回去找高楠，说我收回刚才的话，让她以后随心所欲？”

阮冬天被他瞪得有点尿 ，缩了缩脖子：“那什么，高小妞虽然很有个性，但我觉得她的热情不适合你的冰冷，你残忍得很对、很棒、很彻底，我为你感到骄傲！”

许知景：“……”

阮冬天和许知景回到包间，在叶孟沉“你们怎么那么慢”的抱怨声中开启了一下午的鬼哭狼嚎。

而那边气鼓鼓的高楠回到家中跟她妈说她要学吹唢呐，她妈也是个宠孩子的，找遍全城，才在音乐学院的民乐系找了个学生教她。高楠吹了三天，鼓着腮帮子嗷嗷地哭，边哭边骂许知景，到底哪根筋不对，喜欢吹唢呐的女生，这是什么特殊癖好？

后来高楠和同学说许知景的特殊爱好，一传二传，传到最后，就成了一中的许知景有什么不为人知的特殊癖好。究竟有多特殊呢？广大同学们展开了深刻地联想，思维之发散，联想丰富，当真是前无古人后无来者。如果这劲用到古诗鉴赏和阅读理解上，估计人人都能拿满分。

传到最后，许知景也知道了。他起初有点不舒服，但随后又释然了，这样也好，以后他耳朵也能清净些。

许知景做了佛系受害者，阮冬天却按捺不住了，跃跃欲试地想要给罪魁祸首一个教训。

许知景忍不住弹她的脑门："你知道罪魁祸首是谁吗？"

阮冬天发挥强大的逻辑思维能力分析："我都打听了，这话不是咱们学校先传的，是附中那边先开始的。附中那边你认识的人不多，得罪的就更少了，算来算去也就剩下高楠。我让叶孟沉打听了一下，流言最先从高楠班里出来的，那就是她了，跑不了。"

分析完了，阮冬天按了按指节，噼里啪啦地响："你说高楠也太不可爱了，你拒绝她不也是为她好吗？怎么还败坏你名声呢，真是的，你说你想怎么教训她？我给你打头阵。"

许知景无奈地拿了一本崭新的文综习题敲阮冬天的头："你当你是绝世女侠啊？给我安生点，别想那些没用的。"

阮冬天捂着头"嘿嘿"笑："哎呀，我也只是说说而已，女人是不会为难女人的，我就是不开心，你明明那么好，高楠为什么要说那些不着调的话？"

"你知道我好就行了，至于别人怎么想，我不关心，也不在乎。"许知景看了她一眼，眼底的温情像水一般荡漾，"有那个时间，还不如多做几道题。"毕竟，期末考试马上就要来了！

许知景和阮冬天在书店选完练习题，然后各回各家，专心致志地刷题。

高考过去已经有半个月了，高三部已经人去楼空，阮冬天每次经过高三部，都有一种马上就要轮到自己的感觉。

不只是她这么想，班里很多人都是这么想的。以前经过高三部，白天黑夜，灯火通明，他们能看到高三学生匆匆的脚步、紧抿的嘴唇和肃穆的神情。自从高考结束，高三教学楼里的灯晚上再也没有亮起来过。

没有了高三的学长学姐顶着，一瞬间，他们仿佛感受到了来自高考的压力。

期末考试之前的一个月里，学生们的嬉戏打闹都少了，更多的时候都是在默默地背书做题，大螃蟹巡视几圈，看着自习课上埋头苦学的孩子们，觉得既欣慰又怀念。

时间不慌不忙，永远准时地迎接所有人，终于等到期末考试考完，歇了几天，大家回校领成绩。

阮冬天看着成绩单上的分数，咧嘴笑了笑，前段时间的努力果然没白费，她挤进了班级第五。虽不算是顶好，但他们班这次成绩普遍偏高，她的年级排名突破了前三十名，冲进了前二十名。

马上就要暑假了，大螃蟹操碎了心，一边嘱咐大家暑假期间注意安全，出去游玩要听从家长指挥，不要独自去深山老林、水库等偏僻地区，遇到危险不要慌张，要记得第一时间向警察叔叔们求助；一边又让他们有开学就要升高二的自觉性，暑假期间不可荒废学业，开学测验，谁要是掉了队别怪他罚抄教科书。

大家在这鼓励与威胁中，迎来了愉快的暑假。

阮冬天出教室时，许知景已经在等着她了。她第一件事就是扑过去看许知景的成绩单，果然不出她所料，年级第一的宝座牢牢地被许知景坐在屁股下。

阮冬天替他高兴，许知景很淡定，问她暑假有什么打算。

把成绩单重新塞进他书包里，阮冬天的眼睛亮亮的："还能干吗？当然是回滨海市了。"

许知景一愣，难得有点呆："你回滨海干什么？"

“回去看我爸爸妈妈呀，还能干什么？”阮冬天挠了挠脑袋，想起来一件事，“我没告诉过你吗？”

阮冬天五岁被接回宁城，一直到现在。原先阮教授和钟教授也没想到能留孙女这么长时间，毕竟孩子还是跟着父母更好一些。但后来到了阮冬天读书时才发现，滨海市作为新开发城市，教学质量比宁城这种历史悠久的城市差太多了，阮家就开了个会商量了一下，决定让阮冬天留在宁城读书，寒暑假回滨海市陪父母。

这对于阮冬天来说是理所当然的事，就忘了和许知景提。而许知景也一直没问，眼睁睁到了暑假，两人一说，许知景才发现自己之前规划的暑假计划都泡汤了。

许家少年有些心塞：“你说呢？”

“我不是故意的，你不要生气啊。”阮冬天有些理亏，决定用物质补偿许知景，“等我回来，我给你带滨海的海鲜，章鱼，这么大的，可好吃了！”

她用手比画，许知景看着，觉得比胸襟还大的章鱼约莫是要成精了，他还是不要吃了。

许知景虽然舍不得，但想到阮冬天要回去见爸爸妈妈，还是替她高兴：“我才不生气呢，你又不是不回来了。”

阮冬天是早上八点半的火车，下午四点半到滨海市。她爸妈早就接到了指示，今天啥也不干，就等着闺女回来。

阮教授和钟教授送她去火车站，帮着她又检查了一遍证件，然后拍拍她的肩膀：“快检票了，进去吧。路上注意安全，不要随便和别人搭话，有问题就找乘警，下了火车见到你爸妈给我打个电话。”

“放心吧放心吧，我不会忘的。”阮冬天背着书包认真地听着，然后扑到钟教授怀里，“奶奶，我走啦，你别太想我，我过两个月就回来啦！”

钟教授捏捏她的脸蛋：“好乖乖，去吧。”

等到阮冬天雄赳赳气昂昂地进了火车站，检票上车，阮教授和钟教授对视一眼——小乖乖走了，家里要冷清起来了哟。

阮冬天的票是阮爸爸订的，怕女儿累着，特意定的软卧。阮冬天上了火车，潇洒地把书包往上床一扔，脱了鞋就蹿了上去，然后第一件事是给许知景发信息。

许知景原本想送阮冬天，后来知道阮教授和钟教授会亲自送她走，也不想打扰他们，便嘱咐她要随时和他联系。

阮冬天的手机是阮妈妈给她买的，上课时用不上，再加上最近学校开始严查手机，她就把手机扔在家里，由着它生灰。这会儿要出门了，才把它翻出来用。

三星翻盖手机，银灰色，瞧着洋气得很。她半躺在被子上给许知景发了信息，没聊几句，火车就开动了。

阮冬天躺在床上吃了两包话梅、一包薯片、一大碗面，还喝了两瓶草莓味的酸奶，看了半本《简·爱》之后，她终于到了滨海市。

到了滨海市的阮冬天，成了放飞的小鸟。

阮妈妈和阮爸爸因为当年的事对闺女有亏欠，再加上她不在他们身边长大，不知道该怎么疼她才好，好吃的、好喝的、好玩的，甭管是什么，只要是她喜欢的，不用开口，阮爸爸阮妈妈就往家里搬，那架势，是散尽家财也乐意。

另外就是抽出一切时间陪着阮冬天，陪她出去吃饭，带她去游乐场，陪她买衣服逛街，要不是影响不好，阮爸爸甚至希望每天带着闺女上班。

就这样，被爱包围的阮冬天乐不思蜀，差点忘了宁城还有个许知景。

许知景却早有准备，阮冬天就是一只喂不熟的白眼狼，在他身边的时候还好，离开了他，指不定放飞成什么样。只是这只白眼狼再怎么喂不熟，他也喂了这么久，不能一时不察，让别人拐了去。

许知景坐在书桌前，看着摊在桌子上的地图，莹润细长的手指在某个地方轻轻一点，而后笑了笑。

他走出卧室到了客厅，许爸许妈正在玩互相喂水果的游戏。这么多年，许知景早就习惯了，装作没看见，他问许妈妈："妈妈，你说让我暑假出去玩一趟的事，还算数吗？"

"当然了！"许妈妈惊喜得连水果和老公都顾不上了，儿子终于知道要出门了，简直是喜大普奔啊。她是真的觉得自己的儿子太闷，每天除了在家待着就是在家待着，不是学习就是看书，她真的好怕这么下去儿子会变成小傻子。

以前周末还知道出去溜达一下，可现在，暑假都过去二十多天了，去得最远的地方就是她拉着他去逛的那个菜市场。简直不能忍！十六七岁的年纪，正是精力旺盛的时候，就是要多出去走走看看，和小伙伴一起玩耍。

觉得儿子终于开窍的许妈妈很开心，迭声问："你想去哪儿，去哪儿？"

许知景微微一笑："滨海市！"

许知景是个有打算的，他没有直接告诉阮冬天他要去滨海市，而是在晚上聊天的时候，装作不在意地说他要去东城市玩。

东城市和滨海市一样，都是沿海城市，而且两个城市还搭界，从东城市到滨海市坐车不过两个小时。

阮冬天听了果然亢奋，嗷嗷地叫着："许知景，你别去东城市了，你来我们滨海市吧，我们滨海市的海更清、天更蓝、空气都更清新"。

结果当然是许知景盛情难却之下，勉为其难地改道了去滨海市。

许知景安排了一下行程，几天后，他坐上了当初阮冬天坐的那班火车去了滨海市。

一到出站口，许知景就看到了翘首以盼的阮冬天。

他拎着行李箱走出出站口，阮冬天蹦跳着过来，眼睛亮晶晶的：

“你终于到了！”

许知景细细打量了她，然后开口：“唔，这才一个月，你怎么黑胖成这个样子了？”

人是真胖了，原先就有些婴儿肥，现在双下巴都出来了，也黑了，还油亮。以前瞧着像黑芝麻汤圆的皮，白白嫩嫩，现在成了馅，黑黑亮亮。

阮冬天被雷劈了一样：“许知景，我们都这么长时间不见了，你一见面就打击我，这样真的好吗？”

许知景清浅地笑着：“黑了胖了也好看。”

阮冬天：“我信了你的邪。”

纵然一见面就感受到了许知景的不友好，但阮冬天还是发挥了自己作为一名合格东道主的作用。为了能让许知景欣赏落日余晖下的大海和滨海市，特意带许知景坐环海公交车去他定的酒店。

两个人在最后面的座位坐下，阮冬天坐在靠窗的位置，许知景侧着脸看过去，不知道是在看海，还是在看她。

“这一个月你都干什么了？”许知景问她。

“没干什么啊。”阮冬天掰着手指头算，“到海边玩、吃烧烤、逛商场、去游乐园……”

算下来，她有点心虚，怎么啥也没干，就过了一个月了，到底是谁，偷走了她的时间？

“你的作业呢，写了多少？”

“那什么……没写完。”也不是一个字没动，大概动了十来个字吧。

阮冬天有些不服气，她回家第一件事一直就是写作业的，这不是放暑假了，才有了这样意外的情况嘛。

“你光问我，你都写完了？”

许知景“嗯”了一声：“十天前就写完了。”

阮冬天：“许知景，你好变态啊。”

“嗯？”许知景一侧的眉毛挑起来，“你说什么，再说一遍？”

阮冬天瞬间㞞了，赔笑脸：“我说你好厉害啊！”

许知景睨了她一眼，笑了起来：“就你嘴甜，饶了你这回。”

公交车一路走走停停，用了近一个小时才到酒店。望着窗外的海景，还有身边的阮冬天，许知景觉得这条路可以长一些，再长一些。

到酒店办理了入住手续，许知景提着行李上楼，简单地收拾了一下，然后就下楼找她。

他年纪虽小，但也有分寸，和阮冬天一同出入酒店，虽然什么都不做，但落到别人眼里也难解释，所以他让阮冬天在酒店对面的甜品店等他。

阮冬天给自己点了杯蜂蜜柚子茶，给许知景要了绿茶，然后带他去自己最喜欢的大排档吃烧烤。

“许知景，我跟你讲，那家烧烤真的好吃得不得了。他们所有的海货都是当天一大早从海里捞出来的，卖完为止，从不过夜，格外新鲜。我爸爸第一次带我来吃的时候，我差点把手指头都吃掉了。”阮冬天说着，眼前浮现了鲜红的虾子、香喷喷的烤鱿鱼、冒着油花的羊肉串，忍不住咽了口口水。

许知景看着她的样子，立马知道她身上的肉是怎么来的了：“好，我待会多吃点。”

他们去的时候天还没有黑，人还不算多。阮冬天和许知景坐在外面廊道下的桌子旁，招呼服务生点菜。

来的次数多了，连服务生小哥都认识她了，笑嘻嘻地说：“妹妹，今天的鱿鱼格外新鲜，要不要来点？”

“要要要！”阮冬天点头如捣蒜，点了一圈蚬子、虾子、烤肉串、烤鱿鱼等常吃的，还给许知景点了份鲅鱼饺子，然后把菜单递给小哥，“今天所有的菜都少放辣，一点点就行，他吃不了太辣的。”

“得嘞。”小哥答应着，去了后厨。

阮冬天点菜的时候，许知景就坐在她对面，静静地看着她，听到她说他吃不得辣，眼底浮起了笑意。

“你还记得我吃不得辣？”

“当然了。”阮冬天笑眯眯地说，“我和你都认识这么长时间了，对你也算是有一丁点的了解啦。你能吃辣，但是只能吃一点点，上回吃火锅，你吃了辣汤涮的，两口就上了脸。”

她记得这样清楚，让许知景的心底泛起了涟漪，觉得眼前这小白眼狼也不是喂不熟，真是越看越可爱

一会儿，点的菜陆陆续续上来，老板还送了他们一人一瓶冰镇雪碧。许知景把它们全部打开，倒进透明的杯子里，递给阮冬天。

雪碧倒进杯子里，气泡随着动作微微上蹿，有“嘶啦嘶啦”的声音传来。

阮冬天拿起杯子，朝着许知景举杯：“许知景，欢迎你来滨海市！”

许知景轻笑，举起杯子与她轻轻碰撞，发出清脆的撞击声：“谢谢。”

这一顿饭吃得宾主尽欢，等到离开时，已经快晚上九点了。在阮冬天的坚持下，许知景由她送到酒店门口，然后亲眼看着她上出租车。

“你回去好好休息，明天我再来带你玩。”阮冬天扒着车窗探出头来，大声说。

“好，我知道了。”许知景向她挥手，“你回去吧，到家一定记得给我发信息。”

“好嘞，进去吧。”

出租车载着阮冬天一溜烟地离开了，许知景在原地站了许久，才回了房间。

这晚，许知景睡得格外香，一夜到天明，连梦都没有。

第二天一大早，阮冬天就出现在了酒店门口，带着许知景先去吃

了蟹黄包子和海鲜粥，然后才打车去海滩。

因为是夏天，海边的人较多，他们走了好久，感觉将整个海岸线都要走尽了，才找到一处人比较少的沙滩。

脚踩在松软的沙子上，很快陷了下去，没走几步，脚趾缝里就渗满了沙子。许知景走得慢，阮冬天却跟一只小肥兔子似的又蹿又跳，回头看见许知景还在慢吞吞地走，冲回去拉着他的手就快步往前走。

“哎呀，你慢吞吞的干什么呢？赶紧走啊，美丽的大海在呼唤你呢！”

许知景冷不丁被她拽了个踉跄，一脸无语。

这丫头最近吃得太多了，连力气都大了许多。他的视线落在她握着他手腕的手，嘴角不可抑制地翘了起来。

蔚蓝色的海水翻涌而来，一浪接着一浪，力气大得仿佛能将他们推倒。

阮冬天像个孩子，不，她本来就是个孩子，淘气地追着海浪奔跑，奔到沙滩上，看着海水打在自己的脚边，笑得格外开心，眉眼弯弯的样子，漂亮极了。

和大海推拉的次数多了，大海似乎也变得淘气起来，海浪的速度加快，她一时不察，差点被海浪扑倒。刚好撞进了许知景的怀里，四目相对。

许知景不知道该如何形容这种感觉，他拥着这个因为意外而闯入他怀中的女孩，有一种拥有了全世界的感觉。

他有些激动、又有些惶恐，不敢动，连呼吸都不敢大声，生怕动静大了一点点，就会惊到她。

阮冬天呆呆地看着许知景，他的眼睛好看，她是知道的。但是她不知道，原来他的眼睛可以这样好看，幽深如月下的深海，深邃得无边无际，却又藏着倒坠的星河，璀璨夺目，似乎能照进她的心底。

阮冬天的心脏“扑通扑通”地加速跳动，声音有点大，几乎盖过了海浪的声音。

“妈妈，哥哥姐姐在干什么？”

稚嫩的声音从脚边传来，惊到了许知景和阮冬天，两人触电般地松开，然后齐刷刷地低头，往声音来源处看去。是个三四岁的小男孩，穿着一身海军服，手里还拿了一只粉红色的塑料桶，睁着一双大眼睛，困惑地看着他们。

两个人不敢对视，一个装作没听见，一个耳朵红红的，张了张嘴也不知道说什么好。

孩子的妈妈有些尴尬，用饱含歉意的眼神看着两个羞窘的大孩子，又在自家孩子的眼神里屈服，拼命地找理由：“那什么，刚才海浪有点大，哥哥是怕姐姐摔倒，所以才扶了她一下。”

“啊！”小男孩煞有介事地点了点头，“所以爸爸在家这样抱妈妈，也是怕妈妈摔倒吗？”

年轻妈妈的脸瞬间爆红，不知道是该点头还是摇头，半晌蹲下身把儿子抱起来说：“你不是说要玩沙子吗？走，妈妈带你去那边玩沙子。”

望着年轻妈妈落荒而逃的背影，许知景和阮冬天对视一眼，忍不住笑起来。

尴尬一扫而空，他们之间恢复了平日里相处的氛围，但仿佛又有什么地方不一样了。

只是阮冬天没有多想，而许知景，没敢多想。

第儿章 我等你回来

前些日子知道许知景要来，阮冬天连夜做了一份旅游攻略，末了还找她爸爸给修改了一番，务必将自己东道主的身份发挥得淋漓尽致。

阮冬天带着许知景将整个滨海市说得上名号的景点逛了个遍，几天下来，就剩最后一站了——城郊迦叶寺。

迦叶寺位于滨海市西郊，市里有直达的公交车。阮冬天和许知景起得早，一路坐过来，不过十点多就到了。

至于为什么来得这么早，当然是为了可以早点回去，下午要回家吃饭的。

阮冬天这些天一直往外跑，阮爸爸阮妈妈也是都知道的。知道许知景远道而来，又是阮冬天的好朋友，阮爸爸阮妈妈不但没有限制阮冬天和他一起玩，还热情地邀请许知景来家里吃饭。

许知景推辞不过，再加上他的确是为了阮冬天来的，也就接受了。

滨海市是沿海城市，本就比内陆要凉爽一些，到了这郁郁葱葱的山林之间，越发清幽舒爽。

山间铺了青石板路，经历过岁月的洗礼，青石板表层坑坑洼洼，蓄了雨水，每个水坑中都倒映着一个世界。

他们拾级而上，耳畔是山风猎猎，鸟声啾啾，还有轻缓的呼吸声，一切是那样的静，与喧嚣的城市截然不同。

迦叶寺的来历有很多，传得最多的是清朝末年有大户人家发迹，为了酬谢神明在城中募捐，建了这座迦叶寺。这儿也有香火鼎盛的时候，只是现在不比当年，但也有不少滨海人前来祈福许愿。

入了山门便是天王殿，香火缭绕，偶有香客前来，皆是低眉敛目，轻声细语的。

许知景和阮冬天跟着香客慢慢地走，欣赏着殿内的彩绘和雕塑建筑。他们虽不信佛，但到了这里，却也不自觉地心生敬仰。

绕过前殿便是后山，后山有棵百年老树，挂着许多红色的丝带，上面写满了字，应该是寺里售卖，给香客祈福用的。

既然已经来了，阮冬天就拉着许知景去买了两根红色的丝带。

两人一前一后地写完，阮冬天好奇地问许知景：“许知景，你写了什么？”

许知景看了她一眼，说：“不告诉你。”

“为什么啊？”阮冬天瞪大了眼睛。

“难道你不知道，愿望说出来了就不灵了？”

“喔，好像也是，那就不说了吧。”阮冬天点了点头，然后眨了眨眼睛，有些狡黠地说，“我不想动了，你过去帮我系上吧，好不好？”

许知景自然不会拒绝她：“好，你在这个地方等我，我马上就回来。”

许知景握紧了手中的丝带，站在老松树前，小心翼翼地将丝带系在了最高处。

山风起，松树上红色丝带随风起舞。他凝视着远方，若是神佛有灵，自然看得到他的愿望。他所求不多，一愿父母平安喜乐，二愿自己得偿所愿。

他回过身，绕过几个行人往回走，等他回到和阮冬天约定的地方，却不见了她的身影。他一惊，匆匆跑了过去，刚巧她从一侧的僧房走出来，看见他，笑眯眯地冲他招手。

许知景这才松了口气，问她："你干什么去了，怎么我一转身你就不见了？"

"没干什么，我就是听见刚才有两个阿姨在说话，一时入迷了，跟着她们往里走了走。"阮冬天不在意地拍拍手问，"你都系好了？"

"好了。"许知景见她满不在乎的样子，想伸手敲她的脑袋。

"那就没事了，咱们下山吧。"阮冬天说。

"嗯，好。"许知景回望一眼，"走吧。"

两个人肩并肩地沿着青石板路下山，脚步声和着耳畔的风声、鸟叫、虫鸣，越发显得山中寂静。

走了没一会儿，阮冬天突然停下了脚步，仰头看向许知景："我落了东西在山上，你等我一会儿，我上去拿了再下来。"

她说着就要跑，许知景眼疾手快地拉住她："落了什么？我陪你一块儿上去找。"

"不用了不用了。"阮冬天连忙拒绝他，"你在那块石头前等着我，我一会儿就下来。"

说着，不等许知景回答，她匆匆跑回了山上。

许知景看着她的背影，微微蹙起了眉头。

大概七八分钟后，阮冬天从寺里出来，踩着石板路跑下来。

许知景见她一路跑下来，有些心惊肉跳，连忙说："慢点慢点，不着急，你慢慢走。"

"我知道了。"她嘴上答应着，但依旧不减速度，直到跑到他身边才停下脚步，"好了，咱们走吧。"

因为跑得有些急，阮冬天额头上缀了细小的汗珠，脸上也起了红晕，许知景无奈地拆开纸巾递给她：“看你跑出了一头的汗，到底是落了什么东西？”

“你想知道我落了什么？”阮冬天胡乱地擦了下额头，神秘兮兮地说，“你把手伸出来，我给你看。”

许知景摊开了手，递到她眼前。

她的手握成了拳头，在他掌心轻轻一碰，留下了一个小东西。他定睛看去，是一个小小的万字纹锦囊，坠着明黄色的穗，他透过半开的口，看到了里面的平安符。

许知景愣在当场，看着躺在手心的平安符，明明轻如鸿毛，却有种泰山压顶的感觉。

“这……这是？”

“不是什么贵重的东西，就是个平安符。”阮冬天不好意思地挠了挠头发。

她原本是不知道这里有平安符可以求的，方才在那边挑拣丝带，听到两个大妈低声谈论，这里的药王殿偏殿，逢七的日子都会有大师送平安符，保佑身体康健，平平安安。今天刚好逢七，她特意给她刚出生没多久的小孙女求了一个。

阮冬天听了，心底一动，所以才让许知景去系丝带，她跑到一边去向那两个大妈问个究竟，只是许知景一直跟在她身边，不好明目张胆地去求。所以才找了个落了东西的理由，重新跑回山上去，到了药王殿求了一张。

“这是给我的？”许知景惊讶地问。

阮冬天看了他一眼，小声极了：“嗯。”然后又很不好意思地补了一句，“你要是不喜欢，你就还给我。”

“我当然很喜欢。”许知景握着平安符，含笑看着阮冬天。

许知景太欢喜了，一时忘情，伸手把阮冬天揽进怀里，给了她一个实实在在的拥抱。

“阮冬天，谢谢你。”

“哎呀，你也不用这么感动。”阮冬天被他的动作吓了一跳，回过神来，笑着说，“反正也不是什么值钱的东西，你喜欢就好。”

“我不管，反正我很喜欢。”许知景看着她，有些傲娇地宣布。不值钱又有什么关系，阮冬天送的就价值千金。

他这样说，倒让阮冬天有些不好意思了，于是她决定转移话题，小手一挥，下山，回家吃饭饭。

他们一路坐公交车从西郊回市里，然后再回家。阮家住的小区，是阮爸爸单位的家属院，这些年过去了，老邻居陆陆续续搬走了不少，但是阮家一直没搬。他们倒是有新的房子，原是考虑女儿大一点之后搬过去，现在女儿不在身边，老房子离工作单位也近，夫妻俩觉得没有必要搬，所以一直没有动。

知道许知景要来，阮爸爸阮妈妈准备了丰盛的晚餐。倒也不是特意为许知景准备的，而是准备给女儿的同学许知景的，换句话说，今天来的不是许知景，而是赵知景、王知景，阮家爸爸妈妈也都会热情招待。

许知景原想买点水果什么的，他虽然年纪小，但基本的礼数也清楚，不好意思空手上门。谁知阮冬天压根不给他机会，一边拽着他走，一边说：“你说你买什么，我们家什么都不缺。我妈和我爸给我买的水果都快把我给淹了，你买了，我吃不了，那不是浪费？”

许知景试图坚持：“那也不能空手吧？”

“空手怎么了，我又不嫌弃你。”说着，她又威胁他，“你要是买了，就是看不起我。”

许知景一时语塞，不知道她在哪里学的这样的话。盯着她看了半天，最后选择放弃：“不买就不买吧。”

他心里琢磨着，反正已经知道了她家的地址，大不了回宁城买些东西寄过来。

听到他这么说，阮冬天开心了，觉得他孺子可教："这就对了嘛！走，回家吃饭去。"

进了阮家门，许知景乖巧地打招呼。

阮爸爸阮妈妈一看小少年，生得白净俊俏，夫妻俩对视一眼，嗬，不错不错。

阮冬天进了门，一刻也没耽误，洗了手就上了桌子。许知景看到满满的一桌菜，不禁咽了咽口水。这一桌子，感觉再来四个人也吃不了。

阮妈妈包了阮冬天喜欢的饺子，有墨鱼馅的，也有鲅鱼馅的，盛了两碗端出来，笑着说："也不知道你喜欢吃什么，问冬天，她说你不挑食，我却为难了，索性多做了些，你看看你喜欢吃什么就挑着喜欢的吃。"

许知景连忙摆手："没有没有，阿姨，我不挑食的，都喜欢。"

"真好，和咱们冬天一样好养。"阮妈妈笑起来，眼角有浅浅的纹路。

正如阮冬天所说，阮妈妈的厨艺好到爆，最普通的青菜都能被她炒出不一样的味道来。尤其是鱼肉馅的饺子，鲜香得能让人把舌头吞掉。

这饭桌上也没有什么食不能言的规矩，阮爸爸阮妈妈一边让许知景多吃点，一边变着法子问许知景自家女儿在学校的表现。

许知景心细，看出来他们是想更多地了解阮冬天，便挑她在学校发生的趣事说了不少。他识情知趣的行为让阮氏夫妻很开心，开心之余又不停地劝他多吃一点。结果就是，阮冬天眼睁睁地看着他吃了两大碗饺子，菜若干。

从阮家出来，许知景手里提了两个大食盒，是阮妈妈怕他晚上饿，特意给他准备的。

阮冬天同情地看着许知景，问："许知景，你撑不？"

许知景想摇头，但是饺子都要到嗓子眼了，他不敢晃，于是实话实说：“撑。”

阮冬天乐不可支：“这下你知道我为什么回来后胖了这么多吧？纯属我爸妈喂肥的。”

“我吃的时候没觉得，吃完了，才深刻地体会到。”

许知景觉得自己的胃快要爆炸了。他从来不知道吃撑的感觉竟然这么难受！

“我懂，我都懂。”因为她爸妈太能劝食了，许知景压根都没有时间觉得撑。

阮冬天拍了拍他的肩膀：“我陪你走一走，消消食，顺便去前面的药店给你买点健胃消食片。”

靠着饭后走的这几千米和阮冬天友情赞助的健胃消食片，许知景终于活了下来。只是到第二天走的时候，许知景都没有吃饭。

吃得太多了，一时对饭没有什么兴趣了。

阮冬天来送许知景，站在车站广场，许知景望了一下进站口，对阮冬天说：“你回去吧，我进去啦。”

海风有些大，阮冬天捂着头上黄色的渔夫帽，笑眯眯地说：“好的好的，那你路上随时联系我，到家也给我发个信息。”

“嗯。”许知景望向阮冬天的眼睛，“你什么时候回去？”

“这个月底吧，反正不会到九月。”这么一算下来，好像也没有多少天的样子了。

“好，那我等你回来。”

阮冬天：“好。”

送走了许知景，阮冬天的生活也重新回到了轨道上。

回了家，先趴在床上睡了个美美的午觉，然后起来就老实地坐在书桌前写作业。她有一种现在如果还不写，就再也写不完的感觉。

做了两套卷子，她去冰箱拿了瓶酸奶，回来看见手机在响，一瞧，乐了，是金止戈。

她盘腿坐在床上，接通了电话："干吗呀？"

"不干吗啊，问问你干什么呢？"金止戈的声音懒洋洋的。

"没干什么啊，写作业。"阮冬天把吸管插进去，狠狠地吸了一大口。

金止戈笑得有些幸灾乐祸："怎么，还没写呢？"

"今天刚开始，怎么，你要帮我写啊？"隔着手机，阮冬天都能想象到金止戈嘲笑她的样子。

"那当然……是不可能的啦！"金止戈笑得有些阴险，故意说，"你说你天天除了吃就是喝，也没有别的事可以干，就不能分出点时间写作业啊？"

"我哪里除了吃就是喝了，我还当导游好不好？"除了吃就是喝，那是猪，不是她阮冬天。

"导游，给谁？"金止戈心底有了种不好的预感。

"许知景啊！"阮冬天喝完最后一口酸奶，"他来滨海市玩了，我这个东道主怎么可能不招待他？"

金止戈在那端顿了好一会儿，才开口，语气淡淡的："是吗，他去了多长时间？"

阮冬天："唔，一个多星期吧。"

"一个多星期！你就没想到和我说一声？"金止戈说。

"你又不在滨海，我跟你说也没用啊。"阮冬天对着垃圾桶，一个三分投篮，酸奶盒正中垃圾桶，"噢耶"了一声。

"是吗？"金止戈这一声，不知是在问阮冬天，还是问自己。随即他故作轻松地问阮冬天，"我怎么觉得你和许知景玩的时间，比和我玩的时间要多了呢，我还是不是你最好的朋友？"

"当然是啊。"阮冬天觉得他这个问题问得很没有水平，"至于在一起玩的时间少了，是最近你总跟姜姝在一起，我也不能天天要赖拽着你，要适当地给你空间嘛。”

说完，她又抬眼看了下墙上的钟表：“不和你说了，我得在我爸妈回来前再做一套卷子，回头聊啊。”

阮冬天率先挂了电话，那端金止戈举着手机，半晌没动。

辗转反侧多天，他终于做了一个艰难的决定，拨通了一个号码。

“喂，姜姝，是我。

“明天有没有空？我们见个面吧。”

没有人知道金止戈和姜姝在暑假的尾声里说了什么，只知道开学再见到姜姝，她瘦了很多，也白了很多，整个人弱不禁风的，像是风一吹就会倒。

胖了一圈的阮冬天在开学的第一天看到了姜姝，两个人从小卖部出来，阮冬天不甘心地伸出胳膊和姜姝比了又比，最后捧着碎了的心，说：“姜姝，你怎么可以这么白，这么白？”

姜姝被她逗笑了，柔柔地说：“你也不黑啊。”

“你不要骗我了，我现在是又黑又胖，刚才赵晓曼已经笑话了我一早上，我觉得我和她的友谊即将走到尽头了。”想到赵晓曼对她的嘲笑，阮冬天忍不住想敲死她。

“你是吹海风吹多了，回头多喝点牛奶和柠檬水，捂一捂，很快就白回来了。”

正说着，金止戈和严继这对狐朋狗友从前面的林荫路拐过来，似乎也是想要去小卖部买东西。

看见她们，金止戈愣了一下，这条路就这么宽，也无处躲藏。他只能硬着头皮过来，打招呼：“阮冬天，姜姝。”

姜姝纤长的睫毛抖了抖，没有开口，视线转向了一边。

气氛一时有些尴尬，连迟钝的阮冬天，都察觉出来他们两个人身上发生了什么。她说：“行了，你们不是要买东西吗？赶紧去，我和姜姝先回教室了。”

“那好。”金止戈又看了眼姜姝，欲言又止，最后还是和严继离开了。

等到他们走了，阮冬天才看向姜姝：“姜姝？”

“嗯？”姜姝收回了视线，握着零食的手用力到骨节都泛白了，眼睛里带着勉强的笑意。

阮冬天犹豫了一下，决定不再追问，而是说：“没什么，就是想告诉你我回来的时候带了些鱿鱼丝和小鱼干之类的零食，等周末咱们约个地，我拿给你呗。”

姜姝感激地笑了笑：“好啊。”

新学期开始，阮冬天正式步入了高二，晚自习也随之而来。

三节晚自习上完，已经是晚上九点半了。阮冬天第一次上课到这个点，一边走出教室，一边靠着赵晓曼说：“赵晓曼，你扶着我点，我有点上头！”

赵晓曼捏了下她的脸，说：“很好，你上头了，我也微醺了。”

两人嘻嘻哈哈出了门，一探头，许知景正好从隔壁班出来，阮冬天挥舞着爪子：“许知景，许知景！”

刚下晚自习的走廊乱哄哄的，许知景抬头就看到了阮冬天。她的眼睛里汇聚了灯光，流光溢彩，煞是好看。

他笑着走近：“唔，阮冬天。”

三人一起下楼，赵晓曼先行离开，因为她和他们不顺路。金止戈从楼上追下来，手里拎着书包，对着阮冬天说：“阮冬天，你今天带我回家啊！”

不只是许知景愣了，连阮冬天也愣了一下：“啊？”

金止戈看她的眼神像看白痴一样，说：“你是不是忘了今天你不是走路来的？你是骑车来的。”

此言一出，阮冬天一拍脑门：“是哦，我就说感觉忘了什么事，原来是这个！”

许知景沉默不语，眉却挑了起来。

阮冬天给他解释：“我跟你讲，我爷爷给我买了辆小电驴。他说我高二就上晚自习了，走路回家不安全也慢，让我骑着小电驴回家，又快又方便。”

阮家宠孩子，考虑得也周到，别家父母年轻，担心女生家一个人回家不安全，要么开车来接，要么骑车来接。阮家二老上年纪了，天天接送不大现实，所以给她买了辆小电驴，不用自己蹬，油门一开，一溜烟就回家了。

阮冬天习惯了步行上学，竟然把躺在车棚的小电驴给忘了，亏得金止戈提醒。

只是，金止戈让她载他回家，那许知景怎么办？

阮冬天有些犹豫。

金止戈把搭在手上的书包背起来，然后看了一眼许知景：“许知景，我和阮冬天先走，你不会生气吧？”

他略带挑衅的语气让许知景瞬间明白他是故意的，他静静地看了阮冬天几秒，然后微微一笑：“你和金止戈回去吧，我一个人走也行。”

“好吧。”阮冬天答应了，不仅是因为许知景开口了，是她想在路上问金止戈点事。

“走吧。”金止戈扯着阮冬天的书包带子，“再不走什么时候才能到家？”

阮冬天和金止戈肩并肩地往车棚走，走了几步，阮冬天回头，看到了站在原地的许知景。

她突然觉得心里不是滋味，又跑了回去，仰着头看他：“许知景，我今天和金止戈一起回去。明天，明天我开车带你回家好不好？”

许知景闻言笑起来，眼底盛着光芒，语气温和得如春光一般：“好，你不用担心我，赶紧回家吧。”他抬眸，与金止戈的视线在空中相撞，彼此都意难平。

小电驴虽然是阮冬天的，但金止戈非要骑，说什么哪有让女生载他的道理。

阮冬天冲他翻了个白眼，懒得理会他这些毛病，往后座上一坐，拍了拍他的后背：“出发。”

出了校门，阮冬天把吹进嘴里的头发掏出来，问金止戈：“你和姜姝怎么了？”

车子猛然一个刹车，阮冬天撞到了金止戈的背上：“我去，你谋杀啊！”

“抱歉，手滑！”金止戈转动了车把，重新出发。

阮冬天揉着鼻子，泪眼汪汪：“哎，我问你呢，你和姜姝怎么了？我觉得你们有些不对劲。”

“我们散了。”金止戈有些烦躁地开口。

“散了？”阮冬天要疯了，“前段时间天天玩在一起的两个人，说散就散了？”

“算是吧。”金止戈说。

“金止戈，你可真渣啊！你这种行径简直就是人面兽心，姜姝上辈子造了什么孽这辈子认识了你！”阮冬天目瞪口呆，突然抬手狠狠地在金止戈的背上捶了一下，“你和姜姝说清楚了？”

这种电视剧里的情节，阮冬天没有想到，也能在现实生活中遇到。要不是看在金止戈是她从小长到大的朋友的分上，她早就把他推下车了。

金止戈“嗯”了一声：“有些事情想清楚了，就早点坦白，对我对姜姝都好。”

“呸，这时候再说什么对她好不好有什么用？你一开始就不该跟她混在一起！”阮冬天想到白天姜姝那一脸苍白的样子，深深地觉得金止戈简直就是个混蛋。

“我早哪里知道？！”小电驴“吱嘎”一声停了下来，金止戈回头深深地看了阮冬天一眼，意有所指道，“不过好在不晚，你说是不是？”

阮冬天直接把他的脸掰回去：“你转过头去，我现在看到你的脸就想挠你。”

她虽然心里对金止戈有气，觉得他不地道，但是对于他和姜姝，阮冬天即便知道了真相，也始终没有多说一句。

那是姜姝和金止戈之间的事情，无论结果如何，都不是她这个外人可以置喙的。只是实在不待见金止戈这般行径，她把给他带的那份小鱼干和鱿鱼丝等零食，一股脑地都从他家里搬了回来，然后周末全转送给了姜姝。

既然她不能用言语安慰她，那就用零食来安慰她吧。

高二的第一周波澜不惊地过去了，周一早晨升完旗，照例有晨会。总体来说晨会的内容和之前没什么太大的出入，都是回忆过去，立足现在，展现未来，做一名合格的一中人。只是这次晨会结束的时候，校长公开念了一份惩罚。

新学期第一周，校长先生看着校园里生机勃勃的学生很满意，满意之余便开始巡视校园，一不小心抓到了一对谈恋爱的。

一中的学风向来开放，学校也致力于打造集活泼与严肃于一身的校园文化。但活泼归活泼，这种无视学校纪律，在公开场合牵手的行为实在不能放任不管。否则长此以往，美好的校园还能称之为美好吗？

所以，这对情侣不仅背了个大处分，还在全校晨会上公开处罚。最后校长还宣布，在之后的日子里，学校将会加大力度，严查早恋，希望同学们把精力放到学习上，恋爱什么的都留到大学再说。

下午吃饭时，阮冬天往嘴里送了一大口米饭，说：“我觉得咱们学校要对早恋下死手了，你们有没有发现，今天一天，只要一下课，就能看到教导主任那个锃亮的大脑袋？”

“你可别提下课了，我上课的时候不小心回头，看到扒在后门小窗户偷看的教导主任，差点没把我吓尿。”霍飞宇心有余悸地摸了摸自己的小胸膛。

阮冬天心有戚戚：“讲真的，我们这些不早恋的都被教导主任吓得战战兢兢的，那些早恋的，不知道吓成什么样了？不行不行，这早恋的成本太高了，远离早恋，珍爱生命。”

许知景原本在吃米饭，闻言抬眸看了她一眼，问道：“阮冬天，你也讨厌早恋吗？”

“谁说我讨厌了？”阮冬天啃了一口肉夹馍，然后一副根正苗红的小模样，“对别人，我不发表任何意见。对我自己，我坚信爷爷对我说的话，什么时间做好什么事，我是高中生，对我来说最重要的就是学习，别的都是浮云。”

吃完晚饭回教室上晚自习，阮冬天在放学前把各科老师留的作业写完，最后剩了一道数学题——圆锥曲线。她算了半天，最后一问也没算出来，气得咬了半天笔，重新从头捋，才发现自己犯了一个大错。

零减负一等于零，要是能解出来才怪呢！

找到了错处，果然剩下的就好办了，她乐滋滋地做完，对着卷子弹了一下。

搞定！

放学铃响，大家鱼贯而出，阮冬天也出了教室，和许知景一起往车棚走。

之前只有她一个人有小电驴，因为金止戈和姜姝的事，阮冬天不待见他，逼得金止戈要想和她一起上下学，只能骑自己的小电驴。至于许知景，自打那天阮冬天骑着小电驴把他送到家门口被他妈妈看到后，许妈妈深觉自己考虑不周，也给他买了一辆小电驴。

于是，当初的步行三人组变成了电驴三人组。

离车棚还有一段距离，他们远远地看到门口站着个身影。许知景微微眯了眯眼睛，是周青。

许知景有很久没有见过周青了，但是偶尔也能听到和他有关的信息。毕竟在一中，他也算是个风云人物。

阮冬天也已经有一个暑假没有见过周青了，原本以为开学后能在跆拳道馆见到他，没想到也没见到。现在看见他在这里，有些意外。

“青子，你怎么在这？”

一个暑假不见，周青似乎又长高了，也瘦了，剃了寸头，瞧着有几分严肃。

看见阮冬天过来，周青笑了起来，驱赶了眉眼间的严肃，恢复了往日的顽劣：“阮冬天，你有时间吗？我有点事想和你说。”

阮冬天侧身看了眼许知景：“时间是有的，不过你想和我说什么啊？”

周青笑了笑，也看向许知景：“我有事和阮冬天说，今天你得一个人回家了。”

上个星期，金止戈也对他说过同样的话。当时许知景心里有些不悦，但现在，他看清了周青眼底的郑重，点点头：“好，你们先走，我等一下金止戈。”

“谢了。”周青冲他遥遥致意，转而推着阮冬天的小电驴出车棚，“阮大姐，走啦！”

金止戈从教室里出来的时候，学校里的人已经走得差不多了。只有住校的学生，三三两两地往宿舍楼走。

他赶到车棚，借着道路两侧昏黄的路灯，看到了斜斜倚在柱子上的许知景。灯光打下来，给他的侧脸涂上了一层柔软的光芒，越发显得俊俏。

纵然金止戈不服气，但是也必须承认，许知景生得好看。

许知景也看到了他，直起身来，说：“你来了，走吧。”

“怎么你一个人在这？”金止戈环顾一圈问，“阮冬天呢？”

“周青找她有事，所以先走了。”许知景言简意赅地解释。

“所以你留下来等我？”金止戈晃了晃手中的钥匙，“这么好心？”

许知景觉得他话里有话，淡漠地看了他一眼：“不然呢？”

金止戈“哼”了一声，而后正色道：“正好阮冬天不在，我有话对你说。”

“你想说什么？”许知景的眼睛越过他，看向无边的黑暗，总觉得在那黑暗中，藏着吃人的怪兽。

“没什么，只是想问问你，你和阮冬天认识了多长时间了？半年有了，八个月，还是九个月？”

许知景听着，敛眉问：“你到底想说什么？”

“算了，给你算一年好了。”金止戈自顾自地说完，看向许知景的眼睛里，藏着锐利，“我只是想问你，你觉得你和阮冬天认识的这一年，比得过我和她十年的感情吗？”

许知景心间一凛，听起来，一年与十年的对决，好像只有一败涂地的结果，只是……

“时间或许重要，但并不足以对两个人的感情起到决定性的作用。难道你没听说过，白首如新，倾盖如故？”

金止戈的眼神越发锐利，许知景果然是个不会轻易言弃的人：“但我和阮冬天从来不是你说的白首如新，我们是青梅竹马，一同长大，亲密无间的青梅竹马，你懂吗？”

郎骑竹马来，绕床弄青梅。同居长干里，两小无嫌猜。

青梅竹马的含义，许知景当然知道。

他舔了舔唇，看向金止戈的眼睛幽深如海，神色平静：“金止戈，既然你和阮冬天一同长大，亲密无间，自然有十足的自信，不怕我这个外人闯入。但你现在来和我说这些，是在干什么？显示你的心虚，还是害怕我会抢走你的小青梅？”

金止戈垂在一侧的手紧紧握成拳，手背暴露的青筋昭示着许知景的话刺痛了他的心。

半晌，他放开拳头，反问他："那你呢，许知景，难道你就不怕？不怕你做了这么多，到头来只是'竹篮打水一场空'？"

许知景的呼吸一滞，这种被别人看透内心的感觉着实有些不爽，尤其这个人还是金止戈。从前的许知景不知害怕，可如今，夜深人静，在胸间回荡的皆是害怕。怕的太多，又太少。左右不过是一个阮冬天，却让他辗转反侧，难以成眠。

许知景徐徐吐了一口气，迎向金止戈，似是在哂笑，又像是在挑衅："无所谓，反正我不会放弃的。"

说完这些，他起身推起笨重的小电驴，走出车棚。不过短短几步之后，他听到了金止戈的声音。

"许知景，说起来我也该谢谢你。"

许知景没有回头，只是握住车把的手紧了又紧。

金止戈是该感谢他，若不是他许知景，他怎么会清楚自己更重视对阮冬天的情谊？

第十章 不再陪着你

已经入了秋，夜里逐渐凉了起来，阮冬天睡觉前忘了关窗户，早晨起来就有些鼻塞。钟教授给她泡了杯感冒冲剂，哄着她喝完了才放她去上学。

金止戈在楼下等着她，不知道从什么时候开始，金止戈不再需要她叫，每天也能按时起床，还会提前几分钟站在单元楼前等她。

早晨的风也有些凉，阮冬天拉紧了校服的拉链，和金止戈一起出发。

金止戈惦记她昨天晚上和周青的事，便问周青找她干什么了。

“青子要走了，和我告别呢。”提起这个，阮冬天的情绪明显有些低落。

“去哪儿？”金止戈没想到是这个，好奇地问道。

“说是要当兵去了。”阮冬天耳畔仿佛又回响起了青子昨天晚上说的话。

他说："阮冬天，我不像你喜欢学习，我看着书本就头疼，就这么混到高三毕业，我觉得也挺没意思的。再说了，你也知道我家庭比较复杂，说实话，我也待得够够的。想走，但是不知道去哪，正好有这个机会，我一定要抓住了。本来我想就这么悄悄地走的，但后来琢磨了一下，我得给你说一声，不然也太不够意思了，对不对？"

"他去当兵也行，在部队锤炼一下，说不定还能成人，总比现在这样吊儿郎当混日子强吧，流氓小混混的，以后能有什么出息。"金止戈不以为然道。

金止戈不喜欢周青，确切地说，是不喜欢和周青一样混日子浪费青春的人。所以在他听到周青要去当兵之后，觉得这样很好，至少，周青不能成才，也能成人。

这话进了阮冬天的耳朵，却觉得刺耳得很。周青身上是有很多的缺点，但是阮冬天记得他对她的帮助。更何况，他退学选择去部队，已经很勇敢了。

"金止戈，你不喜欢周青可以，但也不要用这种高高在上的语气说话。"阮冬天忍不住说道，"周青以后的境遇怎么样，谁能说得清？说不定，比我们现在所有人都要出色呢。"

说完这些，她加足马力，将金止戈甩在了身后。

金止戈看她的反应，知道她不开心了，费劲地哄了很久，这一篇才算是翻过去了。只是，她心里还是很惦记周青。

许知景看着她这个样子，对她说："你要是实在不放心他，就等他走的时候去送送他吧。"

阮冬天眼睛亮了起来："可以吗？"

"有什么不可以的，依着往年的惯例，所有新兵走的那天都会在火车站集合，然后分送去各个军区。"许知景已经细细打听过了，"你要是愿意，我陪你一起去。"

"好！"

周青走的那天，宁城的秋阳正好，天空澄澈，朵朵白云挂在天边，像柔软的棉花糖。

许知景和阮冬天打车去了火车站，可路上堵了许久，到的时候，新兵们已经集合往火车站里走了。

新兵都穿着一模一样的衣服，戴着一模一样的帽子，看背影，阮冬天根本分辨不出哪个是周青。后来急了，也顾不得那么多，一嗓子就喊了出来："周青！"

马上排到入口处的周青听到这一声，猛然回头，看清是阮冬天和许知景，脸上立刻绽放了一个大大的笑容。这笑容太灿烂，比阳光还要灿烂，比他胸前的大红花还要耀眼。

阮冬天记了一辈子，因为这是阮冬天的生命里，经历的第一场刻骨铭心的离别。

回去的时候，阮冬天的情绪依旧有点低落，她突然看着身边的许知景，定定地盯着他，像是要把他看穿。

"看我做什么？"许知景不明所以。

"许知景，你不会也像青子似的，说走就走吧？"想到这里，阮冬天突然一阵惶恐。

"我不会走的。"许知景犹豫了一下，还是伸手安抚地拍了拍她的肩膀，"你放心吧，我哪儿都不会去。"

阮冬天在他坚定的目光中得到了安慰，也觉得是自己想太多了："也是，你家在这里，还能去哪儿？"

周青的离开给阮冬天的生活带来了大大的涟漪，但是对于其他人来说，并没有任何影响。

日子不紧不慢地过去，马上就迎来了国庆节。

假期开始的前一天，晚上没有晚自习，一群孩子跟刚放出笼的小鸟似的，叽叽喳喳的热闹得不得了。

霍飞宇说学校门口新开了一家砂锅米线，超级好吃，他已经连续吃了三天了，强烈邀请大家和他一起去品尝。

反正明天就是假期，大家都没有意见，只有姜姝说她家里有事先走了。

以前的六人帮变成了五人行，赵晓曼在进砂锅店前小声地对阮冬天说："哎，等回头咱们自己再叫姜姝过来吃吧，也省得她看到金止戈不自在。"

阮冬天点了点头，又忍不住剜了金止戈一眼。

等米线的时候，赵晓曼挨着阮冬天，问她："冬天，你假期准备干什么啊？"

"金止戈和我说好了，去看我们的初中老师。"阮冬天端起杯子喝了口水，"然后他说想滑旱冰，让我陪他去买旱冰鞋，再然后也就没什么事了，看看电视写写作业吧。"

许知景端着杯子的手微微一顿，抬眼撞上金止戈的视线，他冲他笑了笑。

许知景的眉心蹙成了小小的疙瘩，明白过来金止戈是故意的，他是要霸占阮冬天的假期，不让她和自己有接触的时间。

"你呢，许知景，你要干什么？"阮冬天问许知景。

"我？"许知景放下杯子，唇边湿润，"没什么事，在家待着吧。"

过了两天，阮冬天和金止戈果然去看了老师。逗留了大半日，两人从老师家出来时间还早，一合计，不着急回家，往市里的书店去了。

新学期开始，学习任务重了许多，各科老师布置练习题跟不要命似的。除了印发的讲义，还鼓励同学们自己去买练习题。所以周末，在各大书店都能看到沉迷买试题的学生。

阮冬天和金止戈买了五三模拟和黄冈密卷，结了账从书店出来，到对面的公交车站牌准备坐车回家。

过去没五分钟，来了一辆公交车，不是他们回家的那路车。车门一开，下来一个挺熟悉的人，阮冬天瞪大了眼睛："许知景？"

许知景也没想到会遇到阮冬天，再看看她旁边站着的金止戈，估摸着他们应该是准备回家了。刚想回答，车上下来了一个女生，拍了拍许知景的肩膀，抱怨似的开口："哎，许知景，你怎么都不等等我啊？"

下一刻她与许知景肩并肩站着，笑眯眯地冲阮冬天挥手："你好，我们又见面了。"

她们之前的确见过，高楠对她有印象是正常的。关键是许知景怎么和高楠在一起，他不是说他周末在家不出来吗？

一瞬间，阮冬天心底有些不自在，她勉强冲高楠笑了笑，转头去看许知景："你们怎么会在一起啊？"

"刚好碰到的。"许知景言简意赅地解释道。

他说的是实话，遇上高楠的确是个意外。换季了，许妈妈要给他买些新衣服，所以在周末把他从房间里挖出来带到了商场。一阵扫荡之后准备回家，许妈妈就碰到了自己的小姐妹。本来也要带着他一起吃饭的，但许知景不耐烦只有他一个孩子和一群大人吃饭，所以独自乘公交车转车回家，没想到在车上遇到了高楠，这女生就黏上了他。

金止戈原本一直袖手旁观着，抬眼看到公交车来了，在背后推着阮冬天，大声道："行了，冬天，公交车来了，我们先回去了，别耽误了许知景。"

阮冬天原本还没分析透许知景说的到底是实话还是假话，被金止戈这么一推，脑子一抽冒出了一句："那我们先走了，你和高楠好好玩啊。"

许知景闻言，瞬间有些不悦，他和高楠的事情她是最清楚的，这会儿把他往高楠身边推，这女生是不是脑壳坏掉了？

"放心吧，我会的。"不知是赌气，还是什么，许知景冲着阮冬天硬邦邦地说了一句。

然后他转头看向高楠："我们走吧。"

高楠一愣，瞬间喜笑颜开，欢天喜地地追了上去："嘿，许知景，你这算是邀请我吗？"

阮冬天盯着他们的背影，突然有种无所适从的感觉。

许知景比预计晚了两个小时到家，许妈妈已经和小姐妹们吃完饭回来了，正坐在客厅里看自己今天的战利品。

见许知景进门，一边剪标签一边问："儿子，你怎么回来得比我还晚，去哪儿了？"

许知景神色间有些疲惫，说："没什么，遇到个朋友，耽搁了一会儿。"

许妈妈很八卦："什么朋友，男性朋友还是女性朋友？"

许知景不赞同地看他妈："妈！"

"好啦，我不问了。"许妈妈撇撇嘴，又看了一眼墙上的钟，奇怪地问，"咦，你爸爸说一会儿就回来的，怎么这个点还没回来？"

"可能路上堵车，再等等吧。"

许爸爸一直到了天黑才回来，脸色有些不好，神情也很凝重。一到家，就拉着许妈妈进了卧室，两口子不知道谈了什么，但是两个人的神情都不轻松。

等到最后，许妈妈叹了口气："那这事不先和阿景说，等定下来再告诉他，省得他白担心一场。"

许爸爸"嗯"了一声，说："反正也就这几天的事，等等再说吧。"

许妈妈点头："要是定了你，咱们什么时候走？"

"越快越好吧，毕竟那边的工作不等人。"

欧洲那边出了乱子，需要负责人。如果公司派他去，肯定是越快越好。

浑然不知道家里即将掀起一场惊涛骇浪的许知景躺在床上，眼前回荡的是阮冬天那张饱满的、明丽的小脸。半晌，他长长地叹了口气，阮冬天就是他的冤家啊。

过了两天许知景出门，去赴放假前就约好的滑冰场之约。

因为是节假日，旱冰场的人不少，许知景到正门口的时候，发现阮冬天和金止戈早已经到了。不知道金止戈说了什么，阮冬天哈哈笑起来，金灿灿的阳光落进她眼睛里，似乎能把人灼伤。

一撇头看见他，阮冬天的笑容僵了僵，垂下头没说话。

反倒是金止戈远远地就和他打招呼："来了？"

许知景对着金止戈淡淡一笑，却有些心惊，他觉得这短短的两天好像发生了什么他不知道的事情，尤其是阮冬天对他的态度。

他走过去，视线一动不动地落到阮冬天的脸上："阮冬天。"

阮冬天笑了笑："你来了。"

"你怎么了？"许知景的话音未落，霍飞宇和赵晓曼一前一后赶来。

小分队除了姜姝都集结完毕，阮冬天也就顺势没有回答许知景的问题，而是拉起赵晓曼的手，率先往滑冰场里走："人都到齐了，咱们赶紧进去吧。"

许知景看着她的背影，眉头蹙了起来。

大家领了滑冰鞋，准备换鞋，因为人比较多，许知景和金止戈被挤到了角落里换鞋。

许知景低头解着平板鞋上的鞋带，沉声问金止戈："你和阮冬天说了什么？"

金止戈嗤笑一声："我能和她说什么？"

"没说什么最好。"不知为什么，许知景总觉得有些不安，但不安在哪里，他也说不上来。

金止戈挑了挑眉，嘴长在他身上，他想怎么说，那就怎么说咯。

提议今天来滑冰的是霍飞宇，他打小滑冰，技术很不错。赵晓曼和许知景也会，至于阮冬天，稍微会一点，能抱着栏杆慢慢挪动，剩下金止戈，那是一点也不会了。

赵晓曼拉着阮冬天的手带着她一点点地滑，霍飞宇原本还想发挥人道主义精神去帮助金止戈掌握滑冰的精髓，谁知教了半天，金止戈还是不会，气得他的头都冒汗了。他一把抓住潇洒经过的许知景说："许知景，金止戈交给你了，他真是太笨了，怎么都教不会。"

然后不等许知景反应，一溜烟地滑走了，剩下许知景和金止戈面面相觑了半天。

被霍飞宇嫌弃的金止戈面子有些挂不住："我不用你教。"

"正好，我也不想教你。"许知景懒洋洋地回他。

"哎，你！"金止戈觉得许知景的态度有问题，刚想说两句，旁边有个年岁不大的孩子蹬着滑冰鞋一路往他这个方向冲来。

金止戈本能地想避开，结果忘了脚上套着的是滑冰鞋，松开栏杆的手在空中挥舞了一下，眼见就要摔倒。

而许知景本能地想去扶他，结果根本来不及，金止戈"扑通"一声摔倒在了地上。

这一摔不要紧，惊动了阮冬天他们，小伙伴们凑在一起把金止戈扶起来，金止戈疼得龇牙咧嘴，捧着手嗷嗷叫了几声，而后一脸激愤地看着许知景，大声道："许知景，你怎么回事啊，不想教我就不想教我呗，你推我干什么？"

许知景难以置信地看着金止戈，神情有片刻的怔忪，好像不明白他在说什么。

阮冬天的小脸皱成了一团："许知景，你推他了？"

许知景望进阮冬天的眼里，他向来觉得阮冬天的眼睛最漂亮，澄澈透明，像是星光坠落，又像是暖阳灿灿。可他从来不知道，她不笑的时候眼睛是这样子的，像冬日水面上结成的第一层薄冰，依旧灿烂夺目，却凉意逼人。

他突然有点心灰意冷，不是对金止戈，而是对阮冬天。于是，他缓缓道："既然他说是我推的，那就是我推的吧。"

霍飞宇和赵晓曼敏锐地察觉到气氛有些不对劲，双双屏息不再说话。

阮冬天的脸色更难看了些："你推了他，他摔倒了，你都不道歉的吗？"

道歉？

许知景看向金止戈，那张俊朗的脸上带着理所当然，他讥诮道："让我道歉，他也配？"

"许知景！"阮冬天拔高了音量喊他的名字，她有些不明白许知景为什么这么咄咄逼人。

"阮冬天，我不会和金止戈道歉的。"许知景说着，环顾一圈，"我还有事，先走了。"

而后再也不看任何人，转身离开。

许知景坐在公交车的最后一排，脸靠着车窗，凉意从脸颊处蔓延开来。都说"少年不知愁滋味"，如今看来，这话真是大错特错。只要是人，都会有烦恼，只是烦恼的东西不一样而已。

下了车，许知景慢慢地走回家，沿途的白杨树已经泛黄，微风一吹，有叶子打着旋落到地上。走了几分钟，他心头的郁闷依旧没有缓解，反而更觉郁郁了。

收拾好表情回家，他进门的瞬间许爸爸冲他挥了挥手，示意他过去。

许知景走过去，问道："爸，怎么了？"

"阿景，咱们家要搬家了。"

夜深人静，许知景躺在床上，睁眼看着天花板。

爸爸的话如惊雷般在许知景心头炸响，初时他竟然不知道该如何反应，等到回过神来，才发现自己竟然有些惶惑。

他曾经答应阮冬天不会离开，但这才过去短短一个月，他就要食言了。他无法去面对阮冬天，更无法去面对即将到来的分离。只要一想到要和她分开，他的心就好像被人紧紧地攥在手里，连呼吸都觉得困难。

这一夜许知景过得格外艰难，第二天一大早，天还是蒙蒙亮的时候许知景就出门了。他要去找阮冬天，他必须要见到她，要不然，他会疯的。

秋日的清晨，寒露未降，但已有凉意。许知景穿着薄薄的衬衫，站在阮冬天家楼下的花园前，远远地看到了阮冬天和金止戈肩并肩而来。

他们两个起得早，没在家里吃早饭，一块去了宁城大学的食堂，一人一个煎饼果子。看见许知景站在楼下，因为穿得少，嘴唇有些泛白，阮冬天咬着煎饼果子停了下来。

金止戈看到许知景也有些吃惊，他伸手捣了捣阮冬天："冬天，是许知景。"

"我知道。"阮冬天因为昨天的事情对许知景还有气，这会儿没消，脸色自然一般。

许知景张了张嘴，喉咙干涩："阮冬天，我有话要和你说。"

"我和不讲理的人没有话说。"阮冬天气呼呼地拒绝。

"阮冬天。"许知景压低了的声音里有浅浅的哀求。

"你要不是来和金止戈道歉的，我们就没有话说。"阮冬天指着金止戈的手腕，对许知景说，"你看，金止戈的手腕还缠着绷带呢！"

许知景没有说话，而是看了金止戈一眼，自嘲地笑了笑。

他知道阮冬天在气什么，但他绝不会向金止戈道歉。他年少，未经太多尔虞我诈，所以被金止戈见缝插针地算计了。但是他不会向金止戈低头，只是心凉她信了金止戈的话，没想过问他一句事实到底是不是像金止戈说的那样。

许知景看着她："我不会和金止戈道歉的。"

阮冬天气得咬嘴唇："既然这样，我们就没有什么好说的了。金止戈，我们走。"说完，不看许知景的反应，拉着金止戈就走了。

许知景看着他们的背影，努力了好久，都没有将那句"我要走了"说出口，因为这一瞬间，他觉得好像也没有必要了。

接下来的一段时间里，阮冬天再也没有见过许知景。

她生许知景的气，觉得他有些过分，为什么撞了人还不道歉？一天，两天，接下来好几天都没有接到许知景的消息，阮冬天有些慌张，就开始安慰自己，如果许知景肯打电话，她就原谅他，不管他是不是真的推了金止戈。

她为自己这种没有底线的行为感到羞耻，但即便是这样，许知景依旧像消失了似的，没有任何的消息。

不安地熬过了假期，再回到学校，阮冬天才发现许知景没有来上学。

她突然就有些心慌，跑去许知景班上找霍飞宇和姜姝，他们两个人的口径很统一，说许知景和老师请了假。

他为什么请假，请多长时间，没有人知道。

阮冬天彻底慌了，她开始后悔，是那天自己口气太不好，所以许知景不高兴了？还是自己逼得他太狠了，让他下不来台了？想来想去也琢磨不出个所以然。百爪挠心似的过了好几天，还是抵不过心底的声音，拨通了许知景的电话。

但是很遗憾，电话那端一直没有人接。

就这样惴惴不安地过了三四天，晚上放学，阮冬天趴在桌子上写作业，抽屉里的手机响了。

她掏出来一看，飞快地按下了接听键，忙不迭地开口："喂，许知景，你终于接我电话了！你在哪儿呢？你怎么不来上学呢，你是不是发生什么事了？！"

她连珠炮似的说了一串，说完了，才发现电话那端异常安静。

阮冬天的心抖了抖，小声地叫他："许知景？"

"阮冬天。"许知景的声音里带着浓浓的疲惫，他说，"这些天有些忙，没有接到你的电话，有什么事吗？"

"没什么。"阮冬天抠着桌子，犹豫了一下，才说，"就是问问你这些天干什么去了，怎么不来上学啊？"

许知景心头一软，交织的情绪在胸腔翻滚，半晌，他才说："一时半会儿也说不清楚，这样吧，我们见面说吧。"

"好啊，什么时候？"

"这几天有些忙，周六下午五点，我在青藤咖啡馆等你。"

"好。"

周六，阮冬天起了个大早，她从柜子里掏出来一件毛茸茸的毛衣套在身上，刷牙的时候撩开窗帘往外看，天阴沉沉的。

钟教授端了新出锅的豆沙包从厨房出来，也往窗外瞅了一眼："瞧这个样子，是要下雨了哦。"

今年宁城入秋后干得厉害，许久没下雨，也是时候下一场大雨了。

阮冬天咬着牙刷看着外面的天，心情有点沮丧："说不定不下呢！"

事实证明，钟教授说的没错，到了十点多就开始下雨了。初时淅淅沥沥的，后来越下越大，雨幕交连，天地间都升起了水雾。

吃了午饭阮冬天歪在沙发上看电视，电话铃突然响了起来，是金止戈。

"阮冬天，救命啊！"阮冬天刚刚按下通话键，就听到金止戈撕心裂肺的呼号。

阮冬天掏了掏耳朵，没好气地说："金止戈，好生说话！"

"你来接我们吧，我们回不去了。"金止戈说道。

"不是，到底怎么回事啊，什么你们，你在哪儿呢？"阮冬天一头雾水。

“今天不周六嘛，我和姜姝来城郊的植物园玩，哪里想到我把钱包丢了，雨又越下越大，外面根本打不到车。没办法借了店家的电话和你说一声，你叫个出租车来把我们一块接回去吧！”

金止戈和姜姝，他们不是不在一块了吗，怎么又混到一块去了？再说了，大秋天的去什么植物园啊？

阮冬天心里嘀咕着，看了眼墙上的钟表，有些犹豫：“你们不能自己回来吗？”

她怕她这样去，万一路上有什么意外，错过了和许知景约好的时间。

“大姐！我们要是有招，还给你打电话？”金止戈气急败坏道，“来回也就两三个小时，耽误不了你多久，你要是忍心把我们留在这，你就不用来！”

嘿，这人，还道德绑架上了！

阮冬天没办法，认命地说：“那行，我现在过去接你们，你们在哪儿？”

“就是城郊李家园这块的植物园，门口有个快餐店，我和姜姝在这里呢。你快点来啊，再给姜姝带件衣裳，妈呀，太冷了！”

“行了行了，我知道了。”

阮冬天说完，扔了电话回屋收拾东西，又把自己刚洗的大衣拿上，和钟教授知会了一声，背着书包就出门了。

钟教授从阳台上回来，一眼看见阮冬天的手机落在了沙发上。心里琢磨小孙女真是个马大哈，然后就把手机收了起来。

从阮冬天住的地方到李家园植物园，原本差不多一个多小时。但今天下雨，交通状况极为不好，再加上雨天路面湿滑，所以用了两个多小时才到。

阮冬天中午喝了杯冷牛奶，快到植物园门口的时候就有些闹肚子，好不容易到了地方，她让司机师傅靠路边停，跳下车就往快餐店里跑。

金止戈和姜姝缩在角落里，看见她跟看见亲妈似的，嗷呜一声就扑了上来。

阮冬天把书包往他怀里一塞，着急地说："司机师傅在外面呢，你过去和他说一声让他等一会儿。我肚子疼，要去厕所，厕所在哪？"

"在后面，我带你去。"姜姝见阮冬天小脸都皱成团团了，也不耽误时间，拉着她往后面的洗手间走。

金止戈抱着书包在原地站了一会儿，转身出了快餐店。

阮冬天在洗手间待了近二十分钟，出来的时候腿麻得不像自己的，她一瘸一拐地走到水池边洗了手，唐老鸭似的扭着屁股出了洗手间。

姜姝在外面等着她，看见她的样子忍不住笑了起来。

阮冬天脸都绿了："姜姝，我这样千里迢迢赶来救你，你还笑话我，你是魔鬼吗？"

"没有没有，我才没有笑呢！"姜姝收了笑，装出一副严肃的样子，"你这么可爱，我怎么可能笑你？"

"那你要不要过来搀扶一下你的小可爱？"阮冬天"嘶"了一声，"腿麻得走不动了。"

"好。"

姜姝以一种伺候太后娘娘的姿势搀扶着阮冬天回了快餐店大厅，金止戈迎上来，问："怎么样，肚子还疼吗？"

"没事了。"阮冬天不在意地摆摆手，她现在比较着急赶紧回城里，"行了，都没什么事了吧，咱们走吧。"

"走不了了。"迎着两张惊愕的小脸，金止戈双手一摊，"司机师傅早就走了，我拦都拦不住。"

按照金止戈的说法，司机师傅刚刚接了个电话，可能是急事，就着急着要走。他想拦，没拦住，再加上有一对小情侣要一起回城里，司机师傅便顺势接上他们走了。

阮冬天听完，整个人都不好了，冲着金止戈嚷嚷：“你怎么不拦住他啊？！”

金止戈气得翻白眼：“他那么大个人我能拦得住吗？车门一关，油门一踩，我上哪拦去？”说完这话，对上姜姝若有所思的眼神，金止戈的眼皮跳了跳，但很快又恢复了。

阮冬天一屁股坐在凳子上，恼怒道：“现在怎么办，就这么干等着？谁知道什么时候能来车！”

“等呗，还能有什么办法？”金止戈脸上也不好看。

他倒是可以等，但是她呢？她还和许知景约好今天要见面呢！想到许知景，阮冬天开始翻书包，她得给他说一声现在的情况，不然就明天再见面好了。阮冬天翻了半天也没翻出手机来，她一拍脑门，走的时候太急了，手机落家里了。

阮冬天沮丧地在原地坐了一会儿，觉得不能这样，站起来就往外冲。

金止戈一把拉住她：“你干什么去？”

“出去拦车啊！”万一有人回城，花钱也好哀求也罢，怎么的也得跟着回去！

金止戈眉毛挑得老高：“外面下那么大雨，你出去能拦得着吗？”

阮冬天甩开他的手：“那也比在这里干等着强。”

一直沉默着的姜姝站了起来，拿起另一把伞说：“我和你一起出去，你在这个路口，我去下个路口，一块拦。”

“好。”阮冬天感激地看了她一眼，转身冲进了雨幕里。

金止戈在原地骂了两句脏话，然后一咬牙，也和她们一样冲了出去。

事实证明，他们还是有一点运气的。不过半个小时，遇到了一个开车回李家园探亲的阿姨，正好要回城，看见他们三个狼狈的样子，二话不说就让他们上了车。

但是事实又证明，人的运气不会一直那么好，开了一段时间，就遇上了堵车。

雨天路滑，前头发生了车祸，导致整条路都堵了起来。往前走走不动，往后退退不出去，他们夹在中间，只能龟速似的挪移。

秋季本来白昼渐短，再加上是雨天，黑暗很快就笼罩了大地。阮冬天坐在后座上，整个人焦灼得像是坐在火盆上。可是她没有办法，难不成要靠两条腿走回城里？

就这样，在无限的等待中，交通得以疏通，车速也终于正常起来。顺利到达宁城的千达广场，阮冬天他们和司机阿姨道谢，然后站在路边拦车。

阮冬天一边伸长了脖子看周围有没有空着的出租车，一边对金止戈说："待会儿咱们打两辆车，你把姜姝送回家，我要去个地方。"

"去哪儿？"金止戈问。

"去哪儿你就别管了。"阮冬天不耐烦，眼见来了辆出租车，掏出一张红色毛爷爷塞进金止戈手中，转而钻进出租车里，"打车费记得还我，我有急事，先走了。"

阮冬天到达青藤咖啡馆的时候，已经是晚上九点了。此时，离她和许知景约好的时间已经过去了整整五个小时。

她从出租车上下来，顾不得打伞，冲进雨里。但刚刚跑了几步，她就猛地停了下来，因为她看到了坐在咖啡馆外廊下圆桌旁的许知景。

青藤咖啡馆分内外两部分，外面廊下铺了木质的地板，拿原木扎成栅栏的模样，又绕着木头缠了假花，远远看去，像是一个小小的花园。花园里并排放了四张圆桌，每张圆桌配两把椅子。原先温度适宜的时候，许多人都喜欢坐在外面，喝着醇厚的咖啡，看着过往的行人，不失为一种乐趣。

但现在秋雨寒凉，已经没有人再愿意坐在外面了，只有许知景，一个人坐在廊下的圆桌旁，半边身子被雨丝打湿，脸白得近乎透明。

这一刻，阮冬天竟然不敢上前，她怔怔地站在原地看着他，直到他察觉到了什么似的，蝶翼般的睫毛抖了抖，望了过来。

那双曾经温柔的眼睛里仿佛也染上了夜雨的凉意，漆黑一片，平静得像掩藏着无数漩涡的海面。

他看着她，良久，才缓缓开口："你过来吧。"

阮冬天的手不自觉地抖了一下，这样的许知景让她觉得陌生，但她还是走了过去，在他对面坐下后嗫嚅地开口："对不起，我不是故意的。"

"我今天不是来听你的解释的。"许知景的声线几乎没有任何起伏，像是在诉说别人的故事一样，"阮冬天，我今天原本是有很多话要和你说的，但是现在，我突然什么都不想说了。"

明明空气里带着寒凉，阮冬天却急出了一头的汗，她着急地解释："我不是要故意让你等我这么长时间的，其实是因为今天出了点意外，我……"

她的话没有说完，许知景便截住了她的话："我知道，你去接金止戈了。"

见她惊讶，他便又补了一句："我给你打过电话，阮爷爷接的，他说你去城郊接金止戈了。"

阮冬天有些颓丧地垂下了脑袋："你都知道了。"

他轻轻地"嗯"了一声，继续说："已经这样了，再说别的没意思了。阮冬天，你知道吗？我真的很想继续陪在你身边。"

阮冬天心里一慌，忍不住瞪大了眼睛看他！

"原本我也没想过离开，我想得很简单，觉得能每天陪着你，总有一天你也会发现我的好。"许知景的手抚上冰凉的咖啡杯，慢慢地摩挲着，"但是今天，我发现我错了，不管我怎么努力，都抵不过金止戈和你的十年情谊。

"所以我决定，我不再守着你了。"他眼底有水光在蔓延，却努力地扯出了一个笑容，只是这笑容，异常惨淡，“所以，阮冬天，再见吧。”

阮冬天不知道自己是怎么回家的，她的脑子成了糨糊，没有一丁点的思考能力。只有许知景的话一遍一遍地重播，像是坏掉了的录影带。

阮冬天浑浑噩噩地上楼，钟教授开门看见她被雨水打湿的样子，心疼得不得了。拿了宽大的毛巾给她擦头发，连声道：“阮阮，你这是怎么了？不是带着伞吗，怎么还淋成这个样子了？”

阮冬天突然浑身一抖，抱着毛巾干哑着嗓子喊钟教授：“奶奶。”

“啊，怎么了？”

阮冬天突然伸手抱住钟教授，号啕大哭。

因为太难过了，她哭得撕心裂肺，像是经受了巨大的痛苦。

钟教授吓了一跳，她家阮阮平日里跟个小霸王似的，什么时候见过她哭成这样。钟教授把她搂得紧紧的，希望借此能给她一点的安慰。

这样静谧的秋夜里，只有阮冬天的哭声，还有夹杂着的，含混不清的三个字。

这一年，十六岁的阮冬天，本以为能一直握紧那个人的手，可还没触摸到，就已经彻底失去了。

第十一章 我很喜欢你

时间过了五年，许知景静静地看着身边的阮冬天。

“阮冬天，我很想你，每天每天，都在想你。”

许知景以为他再也没有机会能在阮冬天面前亲口说出这句话，而现在，她就这样坐在他身边，触手可及之间，却让他陡生恐惧。因为他不知道，一切是不是还来得及。

阮冬天的眼皮轻微地跳了跳，端端正正摆在膝盖上的手也慢慢收紧，似是被这句话触动，又似是不敢相信。半晌她才缓缓开口，叫他的名字：“许知景。”

许知景凝视着她，用目光描绘她的眉眼，求证似的问她：“你有男朋友吗？”

男朋友？

阮冬天愣了一下，摇头：“没有。”

许知景在心底长长地舒了一口气，没有人比他更清楚，他有多紧张。没有就好，不然，他该如何下手？

“你怎么在这里？”他又问。

他的声线温和，不像刚刚见面时的咄咄逼人，反而有种当年和她相处时的柔软，让她的防备渐渐卸了下来。

“我在这里打工啊。”她见许知景有些不解，又细细地解释道，“考研复试刚结束，我闲着没事，就到跆拳道馆找了个兼职。”

考研？

复试？

许知景的眼神有些古怪：“你考哪个学校？”

“嘉林大学啊。”阮冬天说。

“你以前是哪个学校？”许知景又问。

“我以前就是嘉林大学。”

说到考研，阮冬天感到有些惆怅。原本按照她的成绩，保研是绝对没有问题的。只是当年她考大学英语的时候发烧，大家在考场里考试，她在医院输液，后来这一门只能补考。嘉林大学校规，所有补考学生一律不列入保研范围内。所以即便她年年拿一等奖学金，保研也和她没关系，只能靠自己奋发图强。

“我也在嘉林大学，一直在。”许知景缓缓地说道。

阮冬天也愣了，半晌才想起什么似的说：“我们院去年才搬过来的，我们以前不在这里。”

她这么一说，许知景就明白了。

嘉林大学共有三个校区，去年学校校改，院系大规模调整。法学院虽然原地不动，但历史学院和教育学院等都搬离老校区，另外还有几个院搬回老校区，阮冬天估计就是那个时候回来的。

不过去年暑假他就搬出了学校宿舍，闷头准备考试，除非必要，几乎不回学校。而阮冬天为了考研，也是稳坐自习室，所以即便在一个学校，两个人都没有见面的机会。要不是今天碰巧见到，可能以后都不会有机会见了。

此话说完，车厢内有一瞬间的安静。

两个人都以为对方远在天涯，却从未想过其实近在咫尺。明明隔得这样近，却用了这么长的时间才见面，有种被命运捉弄的感觉。

不过，反正已经遇到了，以前就当作磨炼了，之后才是长久。

许知景收拾好情绪，发动车子。

阮冬天惊愕地看他："我们去哪？"

许知景睨了她一眼："去把你卖了。"

阮冬天噎了一下："我不值钱的。"

许知景的嘴角勾了勾，没有说话。

车子停在了阮冬天的宿舍楼下，此时天色朦胧，宿舍楼里三三两两亮起了灯，还有女生提着暖壶，进进出出。

阮冬天看了一眼许知景，试探道："我先下车了。"

"等等。"许知景向她伸出手，"拿来。"

许知景的手一直很漂亮，他肤色白，手也白，手指细长，摊开的掌心里有清晰的纹路。

阮冬天盯着他的手看了又看，心不在焉地问："什么？"

"手机。"

阮冬天倒也没多问，把手机掏出来递给他。他拿着她的手机按了一串数字，片刻之后他的手机就响了起来。挂断，他把手机重新递给阮冬天。

"回去把我的号码存上，我会给你打电话，明天还去兼职吗？"

"去啊。"她一周就干周末两天，从上午八点到下午五点。

"几点？"

"八点到。"

"好，我明天早上来接你。"

阮冬天惊讶地问："你要送我去上班？"

“怎么，不愿意？”许知景眯起眼睛看她。

阮冬天觉得几年不见，这人除了年龄长了，脾气也大了许多，
怂怂地说：“不……不是，我这不是觉得不好意思嘛。”

阮冬天也有不好意思的时候？

许知景心想着，凉凉地看了她一眼：“我乐意。”

得，他老人家高兴就好。

“那我回去了。”

“回去吧。”许知景似是开了大恩，终于放她下车。

阮冬天下车走了两步，犹豫了一下，又跑回去敲车窗。

许知景原本也没打算走，见状放下车窗，问她：“怎么了？”

阮冬天：“许知景，我问你个问题。”

“问。”

“你有女朋友吗？”问完，她咬着嘴唇，眼睛一眨不眨地盯着他。

许知景平静的眸子起了波澜，半晌才回复：“没有。”

阮冬天想笑，但又死死地摁住了，说了一句“我知道了”，转身冲进了宿舍楼。

许知景看着她的背影，读出了一股落荒而逃的味道。他收回视线，准备发车离开，冷不防地看到了后视镜里的自己。那张被叶开戏称为“棺材脸”的脸上，不知什么时候染上了笑意。

层层叠叠，如沐春风。

阮冬天，阮冬天。

她是冬天，却比春光动人。

阮冬天一路冲回宿舍，“砰”的一声关上门，整个人紧紧地贴在门板上，三秒钟后，“嗷呜”一嗓子叫了起来。

余声声原本在床上躺着，被她弄出来的动静吓了一跳，翻身坐起来就是一顿嫌弃：“阮冬天，你能不能小点声，吓到我这个小仙女你拿什么赔？”

阮冬天没有像平时那样回嘴，而是紧紧地盯着她，眼底亮如白昼：“声声仙女，我今天见到我的初恋了。”

“初恋，哦。初恋？！”余声声陡然回过神，从二层蹿下来，“就是那个当初喜欢了你好久，但是你一直眼瞎没发现，后来人家受情伤而走，你幡然醒悟却又彻底失去，且至今念念不忘的小初恋？！”

这么一长串，余声声一口气说下来，连气都不带喘的。

阮冬天咽了口口水，用力点头：“嗯。”

“不是，到底是怎么回事，你们怎么碰上的？”余声声拉着阮冬天的手，跟打了鸡血似的。

两人关系好，彼此都知道对方心底的小秘密。阮冬天没有瞒她，把今天遇见许知景的事说了一遍。

余声声听到她说她拔腿就跑，完了还被提回来的时候，恨铁不成钢地戳她的脑袋：“你说你，平时号称阮大胆，怎么关键时刻掉链子，你跑什么跑？”

“我刚看到他太惊慌了嘛。”阮冬天委屈，“再说，我不是觉得对他有愧，没脸见他嘛。”

“也是。”余声声煞有介事地摸了摸下巴，问，“他还说什么了？”

阮冬天犹豫了一下，轻声说：“他还说他很想我。”

余声声闻言眼睛一亮，猛地拍大腿：“阮冬天，这事有门！”

“什……什么？”阮冬天被她的一惊一乍弄得有点蒙。

余声声又想戳她脑门，但是想了想，还是忍住了：“你是不是傻？久别重逢，上来就说他很想你，证明他一直没忘记你，还很惦记你啊。既然这样，你就不要客气，勇敢地冲上去，把他拿下，也算慰藉你这么多年的相思之苦。”

阮冬天想象了一下许知景被她拿下后的情景，觉得十分美好，试探道：“那就……拿下？”

“拿下，必须拿下！”

“那万一他还记着当年的事，不愿意怎么办？”都说近乡情怯，阮冬天再见到许知景，也多了几分彷徨和踌躇。

“本钱这么足，你还怕他不愿意？”余声声奸笑着，戳了戳阮冬天柔软的胸。

“流氓！”阮冬天抱着胸，突然生出了几分“风萧萧兮易水寒”的壮士情怀，“反正我欠他的，拿我自己赔给他，我就不信他不乐意！”

“说得好！”余声声用力地拍了拍阮冬天的肩膀：“宝贝，都说心心念念，必有回响。你看，你的回响来了。”

洗漱完毕，阮冬天躺在床上，怎么也睡不着。

外面路灯的亮光穿透并不厚重的窗帘，有浅浅的光辉。她怀里抱着一只浅蓝色的小海豚，睁着眼看白色的天花板。

夜深人静，听着心脏处传来的“怦怦怦”的跳动声，阮冬天的眼眶忍不住湿润起来。

她是什么时候知道自己喜欢许知景的呢？大概是那天，他用那种惨淡的眼神看着她，说他不会再喜欢她的时候吧。

她在感情上一向不容易开窍，也从来没有意识到，自己其实是喜欢许知景的。大概是两个人之间相处得太自然、太舒服了，所以她也从来没有想过许知景会喜欢自己。直到她彻底的失去那一刻，才幡然醒悟。

为什么她会那么害怕许知景有一天也会离开，为什么她会在看到许知景和高楠一起出现时觉得不舒服，为什么她会因此而迁怒许知景，为什么她会在许知景离开后那样的伤心绝望？

究其原因，不过是“喜欢”二字。

她享受着许知景努力营造的最舒服的相处模式，肆无忌惮地挥霍，没有想过有一天许知景离开，她会有多难过。

年少时期不懂事，等到失去才觉得可贵。这么多年，她一直在想如果当初能开窍一点点，或许现在就是另外一副光景。但这个世界上没有后悔药可吃，命运的巨轮将他们带向了不同的方向，却又在此时，给他们带来了交点。

这一次，换她来勇敢。

——许知景，我很喜欢你。虽然比你晚了一点点，但是，请你等等我。

七点二十，许知景就到了阮冬天的宿舍楼下。

两分钟后，阮冬天花蝴蝶似的从宿舍楼里跑出来。看到许知景的车，扬起一个大大的笑容，冲过来拉开车门，猫着腰钻了进去。

顺着车门送进来的，除了有些凉意的风，还有一股甜香的气味。想来，是她身上的味道。

“吃早饭了吗？”许知景示意她系上安全带。

阮冬天摇了摇头：“没有。”

她昨晚上睁着眼到后半夜，才迷迷糊糊睡了几个小时，要不是今早上余声声叫她，这会儿她起来都够呛。

许知景瞪了她一眼，脸上写满了不赞同：“不吃饭就上工，你够有牺牲精神的啊。”

以前他也这么爱怼人吗？阮冬天默默地想了一会，好像不是这样的。不过现在她对他有所图谋，还是让着他点，省得把这人惹不高兴了，转头又跑了。

于是阮冬天说：“没事，你到前边把我放下来，我买个煎饼果子吃。”

许知景从后座拿过一个牛皮纸袋子：“煎饼果子没有，包子倒是有两个，你吃不吃？”

阮冬天没有节操地点头：“吃。”

牛皮纸袋子里放着两个还散发着热气的包子，还有一杯浓浓的豆浆，阮冬天捧着包子啃了一口，鲜肉馅的。许知景还没忘记她喜欢吃肉，也喜欢吃肉包子。她心里美滋滋的，冲着许知景竖起大拇指：“好吃。”

许知景差点被她脸上的笑容晃花眼，忍不住说：“自己捧着吃，别和我说话。”

“为什么啊？”阮冬天不明白。

“开车不说话，说话不开车。我技术不大好，你和我说多了，万一……”

他话里的威胁显而易见，阮冬天缩了缩脑袋，算了，还是继续吃包子吧。

阮冬天吃饱喝足，跆拳道馆也到了。她捞过自己的双肩包抱在怀里，看一眼许知景，又看一眼许知景。

许知景的手指点着方向盘，被她看得莫名有些发慌：“不下车，干什么呢？”

阮冬天期期艾艾地问：“你下午还来接我不？”

许知景听了这话，真的有点被噎住了，她能不能有点分别五年的陌生感？

许知景瞪着阮冬天，半晌，还是败下阵来：“不知道。”

“那好吧。”阮冬天有些遗憾。

“怎么了？”许知景忍不住问一句。

“没什么，你要是来接我，我请你吃饭啊。”

“……”许知景轻嘲，“我缺你这顿饭？”

“那你来吗？”阮冬天鼓着腮帮子问他。

“再看吧。”许知景指了指手腕上的表，“七点五十六分，你还有四分钟，再不动可就迟到了。”

阮冬天“嗷呜”一声，顾不得再从许知景嘴里得到答案，抱着书包下了车，飞速地往道馆里跑。

许知景没有着急走，而是坐在车厢里看着她消失的身影，徐徐笑了起来，眉眼清和，好不动人。过了一天，阮冬天对他的态度不再是初见时的生疏，隐隐约约还有了往日的亲昵。不得不承认，他很受用。

被这种态度哄得很受用的许知景，当天下午准时地出现在跆拳道道馆门口。

嘉林市的四月天，草长莺飞，燕雀呢喃。道路两侧的树木抽出了新芽，在日光中徐徐展开嫩绿的身姿，远远望去，一片浅翠深碧。

阮冬天从道馆出来，就看到了站在大树下的许知景。他总喜欢穿各种各样的衬衫，今天也是。深色的裤子，烟灰色的衬衫，勾勒出他挺拔的身姿，比起五年前，他的眉眼成熟了些，却依旧清隽动人。尤其是那双眼睛，柔软如春波，只看一眼，便忍不住沉溺其中。

阮冬天想，这样的许知景，当真是配得上“美好”二字。

“站着干什么，还不过来？”许知景的声音凉凉的，眼神却越发温柔。

阮冬天快步跑过去，仰着头看他：“许知景，你真好看。”

许知景，你真好看。

多年以前，她也说过这样的话。那个时候他因为这句话心潮涌动，而现在，依旧觉得心头有个地方被触动。但他又觉得茫然，阮冬天这样说，到底是什么意思？是真的夸他好看，或是其他？

他还没来得及想明白，阮冬天就钻进了车里，趴在车窗上冲他招手：“走啊，吃饭去。”

许知景闭了闭眼睛，恢复成面无波澜的样子，转身坐进了驾驶座。

阮冬天请许知景吃饭，是有计划的。作为一个恋爱小白，阮冬天没有什么实际的经验，但她没有实践，不代表她没有理论，要不然那些言情小说岂不是都看到狗肚子里去了。她请许知景吃饭，理由都是现成的——他请她吃早饭，她还他一顿晚饭。

当然了，依她对许知景的了解，即便是一起吃这顿饭，他也不会真的让她请，这样她就又有理由再找他。这么一来二去的，相处的机会越来越多，能拿下他的概率也会呈几何式地增长。

想到这里，她忍不住“嘿嘿嘿”笑了起来。

旁边的许知景被她笑出了一身的鸡皮疙瘩，这女生上了车之后就坐在那里，视线盯着前方，一动不动。脸上的表情倒是丰富得很，一会儿激动，一会儿得意，一会儿忧伤，一会儿猥琐，简直不能直视。

“想什么呢？”许知景忍不住问道。

“没……没什么。”阮冬天觉得不能让许知景察觉她的险恶用心，忙不迭地找理由，“我在想，待会儿吃什么。”

等会儿到底吃什么，她早都想好了。要去的餐馆是余声声推荐的，不是什么富丽堂皇的五星级酒店，只是一家门店小小的小饭馆。但做小炒做得特别好，余声声在网络上看到推荐，带她来吃过几次。

许知景和阮冬天坐在最里面的位子，身后是竹帘，给他们隔开了一个小小的空间。

阮冬天把菜单递给许知景：“你看看吃什么。”

许知景对点菜没什么兴趣，直接把菜单推回去：“你请我吃饭，当然你点。”

“好吧。”阮冬天看了一眼，对服务员小哥说，“先来一壶大麦茶，然后菜的话，一份菠萝咕咾肉，一份炒青蔬，一份芹香牛肚，再来一个海鲜粥和一份锅贴。”

说完了，她又想起来什么似的，说：“芹香牛肚不要太辣，微辣就好，他吃不得辣。”

小哥麻利地记下来，叫了一声“好”，然后就往后厨去了。

阮冬天完成了任务，托着腮对许知景说：“他们家店面虽然小，但是味道绝对一等一的棒，待会儿你尝尝就知道了。”

说完，她才发现许知景用一种诡异的眼神看着她，她忍不住摸了摸脸：“怎么了？”

“没什么。”许知景的手无意识地划过杯口，“我只是没想到，你还记得我吃不得辣。”

听他说完，阮冬天忍不住在心底叹了口气。她以前到底表现得有多差，让他因为这一点小事就觉得惊讶。冷不丁的，她又觉得自己前路漫漫。

“我记得你的事情多了去了。”她忍不住嘟囔。

“你说什么？”许知景没有听清。

“没什么，我说这不是应该的嘛。”

她说完，引得许知景微微一怔。隔着半张桌子看灯光下的她，眉眼清丽，动静皆可入画。半晌，他笑了：“算你有点良心。”

阮冬天是许知景心里养的一只小白眼狼，他却舍不得把她丢了，没想到这只白眼狼也有念旧情的时候，许知景觉得很受用，谁说白眼狼就喂不熟了呢？

一顿饭吃得相安无事，品尝菜色，顺便聊一聊近况。至于当初闹的那一场，大家都有意揭过，所以这顿饭也算是宾主尽欢。

吃完饭结账，阮冬天刚把钱包掏出来，许知景已经把卡递了过去。

阮冬天心底有种得逞的幸福感，却佯装不满：“哎呀，不是说好我请客的吗？”

许知景扫了她一眼：“下次你再请。”

还有下次？！阮冬天更开心了，努力抿了抿唇：“好。”

餐馆门口的停车位不够，之前他们把车停在隔了一个路口的公共停车场。两个人肩并肩地往前走，两分钟后，阮冬天在一家冰激凌店前站着走不动了。

她透过透明的橱柜看到里面一桶桶的冰激凌，直咽口水。绿色的肯定是哈密瓜味的，红色的是草莓的，黄色的估计是杧果的，棕色的是巧克力味的无疑了，呜呜，好想吃。

她转头看许知景：“你请我吃饭了，我请你吃冰激凌吧。”

许知景要是看不出来她是怎么想的，就白喜欢她了这么多年，他冷笑一声：“是要请我吃，还是你想吃？”

被拆穿了，阮冬天也不放弃：“我挺想吃的，你也想吃对不对？”

“不，我不想吃，你也不想吃。”许知景拒绝得很彻底。

刚吃完饭就吃冰激凌，她是不要肚子了吗？

“吃一个，就吃一个。”阮冬天抓着他的袖子苦苦哀求，“一个冰激凌球真的不大，我就吃一个，好不好？”

许知景的视线落到袖口上，她用食指和大拇指捏着他的袖口，微微晃动，带着祈求。这一刻，别说是一个冰激凌球，就是她要整桶，他都会给她。

许知景徐徐吐出一口气，没能扛过她无意识的撒娇，只能妥协道：“只能吃一个。”

“一个，就一个。”阮冬天说完，推门进去招呼冰激凌店的小姐姐，“我要一个巧克力球，最大的那种。”

最大的那种？

许知景听完，额头的青筋忍不住跳了跳，他就不该心软答应她！

阮冬天吃完了心心念念的冰激凌，才和许知景一起打道回府。

到了学校周围，都是熟悉的风景。阮冬天想起来一件事，问他：“你现在不住学校吗？”

许知景“嗯”了一声，前面有红灯，他放慢了车速，又解释道：“之前准备考试，在外面租了房子。”

“哦。”阮冬天点点头。

“有事？”许知景看了她一眼。

“没有，我就是问问。”阮冬天说，“既然这样，你不用送我到宿舍楼下了，到学校门口停就行了，我自己进去。”

许知景：“没打算送你到宿舍楼下，我正好有事回趟宿舍，待会儿你自己走回你们宿舍楼。”

阮冬天：“好。”

叶开定下了工作，今天跑院系，签三方，发快递，一天下来累成了狗。浴室里洗了一遭，懒得下楼吃饭，泡了桶方便面坐在椅子上，边看球赛边吃。

宿舍门被推开，他闻声回头，看清来人，叼着的面条也不吃了，惊讶地问："你怎么回来了？"

许知景有一段时间没回来了，宿舍变成了狗窝。

他嫌弃地扫视了一圈，最终定格在始作俑者的身上："怎么，我回自己的宿舍，还要给你报备？"

"哪能呢？"叶开心虚地看一眼许知景那被自己弄成猪窝的床铺，狗腿地放下面，扯了把椅子给他坐下，"您有事，吩咐一声得了，哪还用得着亲自回来？"

许知景知道他的脾气，笑骂了一声，坐下问他："其他人呢？"

"老大不是回老家考试去了吗？还没回来。强子跑面试去了，地方有点偏，估计会回来得晚一点。"叶开一一报备完了，又问，"你回来有事？"

"有事。"许知景指了指自己的床铺，"限你三天之内把我的床收拾出来。"

"干吗啊？"

"住。"

"你住？"叶开瞟了一眼"猪窝"，觉得工作量有点大。

"对，我住。"许知景说。

"三天是不是有点短了，要不你再宽限两天？"叶开搓了搓手，一脸讨好地看许知景。

许知景把他的脸掰开，让他看着床铺，说："三天之后我回来，你要是没收拾干净，我都给你扔窗户外面去。"

叶开心碎，他怎么就摊上了这么一个冷心冷肺的室友，他要诅咒他："许知景，你这样残忍，小心孤独终老。"

许知景站起来，居高临下地看他，冷笑："放心吧，孤独终老的不是我，是你！”

把自己的意思传达到了，许知景潇洒地离开，留下叶开站在原地，一边看着许知景的床一边骂自己：“叫你祸害许知景的床，现在惨了吧！这么厚厚的一垛衣服和被褥，什么时候收拾得完啊！”

阮冬天宿舍也只剩下她和余声声，余声声捡了阮冬天的漏，保研上了嘉林大学。阮冬天也顺利地通过了复试，两人的论文也写完了，唯一能做的事情就是享受美好的大学时光。

余声声拆了包蚕豆，递给她身边一起看视频的阮冬天：“吃点。”

阮冬天捧着手机，举得高高的，心不在焉道：“不吃。”

“嘿，阮冬天，你想干吗啊？”余声声把蚕豆一搁，不乐意了，“是你要看这个剧的，打开了你又光捧着手机不认真看剧，你那手机是能开出花来还是能长出草来？”

阮冬天赔笑：“我不是想试试咱们宿舍信号怎么样吗？”

“咱们宿舍信号好得很，满格！”余声声没好气地白了她一眼，“到底怎么回事？”

“这都过去一天了，许知景还没有给我打电话，也没有发信息。”阮冬天有些泄气，昨天晚上在宿舍楼前分别的时候氛围很好，怎么今天就一点消息都没有了呢？

余声声扶额：“他不打来电话，你就不会打过去？”

“我这么打过去，不会太不矜持了吗？”阮冬天犹豫。

余声声几乎要笑出声来：“你别给我扮娇羞，你存着什么心思当我不知道？赶紧滚一边给我打电话去，省得耽误我看电视剧，闹心！”

阮冬天“嘿嘿”笑了两声，捧着手机上了阳台。

她对着空气轻咳了两声，确保声音的美妙度，然后按下了通话键。铃声响了好一会儿没有人接，就在她要放弃的时候，电话那端传来许知景略微沙哑的声音：“喂？”

阮冬天心里一紧：“许知景，你怎么了？”

许知景躺在床上，把手机掖着耳下，伸手揉了揉眉心："没什么，好像有点发烧。"

他身体素质不错，这两年鲜少有感冒的时候。昨晚上睡前洗了个澡，头发没吹干，又忘了关窗户，半夜就有些喉咙痛。他起来喝了点热水，也没当回事，谁知白天就严重了许多。浑身酸软，头也痛得厉害。

"那你吃药了吗？"阮冬天急问道，"饭呢，吃了没？"

许知景原本想骗她说吃了，瞬息之间又换了念头："没有，你要不要来看看我？"

阮冬天愣了一下："去你住的地方？"

"嗯。"

阮冬天紧张地搓了搓手："那不好吧？"这么快就登堂入室了，也太快了点吧？

许知景生病了，脾气也大，听她说完，赌气道："不好就别来了。"

"别啊，我去。"阮冬天原本只是想客气一下，没想到客气不成，差点连去都去不了了，"我这就出门，你先告诉我你家的地址，我给你买点吃的和药过去，你想吃什么？"

"什么也不想吃，你快来就行。"许知景软趴趴地说。

阮冬天听完这句话，心都软了，恨不得自己脚下有个风火轮，现在立刻就能飞过去："好好好，我现在就去。"

挂了电话，阮冬天冲回宿舍就开始换衣服，余声声探过头来问她："哎哎哎，着急忙慌的，去哪儿啊？"

阮冬天说："还能去哪儿？去许知景家啊！"

余声声呛了一下，蚕豆沫差点从鼻孔里喷出来："我的天，这是什么节奏？"

"什么节奏都没有，许知景发烧了，我去看看他。"

余声声笑得很猥琐："去吧去吧，争取今晚上不要回来了。"

半个小时后，阮冬天提着大包小包出现在许知景家门口。

许知景穿着灰色的家居服，头发没有打理，有些凌乱。因为发烧，他的脸颊有些红，竟意外的好看。

他看着阮冬天，扯了扯饱满的嘴唇："来了。"

"嗯。"阮冬天三下五除二脱了鞋子，提起放在一旁的东西就往客厅里面走，"我去南门的药店给你买了点消炎药和退烧药，待会儿量量体温，看看要不要吃。还给你买了点粥和小菜，我给你倒出来啊。"

许知景没注意这个，拿着拖鞋追她："能不能换上拖鞋？"

"不用。"阮冬天伸了伸脚，"我穿袜子了。"

"那也不行。"他走过去，把拖鞋放在她脚边："先穿上。"

"哦，体温计呢，家里有没有？"

"没有。"

"喃，还是我英明，就怕你没有，特意买了一根新的。"阮冬天从袋子里翻出温度计，见他还站在自己身后，连忙把他摁在沙发上，"在这坐好，你先量体温。"

她有些凶凶的，但是许知景一点都不在意，反而很开心。那种开心从内心最深处蔓延，一点点地游遍全身。

"哦，好。"

许知景接过温度计，放到了腋下。

阮冬天很满意他的配合，拍了拍手："很好，你在这坐着，我去厨房把粥热一热。"

"厨房在那边，碗在柜子里，还有煤气……"许知景说完，怕她不知道怎么开，就要一起进厨房，被阮冬天再一次摁回沙发里。

"不让你动，听不见吗？煤气我会开，碗我也会找，你好好坐着，等我。"说完，威胁似的瞪了他一眼，进了厨房。

粥是现成的，锅稍微涮一下，倒进去热一热，不过五分钟就"咕嘟咕嘟"冒起了小泡泡。

阮冬天盛了满满一大碗端了出来，放到桌子上，然后伸手：“温度计给我。”

许知景乖乖地拿出温度计递过去，阮冬天看了一眼：“三十八度五？！”

许知景摸了摸鼻子：“有这么热吗？我没觉得啊。”

“怎么没把你烧糊涂？”阮冬天没忍住，又瞪了他一眼，“赶紧吃饭，吃完饭把退烧药吃了。”

许知景在阮冬天一眨不眨地注视下喝光了整整一碗粥，还吃了半碟蔬菜。约莫等了半个小时，又被她监督着喝了10毫升的退烧药，然后就被阮冬天赶着上床休息。

许知景抱着枕头看她：“你要走了吗？”

或许是因为生病，心底最脆弱的一角被触动，他贪婪地渴望阮冬天的陪伴，一秒都舍不得她离开自己的视线。

阮冬天在他柔软的眼神下投降，说：“我不走。”

“那你先看着我睡，给我读书，直到我睡着。”许知景说。

“你不要得寸进尺了啊！”

他又不是五六岁的小孩子，还需要讲床头故事才可以睡着。还有，他难道就不知道他现在这个样子有多软萌吗？她好怕自己兽性大发扑上去啊。

许知景垂了垂眼睫：“那算了。”

哪能算了？瞅瞅他现在的样子，委屈得跟个小媳妇似的，怎么可能算了？

阮冬天心底哀叹，许知景就是个祖宗，谁让他生病了呢，谁让她对他心怀不轨呢？读书就读书，又不是上断头台，应了！

“行了行了，读，给你读。”阮冬天回身从床头书架上抽了一本《余光中诗集》，拽过椅子坐下，给自己找了个舒服的姿势，随手翻开，轻声阅读——

月光光，月是冰过的砒霜

月如砒，月如霜

落在谁的伤口上

恐月症和恋月狂

迸发的季节，月光光

……

轻盈的女声在卧室里缓缓流淌，钻进许知景的耳朵里，像是有一双小手，在安抚他的情绪。他在这样的声音里沉沉睡去。

第十二章 两根老光棍

许知景睡着了，呼吸清浅，陷在蓝色的被子里。

不知什么时候，阮冬天停止了读诗，托着腮专心致志地看许知景。眉毛好看，眼睛幽深，睨着眼睛看人的时候，带着一股骄矜劲，不但不会让人觉得讨厌，反而觉得特别有味道。他的鼻梁很挺，显得他的五官立体，至于嘴唇，在阮冬天看来，他的嘴唇是最好看的，形状优美，有着饱满的弧度，唇色比一般人艳一点，看着格外动人。

还有他的皮肤啊，真的好好。又白，又细，连个小痘痘都没有，比自己的还要好，肯定很好摸。大脑中一旦有了这种想摸一摸的念头，阮冬天就有点控制不住自己。

摸一下，就摸一下，轻轻的，小心翼翼的，绝对不会让他发现。安慰过自己之后，阮冬天的魔爪终于伸向了许知景的脸。

手指碰到他脸的瞬间，阮冬天连呼吸都屏住了，她僵在那里等了好一会儿，他连动都没有动一下，她的胆子就大了起来。

上下其手了半天，阮冬天忍不住感慨——真滑溜，比她这个女生的脸都滑，简直过分。

于是，羡慕嫉妒恨的阮冬天由于极度不平衡的心理，掐了许知景一把。然后，得意扬扬地收回手，又蹑手蹑脚地走出了卧室。

许知景醒来的时候，夜色已深。房间里漆黑一片，他在黑暗中坐起来，一摸后脖颈处，一手的汗，再摸摸额头，已经不烧了，他知道是阮冬天买的退烧药起效了

一想到阮冬天，他急急地掀开被子跳下床，来不及打开卧室的灯就往客厅跑。在开门的一瞬间，他就愣了。

客厅里灯火通明，连接着小厨房的灯也亮着。阮冬天正好洗完一盘草莓出来，手还湿漉漉的。

阮冬天看见他起来，挑了挑眉，说："起来了？"

莫名的，许知景松了口气："嗯。"

"我洗了点草莓，你过来吃点？"阮冬天把果盘放到客厅的茶几上，顺便抽张纸巾擦手。

"不着急，我先喝点水。"他出了一身的汗，这会儿口干舌燥的。

茶壶里的水正处于四十摄氏度的保温状态，想来是她烧好备着的。许知景倒了满满一杯，一饮而尽。

一回头，他发现阮冬天正在穿外套。阮冬天来的时候穿了件薄薄的针织衫，室内温度高一些，她就脱了，只着一件T恤。

许知景舔了舔唇，问道："你要走？"

"嗯，九点了，我也该回去了。我刚刚定了外卖，给你放厨房温着呢，你待会儿记得吃，药也是，要按时吃，不要忘了。"

"你吃了吗？"许知景这一觉睡得安稳，竟然不知道已经九点了。

"我吃了。"说着，阮冬天已经穿戴整齐，"那我先走了啊。"

许知景心底有着浓浓的不舍："你明天还来吗？"

阮冬天手一顿，心底暗笑，面上不显，故意问道："那你希望我

来吗？”

许知景长长的睫毛垂了垂，侧过脸不看她：“问我做什么？你想来就来，不想来就不来。”

阮冬天看得真切，心想这人以前多好一孩子，怎么一生病就成了祖宗，矫情得不得了。可是就这么一个矫情鬼，她还觉得特别可爱，她才是有病的那个吧？算了，跟一个生病的人计较什么？

阮冬天边穿鞋子边说：“我明天早晨九点过来，你有什么需要，记得给我打电话。”

许知景的嘴角微扬：“哦。”

阮冬天走后，许知景准备去浴室洗个澡，出了太多汗，身上黏黏糊糊的实在不舒服。却在照镜子时发现脸上红了一块，他伸手摸了摸。

今年的蚊子出来得也太早了，看来要买些杀虫剂了。

第二天早晨九点，阮冬天准时进了许知景家的大门。

进了门，她把刚买的杧果和酸奶往桌子上一放，接下来就是问许知景感觉怎么样，还烧不烧。

经过一夜充足的休息，许知景好了许多，整个人看着神清气爽的，压根不像昨天高烧不退的样子。

“不烧了。”他说。

阮冬天不放心：“你拿体温计再量一下呗？”

五分钟后，她看了一眼温度计上的显示——三十六度五，完全标准温度：“这么快就好了？”

许知景从她的话里读出了些许的意味，静静地看她：“怎么，觉得很遗憾？”

废话，当然遗憾了，她这是打着照顾他这个病号才能进他的家门。他病都好了，她以什么借口再来？

当然了，虽然心里这么想的，阮冬天也不会表现出来，一脸谄笑道："哪能啊，我像是那样的人吗？"

许知景怀疑地看了她几眼，伸手接过她手上的刀，说："我来。"

阮冬天知道许知景喜欢吃杧果，今天来之前特地去了趟超市，选了新鲜的大青杧，又买了两罐酸奶，准备做个杧果拌酸奶给许知景吃。生病的人胃口都不大好，她要用酸酸甜甜的味道来刺激他的味蕾。

青杧太大，她操作起来不利索。许知景见了，直接把刀拿了过去，动作利落，一个个小格子似的杧果肉随着他的手起刀落掉进准备好的碗里。

阮冬天忍不住夸奖他："真厉害。"

人就是不经夸，即便是许知景，也逃不过这个魔咒。在阮冬天的夸赞下，他顺手把另一个青杧也给切了。

结果就是每人吃掉了一大碗酸奶拌杧果，撑得连早饭都要吐出来了。

阮冬天努力地吃了大半碗，依旧觉得前路漫漫，捧着肚子垮着脸看一脸淡定的许知景："你就不该把第二个青杧也给切了，切一个留一个不好吗？"

许知景的眼神扫过来："不是你让我切的吗？"

阮冬天觉得大脑有点转不过来："我什么时候让你切的？"是她脑子不好使了吗，她怎么不记得了？

许知景捏着银匙的手微微一顿，说："你说我切得好，所以我才没收住。"

阮冬天觉得许知景这样很不好，随便抛一口大锅给她背，她又不是乌龟。所以，她决定指出他的错误："许知景同学，我觉得你这种行为很不好。首先，我是夸奖了你，但我并没有要求你把第二个青杧也切了，你这是过度延伸。第二，我要强烈谴责你这种甩锅的行为，为了表示抗议，我决定剩下的半碗我不要吃了。"

银匙与瓷碗碰撞，发出清脆的声音。

许知景的嘴角微扬起，淡声道："阮冬天，为了抗议你对我的态度，我也决定剩下的半碗不要吃了。"

阮冬天差点被自己的口水呛死："你不想吃就不吃呗，干吗找这么多理由？"

"你不是？"许知景反问道。

"咳咳咳。"阮冬天干咳了几声以掩饰自己的心虚，"那算我们打平，都不要吃了。"

不就是想剩饭吗？找这么多理由真是不嫌累。

许知景把两个碗收起来，阮冬天跟在他后面："以后真的要吃多少做多少，不然都浪费了。"

"你以后不要随便夸我就好了。"许知景说。

阮冬天不明白："什么意思？"

许知景侧身看她一眼："没明白？"

"不明白。"

"没关系，回头多吃点核桃，补补脑子，就明白了。"

三秒钟后，阮冬天反应过来，气得跳脚："许知景，你完了，你竟然说我脑子不够用！"

许知景看着她炸毛的样子，微微笑了起来。

阮冬天在许知景这里消磨了一上午，午饭也是在这里吃的。临走之前，许知景告诉她，他过几天要搬回学校住。

阮冬天环顾了一圈被他收拾得干净整洁的房子，问："这里住得不好吗？"

"没有什么不好，只是想回宿舍住一住了。"

阮冬天点点头："也是，再有两个月我们就毕业了，回宿舍感受一下最后的校园时光也是很不错的。"

许知景看了她一眼，顿了顿才回她："嗯。"

两天后，许知景搬回了宿舍，离阮冬天更近了些，两人见面的时间比以前要多。但也仅限于次数变多，并没有出现什么实质性的改变。

真正发生转折性变化，是一个月以后。

阮冬天即便“色”迷了心窍，也没有忘了她还有余声声这么一只小可爱，所以在五月的某一天，她和余声声一起到学校门口吃火锅。

两人去得早，人还不算多。选了靠里的位子，点了汤底、肉和菜，便一前一后往调料区调制酱料。阮冬天先去，余声声后去，就在阮冬天等余声声这短短的两三分钟时间里，隔壁座位来了个女生。

杏眼桃腮，身姿妖娆。

阮冬天原本还想说这身形怎么这么熟悉，一抬头对上了眼，得了，冤家来了。

那个小冤家也看到了阮冬天，“哼”了一声翻了个白眼，不大不小声地来了一句：“晦气。”

晦气？哎，她知不知道这句话应该是她对她说的？

大庭广众之下，阮冬天真的不想跟她计较，只当没听见，专心等余声声回来。

片刻之后，余声声左手麻酱碟右手西瓜碟出现在视线里，马上就走到桌前了，隔壁斜斜地伸过来一只爪子，端着半杯水，冲着余声声的方向就是一歪。毫无意外地，半杯水全部倒在了余声声的身上。

不是滚烫的开水，却也有一定的温度。因为店里暖和，余声声只穿了一件衬衣，贴着肉浇，余声声当即就叫了起来。

“哎哟，余声声，是你啊，不好意思啊，我不是故意的。”隔壁桌的柳蓉站起来，故作惊讶道，“谁让你刚好经过，你看，我这手一抖，全送你身上去了。”

余声声气得浑身发抖。敢情她被浇了是活该，怪她走这条道不是？

要是别人，不过是一句对不起的事，但是余声声敢摸着她34D的胸发誓，柳蓉绝对是故意的。

柳蓉达到了目的，捂着嘴阴阳怪气地笑着：“哎哟，你不会生气了吧？你看我又不是故意的，再说我已经道歉了，你再揪着不放就太小气了吧？”

小气？她现在只想一巴掌招呼到她的脸上。

就在余声声快要爆炸的时候，阮冬天过来拍了拍她的肩膀：“妞，先去洗手间擦一下，我去找店员借个吹风机，湿衣服穿身上不舒服。”

她们是一个战壕里的战友，余声声看着阮冬天的脸色，就知道她已经想好了办法。于是也不着急跟柳蓉理论，跟着阮冬天一起去了洗手间，留下柳蓉对着她们的背影露出一个得意的笑容。

阮冬天除了向店员借吹风机，还借了一个鱼缸。不要问火锅店为什么会有鱼缸，这家以服务而闻名的火锅店，即便没有，他们也能当场去买回来。

阮冬天捧着鱼缸去了水果区，不拿西瓜，也不拿哈密瓜，紧瞅着水果底下铺着的厚厚一层冰，拿了小铲子铲了大半缸，然后又去了洗手间，接了些水，抱着鱼缸用力地晃了晃。

等到余声声吹干衣服，鱼缸里的冰已经化得差不多了，阮冬天冲余声声笑了笑：“妞，走，带你去看一场好戏。”

阮冬天捧着鱼缸走到柳蓉桌前，她正在看菜单。

阮冬天笑得特别开心，柔声道：“柳蓉。”

柳蓉抬起头，一脸嫌弃地看阮冬天：“你干什么？”

就是这个时候，阮冬天以迅雷不及掩耳的速度抓起柳蓉的手，一把按进了装满了冰水的鱼缸里。

凉意一瞬间蹿上了大脑，柳蓉跟被踩了尾巴的猫似的叫起来：“阮冬天，你想死啊？！”

阮冬天秉着“杀敌一千自损八百”的信条用力地按着她，死活不放手：“哟，这是什么啊？好大一个猪蹄，在冰水里冰镇一下，待会儿吃起来才会更筋道。”

阮冬天和柳蓉不是死对头，余声声才是柳蓉第一恨的人。

她们国关院有个小哥哥叫王选，是柳蓉的高中同学，也是她暗恋的心上人。可惜了，即便是柳蓉追到同一所大学同一个学院来了，王选还是没多看柳蓉一眼。如果仅仅是这样，也罢了，偏偏王选看上了余声声，那可是一见倾心，再见沉迷，三见就再也出不来了。这厢王选追余声声追得辛苦，那厢柳蓉看余声声也是一万个不顺眼。即便余声声从头到尾就没看上王选，甚至为了躲王选都开始学习《孙子兵法》了。

自己喜欢的人有了喜欢的人，那个人和自己必然就是情敌啊。对于情敌，柳蓉自然是绞尽了脑汁地掐。而余声声就这么平白多了个敌人。

起先，余声声对柳蓉的挑衅都忍了，社会主义新青年嘛，以和为贵，社会大同啊！谁知她的友好不仅没让柳蓉收敛，还让她越发肆无忌惮。

后来，余声声也恼了，老娘没招你没惹你，就为了一个送给她她都不要的王选，还没完了？！好啊，你想掐，她就奉陪到底。

四年大学，两个人掐了四年，作为余声声的好朋友，阮冬天也未能幸免于难，成为柳蓉眼中继余声声之外第二讨厌的人。对此呢，阮冬天也想得开——你看我不顺眼，我多往你面前戳几回，看顺了就行了。

但这次柳蓉真是过分了，大庭广众之下直接浇水，真当她眼瞎看不到她是故意的？敢欺负她的小可爱，她不冰死她才怪。

柳蓉的手从鱼缸里拿出来的时候，已经冻到麻木了。她气得面红耳赤，瞪着阮冬天，恨不得咬下她一块肉来："阮冬天，你就是故意的！"

闹到现在，两个人的动作已经吸引了不少人的目光。阮冬天笑着环顾那一张张好奇的脸，说："没事啊，不小心碰到了，大家吃好喝好啊！"

她都这么说话了，大家也不好意思继续看下去，纷纷转回头该吃吃该喝喝。

阮冬天收回视线，看向柳蓉："说的没错，我就是故意的！"阮冬天接过余声声递过来的纸巾擦手，边擦边说，"大学四年，你是什么性子我很清楚。平时说句风凉话、酸话也就罢了，你还真敢上手？你上手了，我就敢下手，你要是不信，那就再试试看？”

阮冬天平日里嘻哈惯了，此时板起脸来，气势逼人。柳蓉被她盯得浑身不自在，想反驳，却没有底气，又不想认输，气氛一时僵了起来。

正在这时，一个手提着两杯烧仙草的高大男生挤了进来，大声说道：“蓉蓉，你说的那家烧仙草人太多了，我这排了快十五分钟才买到，你尝尝合不合口味？”

柳蓉一见他，眼睛一亮，随即换了一副委屈巴巴的表情，扯着男生的袖子诉苦：“张建，你终于来了，你看我的手，她们两个合起伙来欺负我！”

阮冬天和余声声对视一眼，这是画皮啊，一秒钟换脸！还有，这个张建是谁？

余声声凑到阮冬天耳边说：“前段时间听说柳蓉有了新的男朋友，可能就是这个。”

阮冬天在心里狂吐槽，柳蓉嘴上说着对王选一往情深，事实上也没缺过男朋友啊。这张建应该是第三……不，第四任了吧？

张建一愣，有点没闹清状况：“蓉蓉，你说什么？”

“我说她们两个欺负我啊！”柳蓉娇嗔道，“你摸摸我的手，是不是特别凉？就是她们，把我的手按进冰水里，我怎么都挣扎不开，你也不早点回来帮我。”

余声声：“……”

阮冬天的隔夜饭差点吐出来，她忍着胸口的不适说：“柳蓉，你能不能好好说话？再说了，你有事说事，和男人告状算什么本事？”

“呸，我有男人我为什么不告状？”柳蓉捂着嘴笑，“噢哟，我忘了，你没有，自然想告也没得告！嫉妒啊，有本事你也找个啊！”

人身攻击？

阮冬天气得头有点蒙：“你可闭嘴吧，你以为全世界就你有男人，老娘也有好不好？”

“不可能！”柳蓉也不挨着张建撒娇了，往椅子上一坐，嘲讽道，“就你和余声声，国关院两根老光棍，注孤生的命，怎么可能有男朋友？”

一箭双雕！阮冬天和余声声被扎得老血都要喷出来了。

不蒸馒头争口气，她阮冬天今天要不把她柳蓉踩在脚底下摩擦，她就不是阮霸王！

掏手机，按按键，拨通，抓紧接通前的那点时间，阮冬天阴森森地看向柳蓉：“我今天就让你开开眼，叫你知道什么是真正的男人！”

“嘟嘟嘟，嘟嘟嘟”，六声之后，电话接通，那端传来许知景清浅的声音：“喂。”

“许知景，有人欺负我！”阮冬天瘪着嘴告状。

许知景的眉毛顿时皱起来：“欺负你什么了？”

“说我是万年老光棍，注孤生的命，活该没有男朋友！”阮冬天一字不落地复述。

注孤生？

许知景冷笑，这话是诅咒阮冬天呢，还是他许知景呢？

“你现在在哪儿呢？”

“南门火锅店。”

“你在那等我，我十分钟后就到！”

“好！”

叶开吃了一口米饭，一脸迷茫地看他：“不是，你干什么去？”

“去看看谁诅咒我注孤生！”

这不是大家一早都知道的事吗？以前也没见你急啊！

许知景守时得很，十分钟后出现在了火锅店。

最里面的两个座位，楚河汉界似的坐着四个人——三女一男，其中就有给他打电话的阮冬天。这会儿没看见他进来，正斗鸡似的盯着她对面的女孩呢。

许知景咳了一声，唤她：“阮冬天。”

阮冬天“嗷”的一声跳起来，扑到他身边，热切地看着他：“你终于来了！”

还真来人了？而且这个男生，也太好看了点！

柳蓉有些不甘，视线在许知景和阮冬天身上来回查看：“他真的是你男朋友？不会是哪里请来配合你表演，搁这里诳我的吧？”

男朋友？

许知景神情一滞，难以置信地扭头去看阮冬天。谁知她根本就没有看他，而是盯着柳蓉，一脸得意：“哈，你承认你嫉妒我就行了，找什么理由。”

“我哪里嫉妒了，你哪只眼睛看见我嫉妒了？！”柳蓉气得敲桌子。

“我两只眼睛都看到了。”阮冬天觉得好爽，“我们家许知景长得比他高，身材比他好，连名字都比他好听。你看你的脸都要歪了，还说你不嫉妒！”

许知景：“……”究竟是别人欺负她，还是她欺负别人？

阮冬天这副小人得志的样子，简直要把柳蓉气到吐血：“你说是就是了，有本事你拿出证据来啊！”

“你要什么证据？我给你！”仗着许知景在旁边护着，阮冬天的胆也肥得很。

“你亲他啊！”柳蓉振振有词，“你亲他我就认输。”

被唾手可得的胜利冲昏了头脑的阮冬天已经失去了理智，她想也不想地踮脚，双手捧着许知景的脸，“吧唧”一声，在他唇上亲了一口。

那触感太柔软、太美好，许知景的脑袋一下子就炸开了，眼前似有烟花炸开，炸得他几乎控制不住自己！

但是很快，他就反应过来，一把抓住阮冬天的胳膊，阴着脸威胁她：“阮冬天，你给我闭嘴！”

还想放肆嘲笑柳蓉的阮冬天顿了一下，萎了，捂着嘴不说话。

“师弟，我们家这位今天出来没吃药，我先带她回去。”许知景没有理柳蓉，而是看向自从他进来就在一侧坐立不安的张建。

张建猛地站起来，涨红着脸：“师兄，不好意思，我不知道她是你的女朋友。她们女孩子吵架，我也不好插手，我……”

“无妨。”许知景当下有更重要的事情要做，也不在乎这个，“你们继续，我们先走了。”

许知景根本没有给阮冬天反应的时间，将她的手牢牢地握在掌心里，拉着她离开了火锅店。其间，余声声被当成了透明背景板。

许知景步子大，走得又急，阮冬天跟不上。原本还嘟囔两句，但随着离学校越来越近，被夜风吹拂过的脑子也越来越清醒，她终于后知后觉地想起自己刚才干了什么，等到进了学校，她猛地停下了脚步。

“怎么不走了？”许知景的声音里，带着威胁。

阮冬天咽了口口水：“你先放开我。”

许知景犹豫了一下，放开了她。

下一秒，阮冬天拔腿就跑。没跑远，而是直接钻进了学校大门旁边的杏园里，抱着那颗歪脖子老树，恨不得把自己挂在上面：“啊——我没脸见人了！”

冲动是魔鬼啊是魔鬼，谁给她的勇气在大庭广众之下干出这等偷香窃玉的事情来的？！她的脸呢，还在不在？

许知景好整以暇地踱步过来，杏园里树木葱葱，路灯的光芒使他的脸在光影之间显得越发冷郁。

“你这会儿就是自挂东南枝，也改变不了你之前做的事情。”

许知景说不清楚他胸中回荡的到底是什么样的咆哮，他只知道，如果阮冬天不能够给他一个满意的解释，他真的会忍不住收拾她一顿。

阮冬天抱着树回头看他，眼睛亮晶晶的，像是天幕尽头挂着的星星一样璀璨：“许知景，你生气了吗？”

“你说呢？”许知景在她面前停下，居高临下地看她，“这些年没见，你胆子越来越大了，敢在电话里骗我说被人欺负了？”

“我没有骗你啊，我说的那些话都是柳蓉说我的。”阮冬天干巴巴地解释道。

许知景的眼睛眯起来，紧紧地盯着她：“那之后呢，你能不能告诉我，你到底在做什么？”

他的唇上还残留着柔软触感和温度，那是他午夜梦回、辗转难眠时内心最深切的渴望。他在脑海中无数次描绘过这个场景，但是，他从来没有想过自己的所思所想会发生在一个近乎狗血的场景中。他太在意了，在意到现在他的大脑其实是不清醒的，他只想问问阮冬天，她到底要做什么？

阮冬天仰着头看许知景，那双看向她的眼睛依旧深沉漆黑，带着夜的颜色，燃着两簇幽火，似乎要灼伤她的眼睛。

突然之间，阮冬天有了孤注一掷的勇气。事情已经发展到这一步，她突然失去了步步为营的兴趣，她想单刀直入，直捣黄龙。

“我不会随便和别人亲吻的，我只会亲我的男朋友。”手心里有汗慢慢地渗出来，阮冬天努力地压抑着心底的紧张，“所以，你要不要做我的男朋友？”

“你要不要做我的男朋友……”这样简单的一句话，许知景却发现他好像有些理解不了。

这些年求而不得，此刻幸运却像砸金蛋一样降临到他头上，他觉得有些不真实。

“阮冬天，你知不知道你在说什么？”

“我知道，我很清楚。”阮冬天松开了那棵树，走到他面前，目光坚定地看着他，“许知景，我喜欢你，从很久以前开始就喜欢了。只是我太笨，一直没有发现，直到你离开后我才真正地意识到，我真的很喜欢你。所以这些年，我一直在想，如果有一天我再见到你，我一定要告诉你我的心意。可是再见到你的时候，我又有点害怕，我怕你不再喜欢我了，也怕当年的事情对你来说已经变得不值一提了。今天我是做了荒唐事，可我不后悔。我对你做的，就是我一直想做的。

“我喜欢你。”阮冬天的声音开始哽咽，带着不确定和祈求，“所以当初你说的那句不再喜欢我了，可不可以不作数？”

许知景骤然伸手，将她紧紧地搂在了怀里，似乎只有这样，才能抑制住他汹涌的情绪：“对不起。”

阮冬天心头一凉。

许知景放开了她，伸手抚上她的脸，轻轻地，像是在呵护稀世珍宝。他的声音轻柔，眼神也柔得能滴出水来。

“对不起，这些话该由我先说。我这辈子最后悔的事，就是当初和你说了那句话。无论过去发生了什么，都已经过去了。阮冬天，从今天开始，你愿不愿意做我的女朋友？”

短短的一分钟，阮冬天的心情像坐云霄飞车，突然跌落谷底，又突然冲至云霄。

她含着泪，用力点头：“我愿意，我愿意。可是你都不怪我吗？”

“不，我从来没有怪过你。”许知景擦拭她的泪，轻声说，“我只怪我自己，为什么当初不能对你再耐心一点。”

他是先喜欢阮冬天的那个人，所以应该比她更有耐心才是。只是当初年纪太小，再加上初尝情滋味，六神无主，做出了让自己后悔的决定。

最初离开的时候，他也曾怨过她。但是随着时间的推移，怨憎消减，剩下的只有思念。瓶子里的魔鬼因为被封印的时间太长，从渴望变成了憎恶，最后魔鬼发誓，谁把他救出来他就要杀掉谁。而他呢，是越来越渴望，越来越思念，所以发誓，愿意用一切代价换来阮冬天的回顾。

阮冬天说，再见面时她怕他不再喜欢她，同样的，他也在怕。他渴望阮冬天的靠近，却又一遍遍地怀疑自己。蹉跎到今天，才发现两个人耽搁了太长的时间。

过去不追，来路可期。

他的冬天，比他更勇敢。

两个年轻人相爱，会遇到各种各样的事情。但正是因为年轻，所以会拥有“不撞南墙不回头”的孤勇。他们跌跌撞撞，受了许多伤，最后还能走到一起，就像阮冬天和许知景，曾错过对方，也曾怀疑自己，可最终还是走到了一起。因为喜欢，也因为喜欢而生出莫大的勇气。

阮冬天听完许知景说的话，觉得自己又要哭了。五年来，她一直觉得自己对不起许知景。可许知景用一句话，就化解了她全部的不安。

她太欢喜了，无法表达自己的心情，所以她踮起了脚尖，再一次亲吻了许知景。

这一次，许知景没有再给她蜻蜓点水的机会，而是反客为主地加深了这个吻。起先只是浅尝辄止，之后便有些一发不可收拾，等到许知景结束这个吻时，阮冬天已经目眩神迷到站不稳，只能紧紧地依附着他。

许知景眼睛里的两簇幽火越来越旺盛，几乎能将阮冬天燃烧殆尽。他突然低头，在她净白的脖颈上狠狠地咬了一口，含糊道：“阮冬天，你就是我的命。”

脖子上有微微的刺痛，阮冬天也不在意，反手环住他的腰：“许知景，你才是我的命。”

无声无息地侵入她的生命，等到她发觉时，“许知景”这三个字已经渗入骨髓，融入血液，这辈子，都不能从她的生命中剥离了。

阮冬天回宿舍的时候，是有些心虚的。

她小心翼翼地推开门，试图轻手轻脚到让余声声发现不了自己。但是这位少女的智商太欠费了，余声声一直等着呢！

看清她的样子，余声声猥琐一笑：“哟，女生，挺用力啊。”

阮冬天不懂：“什么？”

顺手把镜子递给她，余声声说：“自己看。”

镜子里的女生，有着清丽的眉眼，此时因为得偿所愿，眼角眉梢皆是笑意，越发显得眉目如画。只是当阮冬天将视线移到嘴唇时，才发现太红润了。她后知后觉地反应过来，不好意思地合上镜子，轻咳了一声，依旧装作不懂的样子。

余声声闷声笑了起来，却又感慨异常。大学四年，她和阮冬天是最好的朋友，因为彼此都知道对方心底的小秘密，所以她也知道这几年她过得有多辛苦。

爱而不得的感觉，她懂。

兜兜转转了这些年，她和许知景终于走到了一起，余声声替她开心，她走上前去轻轻地揽住她的肩膀："冬天，有句话说得好，'念念不忘，必有回响'。你等来了许知景，以后，一定要幸福啊。"

阮冬天回抱住她："声声，我知道你最好了。你相信我，你也会幸福的。"

余声声眼底划过一丝黯然，笑了笑："但愿吧。"

"冬天，这世界上不是所有的人都能和你一样坚强，一样有勇气。我就是那个嘴上说得震天响，心里软弱的胆小鬼。"不过现在这些都不重要，重要的是她的朋友现在很幸福。

余声声突然想起来一件事，问阮冬天："冬天，许知景现在算不算咱们自己人了？"

"那必须的。"对于这一点，阮冬天还是很有自信的。

"那就好。"余声声搓搓手，说，"明天请你家许知景给咱们当摄影师呗，毕业照要拍起来了。"

阮冬天福至心灵："好，我这就和他说。"

临毕业了，院里也把学士服领了回来，但是阮冬天和余声声一直没有拍，就是因为缺个摄影师。现在有了许知景，简直就是完美。不过这样白白使唤人也不怎么好，余声声说："他也可以带着他的室友一起来，你知道的，我拍照技术还不错，可以给他们拍。"

互惠互利，有来有往，才能皆大欢喜。

阮冬天纤手一拍，说：“没有问题。”

洗漱完了，阮冬天躺在床上给许知景发信息：“男朋友，你在吗？”

“男朋友”这三个字简直就是全世界最动听的字眼了！想到这里，阮冬天禁不住咬着被子“嘿嘿嘿”地笑起来。

没过一会儿，许知景的信息就来了：“怎么了？女朋友。”

阮冬天咬着被子开心得直蹬腿，半晌才安静下来，拍了拍笑得有些酸的腮帮子，继续发信息：“没什么，我就是想问问你，明天要不要帮我们拍毕业照啊？”

“好啊。”许知景握着手机打字，嘴角的笑意不减。

“那早上七点，在食堂门口碰面？”

“我去接你。”

“好。”阮冬天抿着嘴笑，噼里啪啦又加了一串字，“男朋友，你真好。”

许知景看着这串字，笑得更开心了。他收了手机准备上床，一抬头就对上了叶开那张带着惊悚的脸。他敛了敛笑意，问他：“怎么了？”

“你和谁聊天呢？笑得跟朵太阳花似的。”叶开面露怀疑地看许知景，觉得他肯定有事瞒着自己。

“女朋友。”许知景言简意赅。

叶开张大了嘴巴，能塞进一只青蛙：“什么，女朋友，我没有听错吧？”

“当然没有。”许知景心情好，也乐意和他多说几句。

叶开被这个消息冲击得太厉害了，僵硬了十秒钟后开始掏手机打电话，然后一顿哭喊：“老大，我跟你说，万年僵尸诈尸了，许知景有女朋友了！嘤嘤嘤，为什么许知景这个棺材脸都能有女朋友，我活泼可爱又温暖却还是单身？！”

许知景：“……”

第十三章

我有男朋友

天气晴朗的早晨，许知景站在女生宿舍楼下等阮冬天，身旁跟着一只小尾巴——叶开。

叶开本是不愿意做电灯泡的，但他实在好奇，到底是什么样的捉妖师，才能收了许知景这只冰山怪。

想当初一入学，许知景在第一时间登上了法学院院草榜首，但很快，他就没落了。是他的颜值下降了吗？不是，是因为他永远板着一张脸，冷冰冰地对待所有人，尤其是对他示好的女生。原本还有女孩子怀揣着撒哈拉大沙漠般的热情靠近许知景，希望能融化他这座千年冰山，结果无一例外，都是铩羽而归。女生们由爱生怨，私底下悄悄说许知景是注孤生的命。可现在许知景居然有了女朋友，要不是毕业季，这事早就传遍法学院了。

不一会儿，宿舍楼里走出来两个女生，依着叶开的审美来看，两个女生虽然气质不一，但绝对都是美人。他正琢磨着她们是哪个院的，怎么以前没见过，就见其中一个明眸皓齿的女生笑眯眯地奔进了许知景的怀里。

叶开：“……”

这么个美人就被许知景叼走了？这只黄鼠狼！

待会儿要拍照片，为了方便，阮冬天和余声声已经穿上了学士服，她在晨光中跳进许知景的怀里，像一只翩跹的蝴蝶。

“等很久了吗？”阮冬天仰起头问许知景，杏眼盈盈，像蓄着一汪清澈的湖水。

“没有，刚到。”许知景揉了揉她柔软的头发，“这是我室友，叶开。”

原本还在腹诽许知景是个大骗子，他们明明已经等了快二十分钟的叶开闻言立即展开了一个大大的笑容：“你好，我是叶开。”

“阮冬天。”阮冬天介绍完自己，把余声声往前一带，骄傲的宣布，“这是我的室友兼好朋友，余声声。”

许知景不置可否地点了点头，他对余声声有印象。至于叶开，也很识趣地走到余声声面前开始做自我介绍，顺便也避免了许知景若有似无地往他身上扎眼刀，不就是他刚才对着阮冬天笑得灿烂了些嘛，瞧瞧他小气的。

一行四人先去食堂吃了早饭，然后才开始拍照。

嘉林大学老校区有着近一个世纪的历史，老式的建筑加郁郁葱葱的林木，交织出了一个具有浓浓人文历史韵味的大学校园。

女孩子都是喜欢拍照的，不断解锁各种姿势、各种角度，叶开在一旁见了咋舌。陪女孩子拍照真的是个技术活，只有他们的话，估计半个小时就能搞定。

“你说，她们怎么这么有精力呢？”叶开忍不住吐槽。

许知景透过屏幕看里面的阮冬天，宽大的学士服在她身上展现了不同的风姿，每一张都有不一样的美。他看了叶开一眼：“累了你可以先回去。”

“谁说我累了？我就是说说而已。”叶开撇撇嘴，看向前方的余声声，小声说，“你说我要不要追余声声？”

许知景皱了皱眉：“你喜欢她？”

“我觉得她挺好的。”叶开摸着下巴，尤其是笑起来，眉眼弯弯的真好看。

“你才认识她多长时间，有两个小时了吗，你怎么知道她很好？”许知景对叶开这个容易陷入爱情的男人有些无语。

“时间又不是感情的必要条件。”叶开继续盯着余声声，“再说了，你和阮冬天不也认识没多长时间就在一起了吗？”

许知景的眉毛蹙在一起：“谁说我和她认识没多久在一起的？”

“不是吗？”叶开惊讶。

“当然不是，五年前我们就认识了。”

“我去！到底是怎么回事？”叶开觉得自己好像发现了什么大八卦，正想刨根问底一下，却见许知景把相机往他怀里一塞。

“你先拿着，我过去看看。”

嘉林大学种了许多藤萝，时值五月，正是叶条葳蕤的好时节。阮冬天和余声声手牵着手在一墙藤萝前拍照，不料阮冬天靠得太近了，头发被枝条勾住了，疼得“哎哟”一声。

余声声原本想搭把手帮她理一理，岂知许知景动作快，已经过来了。余声声看了一眼，非常识趣地退了回去。

阮冬天的发丝长而细，此时被叶条勾成了一团，气得都要冒烟了，她恨恨道：“等回去我就把头发剪了，太碍事了！”

“别动。”许知景轻轻地敲了一下她的脑袋，“不要剪，这样很好看。”

以前的阮冬天也是长发，但是不像现在，长至腰际，水亮柔软，映着日光，远远看去像是瀑布一般。许知景觉得很美，每次都忍不住想摸一摸。

“好看是好看，不好打理啊。”阮冬天无奈。

“没关系，不是有我吗？”许知景小心地将最后一绺头发从缠绕的枝条上解下来，“我帮你打理。”

“真的？”阮冬天惊喜地问他。

“当然是真的，你还不相信我？”许知景轻笑道。

阮冬天的手一点点探过去，沿着他衬衣的扣子一路上滑，最后搭在他的肩头：“许知景，你这样让我很想亲你。”

许知景闻言，缓缓笑起来，忍不住伸手刮她的鼻子：“小流氓。”

阮冬天“嘿嘿”笑：“没关系，我就对着你一个人耍流氓。”

许知景：“准了。”

葳蕤翠绿的藤萝瀑布前，年轻的女孩手搭在男生身上，微微仰起头看他，嘴角带着浓浓的笑意。男生半环住了女生的腰，微垂着头，侧脸清隽美好。此刻正有阳光落下来，给他们镀上了一层柔和的光芒。

原本看着这一幕的叶开如梦初醒，拿相机，记录下了这美好的一幕。

拍完照片，四个人准备打道回府。许知景把阮冬天带走了，他说他的电脑没带回宿舍，现在在他租的房子里，让阮冬天陪他一起回去选照片。

阮冬天没有意见，叶开和余声声更没有意见，两人吃了一早晨的狗粮，这会儿饱得都要吐出来了，现在的他们非常一致地不想再看到许知景和阮冬天。

许知景的书房，窗帘被拉起来，打开的窗户飘进来月季的清香，阳光洒到地上，透过光线，可以看到微尘在跳跃。

阮冬天捧着一杯百香果蜂蜜茶，挨着许知景坐在椅子上看电脑上的照片。

她和余声声拍得多，叶开和许知景不过是友情客串了下，等看到叶开拍的那张照片时，两个人都不动了。

原来他们两个人站在一起，彼此看向对方的时候，是这样的甜。

那种眼里除了对方，看不到任何人的专注，如此清晰地呈现在他们面前，让他们自己都觉得惊讶。

阮冬天说：“你现在就把这张照片给我吧，我要把它当手机屏保。”

“好，稍微等一下。”

半分钟后，许知景把照片传到阮冬天的邮箱里，随手又把自己的手机递给她：“顺便帮我设置一下。”

“你也要？”阮冬天惊讶。

“你不愿意？”许知景侧眸看了她一眼。

“没有没有，我当然乐意了。”阮冬天连忙接过手机，“你们男孩子不是都不喜欢这种事吗？”

许知景停了手上的动作，回身把她连人带椅子拉到跟前，双手撑在扶手上，将她牢牢地圈在椅子里：“我们男孩子？阮冬天，你是不是要和我解释一下其他的男孩子是谁？”

这就吃醋了？阮冬天瞠目结舌。但许知景的眼神太危险了，她只好尿尿地解释：“没有别的男孩子，是我听说的。”

她也是有朋友的，朋友也是有男朋友的，偶尔一起聊天，听她们抱怨男朋友不喜欢情侣的东西，觉得很幼稚，她就记下了。

许知景看了她几秒，低头在她唇上亲了一口：“乖，这样才对。”

他转身继续调整电脑上的照片，阮冬天愣在椅子里好一会儿才反应过来，捧着脸傻笑。

这样的许知景，真的是太撩人了。

许知景用了半个小时将所有的照片整理完毕，生成了两个文件包，正准备发送，电话突然响了。

“冬天，桌面上的这两个文件包，你用我的邮箱分别发给你自己和叶开。名称我都备注好了，你直接发就可以，我接个电话。”

“好。”

许知景到阳台上接电话，阮冬天坐在许知景的位置上发邮件。发完返回桌面，她不小心点到了桌面一角的视频。

几秒钟后，视频开始播放，阮冬天看着视频的内容，呆住了。

许知景挂了电话回书房，听到了熟悉的声音，他皱了皱眉头，走过去。

阮冬天听到了脚步声，回过头看她，眼底含泪，有一颗不安分的泪珠顺着眼角无声地滑落。许知景在心底喟叹一声，在她跟前蹲下身来，柔声道：“怎么哭了？”

阮冬天点了暂停，视频戛然而止，她哽咽着说：“这个视频是什么？”

“这是当初篮球赛拍的视频，剪辑的时候我有私心，不想让别人看到，就把这一段剪下来存了起来。”

视频很短，只有不到两分钟，可是他已经看了无数遍，每一帧每一秒，都深深地印在了他的脑海中。

“分开的这段时间，每当我很想你时，就会把这段视频拿出来看一看，这样，会好受些。”

当初在滨海市，阮冬天送他的平安符因为搬家丢了。他手里拥有的和阮冬天相关的东西，也只有这段视频。

这段视频在那段长长的寂寞时光里安抚了他。思念入骨时，他便把这段视频拿出来看一看，可是看过之后便越发思念了。靠着这短短的视频饮鸩止渴，让他喘息到现在，原本不想让她知道，却没想到她发现得这样快。

他说得平静，可越是平静，阮冬天越心疼。她懂得思念的滋味，所以她无法想象在寂静的夜晚，他独自一人坐在电脑前，一遍遍地看着视频该有多难过、多绝望。

因为感同身受，所有更加心疼。

阮冬天扑进许知景的怀里，紧紧地抱着他：“对不起。”

“不是说好不说对不起了吗？”许知景拥着她柔软的身躯，在她耳畔轻轻地开口，“都已经过去了，我们现在很好，对不对？”

“我知道啊。”阮冬天哽咽着，“但我还是觉得对不起你，为什么我不能早点意识到……”如果能早点意识到，他们就不会错过这样漫长的时光。

“如果真的觉得对不起我，那就亲亲我。”许知景凝视着阮冬天的眼睛，清冷的声音中带着些诱惑，“然后，再也不说对不起。不然，我会以为你是因为歉意才和我在一起的。”

“才不是呢！”阮冬天着急地解释。

她虽然在感情上开窍得晚，但她很清楚什么是喜欢，什么是对不起。

“既然这样，那就亲亲我，证明你说的不是谎话。”许知景压低了声音，诱哄道。

阮冬天抬头亲吻许知景。

她实在没有什么经验，纯粹是靠本能，蜻蜓点水般的吻落到他的唇上，动作笨拙而生涩。

许知景原本只想转移她的注意力，却在感受到她柔软的唇瓣和香甜的气息时，眸色一深，抬手扣住她的后脑勺，加深了这个吻。

气息交缠之间，仿佛连周身都火热了起来。理智崩溃之前，许知景克制住自己放开了她，额头相抵，气息不匀地喘息。

阮冬天呼吸急促，唇色如火，眼角眉梢皆是媚意，有着小女生的娇软。

许知景慢慢压下心头蹿起的欲望，等到平静下来，才哑着嗓子说：“记住我说的话了吗？以后不要再说对不起。”

阮冬天小声应着：“我知道了。”

他把她揽在怀里，伸手抚摸着她如瀑的长发：“这才乖。”

五月底答辩，六月毕业。

嘉林市最热的季节来临之前，阮冬天和余声声一起送走了另外两名室友，双双回宿舍收拾行李。

她和余声声都是留校读研，所以行李不必寄回老家。只是研究生宿舍还没有分配下来，她们也不能提前入住。余声声联系了一位师妹，在离校的这两个月里，先把行李寄存到她那里。

原本阮冬天也是打算把行李寄存到师妹那里的，但是某天和许知景提起，他当即就提议让她把行李搬到他那里去。

当时阮冬天搓搓手，很猥琐地开口："许知景，你不单纯哦。"

许知景淡定地说："我哪里不单纯了？"

"什么要我把行李搬过去，都是借口，你就是想让我和你一起住。"阮冬天说，"有话就直说嘛，你看看你，这么拐弯抹角的，万一我没领会到其中的精髓，你这话不就白说了。"

许知景顿了好一会儿，才徐徐开口："两室一厅，我原打算分你一间。但现在你既然都这么说了，那一间也不用准备了，你直接搬到我卧室里来就好了。"顿了顿，他又接着说，"不单纯的不是我，是你。说吧，你肖想我多久了？"

撩人不成反被撩，阮冬天打死也不承认他的肉体她垂涎已久，故作大义凛然道："什么肖想不肖想的，我是那种人吗？"

许知景笑得诱惑，伸手扯了扯领口，露出精致的锁骨："是吗？"

阮冬天咽口水："你就是故意诱惑我的。"

"是啊，我就是故意的。"许知景捏捏她柔软的脸蛋，"那你要不要搬过来？"

阮冬天毫无节操地点头："搬。"

美色当前，她要是不投降，她就不是阮冬天了。

搬家那天许知景开了车来接她，后备厢塞得满满的，连后座上也被她的玩偶和枕头占满了。

许知景虽然嘴上说让她直接搬到他的卧室里，但也只是说说而已。客房打扫干净，换了新的晒过的床单和被子，床头的花瓶里插了一束黄玫瑰，一切准备就绪，只等阮冬天到位。

“房间我已经打扫过了，待会儿把行李搬上来，你自己看着收拾。”许知景把她的海豚和小猴子玩偶扔到床上，“缺什么你告诉我，我回头帮去你买。”

阮冬天把自己扔到床上，在柔软的大床上弹了弹，然后坐起来看他：“你不是说不给我准备房间，让我和你一起住的吗？”

“我这是为了谁？”许知景扫了她一眼，还不是为她考虑？

阮冬天“嘿嘿”一笑：“这么善解人意？”

许知景拉过她的手：“别闹了，下去拿行李。”

阮冬天套上拖鞋：“不闹不闹，干正事。”

阮冬天用了大半个下午，把房间整理了一遍。别的都还好，只是房间里缺了个书架，许知景便把那一摞书抱到了他的书房。

半天的劳动让阮冬天出了一身的汗，整理完毕，她进浴室洗了个澡，出来的时候脸上升起了烟霞般的红晕，眼睛经过水汽氤氲越发动人。她换了稍微保守的睡衣，上下两件套，把自己包裹得严实。但即便是这样，也依旧美得令人心动。

许知景的喉结无声地动了动，招呼着她过来：“冬天，过来。”

阮冬天挪过去：“干吗？”

“坐好，帮你吹头发。”

许知景曾经答应她，会帮她打理她的长发。他向来说到做到，之前没有机会，现在有机会了，便将诺言履行到了实处。

阮冬天盘腿坐在沙发上，顺手拿了一块西瓜啃着。许知景站在她身后，拿着吹风机帮她吹头发。柔软的长发在他指间滑落，有一种将他心房都缠绕起来的感觉。

阮冬天幸福地眯起了眼睛，有男朋友的感觉实在是太幸福了。所以在许知景关了吹风机拿了牛角梳帮她梳头发时，她忍不住说：“我要是知道搬过来会有这种待遇，我肯定不会等到今天才搬。”

拿牛角梳的手微微一顿，许知景有些无奈：“吹个头发就把你收买了？阮小姐，你的意志力不要太薄弱。”

“在你面前要什么意志力？”阮冬天转过身来，托着腮看他，“你说是不是？”

“觉悟不错。”许知景低头亲了她一口，“对了，有件事和你商量一下。”

“唔，什么？”阮冬天拿过一片西瓜，送到许知景跟前，示意他吃一口。

许知景咬了一口，任由甜美的西瓜汁在口腔蔓延，才说：“过几天我要封闭式培训，你要不要趁这段时间回趟家？”

从情感上来说，他希望阮冬天能一直陪着他。但是现在已经放假了，阮冬天应该回家陪父母长辈。所以正好趁着这段时间他封闭式培训让她回家待一待，不然她不在身边，他会觉得不适应。

“通知下来了吗？”

许知景顺利通过了法院面试、体检和政审之后就在等单位的通知，阮冬天这两天忙着送别朋友，也忘了问他上班的通知下来没下来。

“哪天开始？”

“周日下午报道，下周一正式培训，为期半个月。”许知景说。

阮冬天想了想：“那我买周末的票，和你一块走。”

“可以。”许知景点头。

阮冬天突然想起来一件事，跪坐在沙发上，仰着头看他：“我就要回家了，没有我在身边，你会不会很寂寞，会不会很想我？”

“你说呢？”许知景觉得她这个样子有些没心没肺，忍不住睨了她一眼。

“你放心，在我走之前一定对你好一点。”阮冬天笑呵呵地说。

许知景略微想了想：“既然你要对我好一点，不如现在就开始吧？”

“怎么开始？”阮冬天好奇。

他丢开牛角梳，伸手捧住她的脸，一点点靠近她的唇：“比如说，这样。”

阮冬天愣了一秒，回过神来揽住了他的腰，专心致志地回应他。

这一吻差点让许知景失控，好在理智还在，提醒他有些事情不可以操之过急。

晚上许知景带阮冬天出去吃饭，算是庆祝她“乔迁之喜”。

吃完饭时间还早，两个人不着急回家，就在附近随便溜达溜达。从电梯里出来，需要经过一楼的金银店出商场。许知景看着明亮的柜台，心里一动，带着阮冬天走了过去。

阮冬天拉着他的手，好奇地问：“你有什么要买的吗？”

“不是给我买，给你买。”许知景说。

“给我买？”阮冬天惊讶。

“对，我刚想起来，我们在一起后还没有送你一份正式的礼物。过去看一看，有喜欢的，我们买了。”

阮冬天不是在乎物质的人，更何况如果她喜欢，会自己买。但是许知景说的话还是触动了她的内心，让她觉得自己是被他在乎的。

“那我们买对戒指吧，不用太花哨的，素环就可以。”

“戒指？”许知景以为她会更喜欢手链或者项链之类的，“我以为戒指要等到求婚的时候买。”

“求婚的时候是需要戒指，但是现在也需要。”阮冬天抬起他们握在一起的手，晃了晃，“现在买戒指，等于宣示主权。”

“宣誓主权”这几个字让许知景觉得格外动听：“好，都听你的。”

他们最终挑了一对戒指，正如阮冬天说的，没有过于花哨的装饰，是简单的素环，只是阮冬天佩戴的那只女士戒指上雕刻了藤蔓花纹，显得更精致一些。

买单之后，阮冬天拉着许知景的手，在灯光下细细观赏。他的手生得好看，肤色白皙，手指纤长，骨节分明，戴着素环戒指，有种别样的美感。

“以后要是有什么狂蜂浪蝶往你身上扑，你就把手伸出来给她们看。告诉她们，你是有主的男人。”倒不是阮冬天杞人忧天，实在是许知景长得太招人喜欢了，无论去哪里，总能收获各种爱慕。

“这话也适用你。”许知景轻笑，“好了，回家了。”

过去加现在，许知景和阮冬天认识也算久了，更何况两个人现在还正大光明地谈起了恋爱。只是，像这样单独在同一个屋檐下，中间只隔了一道墙的情况，还是第一次。

夜深人静了，两个人也没了白日的坦然，多了些羞涩。

许知景咳了一声，率先开口：“时间不早了，早点回去睡吧。”

“嗯。”阮冬天抬头看了他一眼，“那，我先进去了？”

“去吧，我就隔壁，有事就叫我。”

“好。”阮冬天磨蹭着往卧室走，刚推开门，就听到许知景叫她，她回过头，“啊，怎么了？”

柔和的灯光下，他的眼底有浓得化不开的云雾，注视着她的眼神，温柔而坚定：“关好门，什么都不要想，好好睡。”

阮冬天的心因为这一句话而安定下来，她知道他话里的意思。虽然阮冬天嘴上厉害，但还是有些忐忑，他看得出来，也愿意让她安心。

阮冬天笑起来：“我知道，晚安。”

隔了两天，两人一起出门，许知景先送阮冬天到高铁站，再去单位报道。

时值七月，是嘉林市最热的季节。炽热的阳光洒下来，眼前都能出现一道白光。阮冬天穿着长裙，戴着宽边沙滩帽，也抵挡不住阳光的炙烤。她觉得再给自己加一把孜然，就直接能吃了。

许知景帮她推着行李箱，送她到入口：“早去早回。”

阮冬天接过行李箱：“万一我乐不思蜀，不想回来了怎么办？”

这事阮冬天是有前科的，当初她从宁城回滨海市，就乐不思蜀到连电话都不愿意和他打。

有了前车之鉴，许知景好整以暇道："没关系，你不回来，我亲自过去抓你回来。"

嗬，这话虽然说得平淡，但阮冬天还是听出了威胁的意味，于是她很识趣地拍着胸脯保证："你放心吧，我一定早去早回，坚决不让组织操心。"

"这才乖。"许知景笑起来，眉眼柔和，清隽得不像话。

环顾一圈，四周都是匆匆往入站口走的人，许知景摘下阮冬天头上宽大的沙滩帽，往他和阮冬天脸侧一挡，低头亲了一口，又飞速把帽子给她戴上："进去吧，我等你进去了再走。"

他的动作如行云流水，等到阮冬天反应过来，已经结束了。她脸上红扑扑的，跟扑了一层胭脂一样。

"嗯，我进去了。"

从嘉林市到滨海市，高铁不到两个小时。阮冬天拎着行李箱出了站，打了个车回家，然后在进家门口之前，和许知景进行了最后的通话。封闭式培训，连手机都要上缴。所以在接下来的半个月里，阮冬天是找不到许知景的。

通话结束，阮冬天掏钥匙，开门。

阮妈妈正边打扫卫生边追剧，听见钥匙声还以为丈夫回来了，心里嘀咕今天怎么回来得这么早。等到看清回来的是闺女之后，她第一反应是："咦，阮阮，你怎么回来了？也不提前说一声。"

阮冬天一脸茫然："妈，三天前我就在微信里告诉你了，说我今天要回来，你还说知道了。"

"是吗，我怎么不记得了？"阮妈妈不在意地挥挥手，"回来就回来吧，你打算在家待几天？"

"妈，我怎么觉得，你好像不是很乐意我回来啊？"阮冬天心塞，想当初她也是爸妈手里的宝，可自打上了大学，她就成了一棵草。她爸妈眼里只有彼此，她这个闺女还不如家里阳台上的那几盆多肉。

“那不能，你回来，我和你爸都很开心。”阮妈妈言不由衷道。

这会儿阮冬天也没发现她妈的言不由衷，把行李箱推回房间，说：“妈，我去对面看看爷爷奶奶。”

阮冬天在高二上学期结束的那个冬天，就离开了宁城，回滨海市生活。一方面是因为她的学籍一直在滨海，高考需要在滨海市考。另一方面，也因为阮教授在这年冬天生了一场大病，心肌梗死，差点没抢救过来。这件事给家里造成了极大的影响，阮爸爸阮妈妈征求了二老的意见，让他们和阮冬天一起从宁城到滨海休养。阮教授和钟教授商量了一下，可以去滨海市，但不要住在一起。

一来，二老都是独立惯了的人，虽然经历了一场大病，但只要保养得当，按时吃药，不会有太大的问题；二来，他们也考虑到儿子媳妇的小家庭，长期住在一起说不定会有矛盾，影响家庭和谐。

因此，搬到滨海市后，阮教授和钟教授用大部分积蓄在阮冬天家的新房对面买了一套小户型的房子。一个小区，不同楼。既保证了相对近的距离，也形成了相对独立的生活空间，皆大欢喜。

阮冬天上一次回来是寒假，这都过去大半年了，这次回了家，肯定要去爷爷奶奶家的，但阮妈妈把她叫住了。

“你不用去了，你爷爷奶奶不在家。”

阮冬天惊讶：“这么热的天，他们去哪儿了？”

“去东北了。”阮妈妈把吸尘器放到角落里，“你爷爷有几个老朋友在哈尔滨，打电话来叫你爷爷去玩，所以你爷爷带着你奶奶去哈尔滨看老朋友去了。”

阮冬天：“什么时候回来？”

“你爷爷说了，东北凉快，他争取入了秋再回来。”

“这么大的事，怎么没人告诉我？我前两天和奶奶打电话，她也没说啊。”

“爷爷奶奶又不是小孩子，出个门还要和你报备一下。他们乐意，想去哪儿就去哪儿呗！”阮妈妈说完，又把阮冬天往卧室里赶，“行了，你也别在这站着了，回房间把你的被子拿到阳台上晒一晒，回来得这么急，我都没时间给你晒，你自己弄吧。”说完，一扭身回了房间。

“……”

阮冬天想仰天长啸，她三天前就说要回来了，怎么还回来得急呢？她根本就不是亲生的，是隔壁垃圾桶捡的吧？

阮妈妈回了房间，神神秘秘地开始发信息。

不过一会儿，电话就打了回来，她接通，说：“怎么办？阮阮回来了。”

阮爸爸不在意地说：“该怎么办就怎么办，不用慌，反正我们机票也定了，酒店也定了，都没她的份。”

“那就不告诉她了？”阮妈妈有点犹豫。

“不用告诉她，等我们走之前再告诉她。”阮爸爸说，“晚一天知道，她就晚一点难过，我们这也是为她着想。”

“那好吧。”阮妈妈深以为然，“那你待会儿多带些海鲜回来，就当补偿她吧。”

“没有问题。”

正在努力晒被子的阮冬天压根不知道卧室里阮爸和阮妈的通话，只是莫名地觉得有点不安，好像要发生什么似的。

至于要发生的事情，她也是在五天后才知道的。

这五天她过得倒也惬意，每天吃饱了睡，睡饱了吃，除了想念自己的男朋友，其他也没什么不好的。

可五天后，她就蒙了：“你说你们要去哪？”

“去澳洲啊。”阮爸爸说。

阮冬天跳脚：“你们要去澳洲旅行，为什么不带着我？”

“我们本来就没打算带着你啊，你爸爸好不容易休年假，我们出去过个二人世界，还要带着你，当电灯泡吗？”阮妈妈说，“再说了，票和酒店我们都定好了，多加一个你很麻烦的，还是算了。”

阮冬天趴在沙发上，有气无力地看着乐呵呵收拾行李的夫妻俩，欲哭无泪：“我到底经历了什么，老天为什么要这么对我？”

老天没有听到她的呼号，阮妈妈也没有听到，随手拍了拍她的屁股，示意她赶紧起来：“起来起来，你压着我的围巾了。”

“妈妈，现在一条围巾都比我重要了吗？”阮冬天颤抖着把围巾递给阮妈妈，“我还是不是你最爱的宝宝？”

“你是，你是，你当然是。”阮妈妈敷衍了她两句，又忍不住说，“阮阮啊，不是妈妈说你，你也该找个男朋友了，天天在家待着，你都要长毛了。”

“就是。”阮爸爸在一旁帮腔，“阮阮，你长大了，我和你妈妈早就对你放手了。这放假期间，不要老待在家里，多出去转转，多交交朋友，以后才不会被骗。你放心，我和你妈妈都很开明，你有了男朋友只管带回家里，我们绝对不会棒打鸳鸯的。”

“谁说我没有男朋友的？”对于这个指控，阮冬天拒不接受。

她是有男朋友的人，她的男朋友叫许知景。

“不信。”阮妈妈直截了当地表示不相信。

“嘿，妈妈你还别不信，我是有证据的。”阮冬天把手机伸过去，“看到屏保了吗，这就是证据。还有，”阮冬天为了增加说服力，把进家门前偷偷摘下来的戒指掏了出来，“你们看这是什么？戒指！这就是我们谈恋爱的凭证。”

阮爸爸一脸同情地看着女儿：“戒指是和余声声一块买的吧？小女孩戴着挺好看的。”

阮妈妈补一刀：“照片一看就是 PS 的，花了不少工夫吧？”

“真的，这是真的！”

“那你和他视个频，打个电话也行，让我们听一听。”阮妈妈说。

阮冬天萎了：“现在不行，他现在封闭式培训呢，电话打不通。”

拿不出实质性的证据，那就是枉然。

阮妈妈一脸了然，转身看阮爸爸：“哎，你说咱们家阮阮，长得也算标志，怎么到现在也没个男朋友？”

阮爸爸：“要不然，回头你看看周围有没有谁家有适龄的男孩子，给她介绍一个？”

“我觉得可以有。”

阮冬天：“……”她觉得不可以。

总之，不管阮冬天乐不乐意，第二天一大早，她还是目送着爸妈坐上了去机场的出租车。她妈还不忘给她留了些零花钱，让她得空去逛逛街，买点好看的衣服，把自己打扮得美美的。这样既能取悦自己，还能找到男朋友，一举两得，多开心啊。

阮冬天已经被这对眼里只有对方没有亲闺女的父母折磨得没有脾气了，她有气无力地躺回床上，捧着手机哀号。

许知景，人家好想你！

可是许知景听不见啊，还在奋笔疾书好好学习呢。

阮冬天只能退而求其次，给余声声打电话，寻求安慰。余声声听完了，笑得在床上打滚：“你爸妈实在是太牛了，就这样把你一个人留在家里，乐呵呵地去过二人世界了？”

“要不然呢？”阮冬天盘腿坐在床上，觉得此刻应该在她的脸上PS上两条泪。

余声声乐不可支，又很同情她：“要不你来我家玩几天？”

“算了，我还是在家待着吧，过几天直接回嘉林得了。”

“去投奔你们家许知景温暖的怀抱，可以，可以。”

阮冬天“嗯”了一声：“要是他不培训，我现在就回去找他了。”

真的，很想许知景啊。

第十四章

让我亲亲你

为期半个月的培训结束，许知景领了手机，第一件事就是给阮冬天打电话。

阮冬天正坐在沙发上看综艺，许知景不在，日子实在无趣。偶尔看看书，剩下的大多数时间靠看电视打发时间，至于电视里演的是什么，她也没看进去。

听到手机响，看到屏幕上是“许知景”，她一喜，立即把手机捞过来接听：“喂，许知景？”

时隔这么多天，许知景听到她充满活力的声音，这些天的疲惫都被熨帖了，他边走边问：“是我，你在哪儿呢？”

“在家啊，你快点回来吧，我在家等你。”

在家等他？

许知景敏锐地捕捉到她话里的意思，追问她：“你现在不在滨海？”

“当然不在了，我在你的房子里。”想到在家经历的一切，她忍不住蹬了蹬腿。

许知景也觉得惊讶：“这么快就回来了，怎么不在家多待几天？”

“别提了，说来话长，等你回来再说吧。”阮冬天问他，“你要多长时间才能回来啊？”

“大概一个小时吧。”培训的地方有点偏远，他赶回家至少要一个小时，“等我，我马上回来。”

许知景要回来了。

认识到这个事实，阮冬天心底有一串串的小泡泡蹿上来。她环顾客厅一圈，迅速拿起扫把，打算在他回来之前把家里收拾干净。打扫完毕，她又冲了个香喷喷的澡，脱下身上的小熊睡衣，换上了一件墨绿色的长裙。

裙子是阮冬天前两天逛街的时候买的，浓重高贵的祖母绿，墨染一般，衬得她的皮肤白如雪。款式是复古怀旧款，V领，露出了胸前大片雪白的肌肤和精致的锁骨。细细的高掐腰，显得腰肢盈盈一握，衬得她越发高挑。

阮冬天对着镜子转了个圈圈，觉得现在的样子足够美，才跑到客厅等许知景回来。

有拿出钥匙窸窸窣窣的声音，还有钥匙插进锁孔里转动的声音。一直留心门口的阮冬天听到这些声音，猛地站起来冲了过去，与刚刚开门的许知景撞了个正着。

四目相对，有片刻的寂静。

许知景的眼睛里闪过一丝惊艳，随后拦腰把她拽到怀里，抵在门板上。

她背后裸露的一片肌肤严丝合缝地贴在门上，她感受到了丝丝凉意，身体也诚实地起了细细密密的鸡皮疙瘩。

许知景一只手横在她的腰上，另一只手抚上她的脸，轻轻地将散落在鬓角的发丝别到耳后。看向她的眼睛里，像是蓄了一团云雾，看不清也望不透。

良久，他才哑着嗓子开口：“穿得这么美，等我回来，嗯？”

他尾音的那一声若有似无的“嗯”，像是羽毛扫过心尖，痒痒的，勾得阮冬天都要窒息了。这个男人这样哑着嗓子说话，真是性感极了。她伸出一只手，攀上他的肩膀，触感极好，很有弹性，她故意问他：“好看吗？”

许知景的喉结动了一下：“好看。”说完，便不再压抑，低头含住了她的唇。

这一次的许知景格外有耐心，一点点地描绘她的唇，再撬开她的牙齿，与她柔软的舌头纠缠在一起。

许知景深知有些事情不可操之过急，便没有逼得她太狠。见好就收之后，埋首在阮冬天的脖颈处，一点点地调整自己的呼吸。末了，见她的锁骨实在太过美好，没忍住，啃了一口。

不算疼，有些微微的酥酥麻麻的感觉。阮冬天捂着脖子睨了他一眼，烟波浩渺般，带着勾人的意味：“你属狗的哦。”

许知景拿开她的手，伸手抚了上去，她脖颈处的肌肤细腻，柔软极了。他开口，声线有些低，带着点慵懒：“没办法，秀色可餐。”

他说这些话的时候，黑色的衬衣最上面的两粒扣子敞开着，露出了泛着釉色光芒的肌肤，再配上他慵懒的态度，格外招人。

阮冬天费了好大的力气才从他身上移开视线，生怕自己会控制不住生吞了他，连忙推着他往浴室里去：“算了算了，你赶紧去洗澡吧，有什么话等你洗完澡出来再说。”

许知景从浴室出来，换了舒服的家居服。他有段时间没剪头发了，有些长，没有吹太干，刘海有些凌乱地贴在额头上，倒显得这样的他越发清隽。

阮冬天跪坐在沙发上，散落的长裙逶迤地堆在沙发上，像盛开的墨菊。见他过来，她把准备好的水递给他。

她在家闲着无聊的时候，许知景在紧张地培训，所以她总觉得他瘦了许多，想好好地照顾他。

许知景在沙发一侧坐下，拍了拍膝头，阮冬天立即躺了过去，缩成了一小团。她喜欢伏在许知景的膝头，觉得很有安全感。

许知景一手捏着杯子，一手轻抚她的长发，问她："怎么回来得这么早？"

阮冬天瘪了瘪嘴，把在家经历的事情说了一通："他们在澳洲玩得乐不思蜀，一时半会的也回不来，我在家待着也是待着，就早点回来了。"

许知景"唔"了一声，失笑："所以你是嫉妒了？"

阮冬天捂脸："说不上嫉妒啊，就是觉得以前我爸妈都是以我为中心的，现在他们眼里没有我，只有彼此了，显得我很多余。"

"不只是你爸妈这样，我爸妈也这样。"许知景对上阮冬天惊讶的眼睛，"冬天，你要知道，做儿女的最终都要离开父母，真正陪伴在他们身边的，还是彼此。之前的很多年，他们把重心放到了我们身上，现在我们长大了，他们也可以享受属于他们的人生了。以后，我们的孩子长大了，我们也会这样。"

他们的孩子？！

阮冬天的眼睛闪了闪，抓住他的最后一句话，轻声说："什么孩子不孩子的？说得谁要和你结婚似的！"

许知景低头，蹭了蹭她翘挺的鼻子，柔声道："怎么，不愿意吗？"

阮冬天抱住他的腰，埋在他肚子上方，意图遮住自己已经泛红的脸颊："不愿意不愿意，连求婚都没有就结婚，你想太多了哦。"

许知景忍不住"嘶"了一声，这个角度，阮冬天是想要他的命！

他们晚上还是打算出去吃，许知景培训了半个月，体力加脑力都有些透支，没有精力再在家做饭。至于阮冬天，热个饭做个简单的面可以，做正餐就有些困难了。

吃饭的地方离得并不远，只是这会儿赶上了饭点，餐馆里的人有些多。他们在门口等了大概十多分钟，才空出来一张双人桌，两个人坐下，点了菜，等着服务员上菜。

隔壁桌也是一对年轻的父母，带着个三四岁的小男孩过来吃饭。可能是吃饱了，小男孩在座位上有些坐不住，动来动去的，最后从座位上爬了下来，径直跑到阮冬天跟前，歪着脑袋看她。

许知景端着茶杯，无声地盯着小男孩。

阮冬天微微弯下身子，笑眯眯道："小朋友，你在看什么啊？"

小男孩咧嘴笑，露出一口小米牙："姐姐，你好好看哦，和我们楠楠老师一样好看。"

阮冬天惊讶，现在的小男孩这么小，就这么会撩人了吗？但遇到这种情况她很开心，所以忍不住摸了摸小男孩的头："谢谢你哦，姐姐很开心。"

见状，许知景放下手中的杯子，纤长的食指敲了敲桌面，冲小男孩招手："小朋友，你过来。"

小男孩看了看他，犹豫了一下，然后在阮冬天鼓励的眼神中，迈着小碎步走了过去："叔叔，你叫我？"

许知景无声地磨了磨牙，很好，叫阮冬天姐姐，叫他叔叔，明显差辈。他抬手指了指阮冬天："小朋友，你觉得姐姐很漂亮很好看，是吗？"

"嗯。"小男孩奶声奶气地"嗯"了一声，软萌软萌的，超级可爱。

许知景一笑："姐姐是很好看，可是，姐姐是我的。"

小男孩太小，估计也没有弄清他话里的意思。但他的眼神太可怕，小男孩许是吓到了，一溜烟跑回去，钻到了妈妈怀里。

许知景见小男孩走了，满意极了，抬手重新给自己倒了些茶水，觉得这大麦茶的焦香越发浓郁了。

他刚才的话阮冬天听得真切，她捂着嘴笑，眼底的笑意几乎就要溢出来。

许知景睨了她一眼："笑什么？"

"你可以再小气一些。"

一个小男孩，值得他大动干戈地宣示主权？

许知景不着急回答她的问题，而是喝了口茶，慢条斯理道："你不知道，有些教育，要从娃娃抓起。"

阮冬天："……"

很好，许知景赢了。

许知景在家休息了一天，隔天就要正式上班。

任职命令下来了，嘉林市中级人民法院民事第四庭兼环资庭。第四庭是混合庭，工作最忙，不仅要处理民事案件，还要审理各种环资案件，甚至还包括一些行政案件。许知景在前期培训中表现优异，再加上自身形象良好，成为各庭竞逐的新人。最终第四庭胜出，决定了他今后的工作方向。

许知景起来的时候阮冬天的房间静悄悄的，他以为她还没有起来，放缓了脚步进洗手间洗漱，一出来却发现她手上拎着刚买的早饭，正在客厅里忙碌。

他惊讶地看她："怎么起得这么早？"

阮冬天晃了晃手上的油条："出去给你买早饭嘛，算是你第一天正式上班的福利。"

第一天正式上班，难免要隆重些。对于阮冬天来说，工作上她不能给许知景什么帮助，但是后勤，她可以做得更好一些。

许知景笑起来，眉眼清和，眼底荡漾着柔软的光，他上前亲吻她的脸颊，轻声说："谢谢。"

阮冬天捂着脸，想起自己早上还没有洗漱，算了算了，还是不要提了。

豆浆油条，鸡蛋咸菜，还有小笼蒸包，虽然数量不多，但是样数很齐全。许知景吃完，看了眼腕表，还有时间，便从容地回卧室换衣服。

换完衣服，检查随身要带的物品，许知景准备出门。

阮冬天也收拾完桌子上的东西，亦步亦趋地跟在他身后：“你现在就走了？”

“嗯。”许知景换上鞋子，冲阮冬天张开怀抱，“冬天，让我抱一下。”

阮冬天扑进他怀里，手顺势环上了他的腰，仰头在他线条极为优美的下巴上亲了一口：“加油哦。”

换来的，是许知景热烈的晨间亲吻。

许知景进了第四庭，带他的庭长姓翟，也是整个民事第四庭唯一的女法官，更是单位里有名的拼命三娘。上班之前，还有前辈对许知景说，在翟庭长手下工作，一定要打起十二分的精神，否则大家只能给他点根蜡烛默默哀悼了。

好在许知景自小性格内敛，这些年下来，越发沉得住气。话不多，但做事绝对认真仔细，时间一长，连向来严厉的翟庭长都对他赞不绝口，直言自己挖到了宝。

许知景逐渐适应了法院的工作，一切都朝着他预期的方向发展，唯一出现的 bug，大概真应了阮冬天的那句话，他的脸实在太招人了。

法院系统没有大家想中严苛，正是因为工作繁重，大家都习惯了苦中作乐。许知景还没正式入职的时候，中院已经有了传闻，说这次来的新人中有一个顶好看的。大家伸长了脖子等，等到许知景来，都是眼前一亮。

年轻人生得好，却不因样貌而骄矜，举手投足甚是优雅。虽然话不多，但要那么多话做什么，赏心悦目即可。当然，在欣赏之余，许知景的感情生活也成为大家关注的焦点。

没结婚是正常的，但是有没有女朋友呢？对于大家明里暗里地询问，许知景表现得很一致——他有女朋友了，感情很稳定，下一步就是结婚。

许多蠢蠢欲动的小姐姐听闻，不禁感慨，果然长得好看的都是别人家的。但是做不了男女朋友，也可以做好同事啊，工作时间中有这么好看的一个同事，工作效率都会提高许多。只是，并不是所有人都是这么想的。

午餐时间到，大家纷纷起身准备去吃午饭。秦芳菲的高跟鞋声也再一次回荡在许知景耳边，他的眉头皱了起来。

“许知景，一起去吃午饭啊！”秦芳菲生得高挑，再踩着高跟鞋，颇有气势。

许知景只当没看见，头也没抬，淡淡道：“你先去吧，我还有卷宗要看。”

最近一个月来，办公室里每天都会上演这样的戏码，秦芳菲掐着各种时机来找许知景，可许知景从来不接茬。

气氛有点尴尬，许知景的同事，也是新人的陈光笑着打圆场：“秦师姐，你只叫许知景去吃饭，也不管管你这个嫡亲师弟。你看我，看卷宗看得黑眼圈都长到下巴了。”

秦芳菲和陈光来自同一所学校，再加上她入职早一年，便一直叫她师姐。有陈光打圆场，秦芳菲找回了几分面子，勉强道：“你也一起来，我请你吃点好的补一补。”

说完，她转过身又去看许知景：“许知景，一起去吧。”

“你们去吧，我还不饿。”许知景继续翻动卷宗。

“你！许知景，你不要太过分！”

许知景纹丝不动，秦芳菲有些羞恼。她对自己的容貌和能力颇有自信，所以即便追求她的人很多，她也没有一个瞧得上的。直到许知景入职，她第一眼就看上了他。她自问无论是年纪还是容貌或是能力，她都可以与许知景比肩。岂知许知景对她半点兴趣都没有，不仅如此，还直接把她当成空气，实在太过分。

“是吗？我并没有觉得。”许知景不认为有什么过分的，他有阮冬天，所以不喜欢与其他的女孩子走得太近。工作过程中难免要接触，但大家秉持着同事之谊，恰到好处的相处，那便也罢了。像秦芳菲这样明显是对他有意思，他不躲避，难道还要笑脸相迎吗？

秦芳菲怒气冲冲地走了，陈光抛给他一个“你看你惹的祸，我先帮你收拾去了”的眼神，匆匆跟了上去。

许知景合上卷宗，不禁失笑。陈光对秦芳菲的意图很明显，只是秦芳菲深陷局中，看不到陈光的好罢了。

桌上的手机响了，他看了一眼，之前的郁闷一扫而空。

阮冬天和他发信息说她打算下午出来逛街，买些书，正好要经过中院，要不要接他一起下班？

许知景摩挲着手机，觉得她这个建议格外好，于是迅速地回复她：“好。”

下午，许知景的工作效率格外高，不仅提前完成了工作，还有时间旁听了一场审判。到了下班的点，他收拾了桌面准备回家。

陈光从一摞卷宗里探出头来，惊讶地看他：“干吗去？”

“下班。”许知景低头看了一眼屏幕，阮冬天十分钟前就到了，他得赶紧出去。

“这么早？”倒也不是陈光惊讶，实在是因为对于他们来说，加班就像喝水吃饭一样简单，他从未见许知景走得这样早，难免觉得惊讶。

许知景的余光里有一道身影，他收回视线说：“我女朋友在门口等着了，正好工作也做完了，我得早点回去。”说完，转身离开了办公室。

陈光咬着笔头犹豫了三秒钟，蹑手蹑脚地跟了上去。许知景的女朋友，真的好好奇啊。

已经到了傍晚，霞光满天，整个世界都带着梦幻的粉红色。许知景出了大厅，一眼就看到了台阶下站着的阮冬天。

天气热，她长长的头发扎了起来，纤细的脖颈一览无余。她喜欢各种各样的绿色，今天穿的是一件浅翠色的掐腰短裙，衬得她皮肤越发白皙细腻。看见了他，她欢快地招手，眉眼间的活力，格外动人。

许知景疾步下了楼梯，走到她跟前，顺手接过她手中的袋子："等着急了吧？"

"没有没有。"阮冬天挽上他的胳膊，"我才刚到，你就出来了。"

"那走吧，今天下班早，我们去市场买些新鲜的菜，晚上做饭吃。"许知景说。

"好啊好啊。"提到吃的，阮冬天的眼睛都亮了。

许知景手艺好，随便一道菜，在他手上都能绽放出不一样的味道。阮冬天的胃早已经被收服了，只是他工作忙，做饭的时间少。

两人刚想走，陈光从后面蹿了出来。

"许知景，你别着急走啊，也不给我介绍一下？"

对于这个直接冒出来的陈光，许知景觉得他在某些特质上和叶开有共同之处。哪天把他们介绍给对方，估计能做好朋友。

"我女朋友，阮冬天。"

许知景从不避讳在自己的朋友面前介绍阮冬天，而后又对阮冬天说："冬天，这是陈光，和我同期的同事，现在在一个办公室。"

都是同事，低头不见抬头见的，当然要搞好关系。

阮冬天闻言扬起了一个大大的笑容，热情地和陈光打招呼："你好，我是阮冬天。"

阳光灼热，可阮冬天的笑容比阳光更浓烈。陈光在这一刻突然明白许知景为什么会喜欢阮冬天了，这样耀眼如白昼之光的女孩子，只怕没有人会不喜欢。

台阶之上，两个年长的法官静静地看着台阶下的一幕。良久，程庭长才笑着说："这一期里许知景最是个稳重的，没想到，还有这副鲜活的模样。”

翟庭长看了眼自己的手下爱将，说：“他们才多大，工作时候稳重就够了，私下里难道还要绷着？”

“那可不是不绷着了，你看许知景，眼睛就没从人家小女生身上移开过。”程庭长调侃道。

翟庭长“切”了一声：“小年轻谈恋爱，哪个不是这样的？我觉得这样就很好，难道不看自己的女朋友，去盯着陈光吗？”

今年第四庭进了两个新人，许知景跟着翟庭长，程庭长收了陈光。听到老同事这么说，程庭长立马不乐意了：“嘿，就知道你是个护犊子的，我们陈光怎么了，也不差的嘛！”

两人正笑着，一道身影从他们身边闪过，匆匆朝着许知景那边去。

程庭长灰白的眉毛皱了起来：“秦芳菲，她要干什么？”

翟庭长眯着眼睛看了看，说：“芳菲是个好苗子，就是性子还要磨。已经下班了，由着他们去吧，我们这把老骨头，也管不了那么多喽。”

秦芳菲屡战屡败，但勇气不减。掐着下班的点往许知景办公室走，刚好听到他说他女朋友来了。她知道他看见了她，也知道这话是说给她听的，但她就是不甘心，不明白她到底哪点配不上他，也不明白那女生能有多大的魅力，能让他这么服服帖帖。

她远远地看见那个穿浅翠色裙子的女孩，眉眼鲜活，活泼可爱。可走在大街上，这样的女孩多了去了，也没觉得有多特别啊。

秦芳菲突然就有了底气，走近，刻意扬声：“你就是许知景的女朋友？”

突如其来的一句话，让在场的两个男人皱起了眉头，只有阮冬天眨了眨眼睛，神色不变：“我是啊，你是？”

“我是许知景的同事，秦芳菲。”秦芳菲看着阮冬天，语气格外挑衅，“早就听许知景提过你，可惜一直没有机会见。今日一见，好像和他说的有些不一样嘛。”

“秦师姐！”许知景的脸色明显冷了下来，但是陈光抢先一步开了口，带着些许告诫。

秦芳菲却像没听见他的话，拢了拢头发，风情万种地对阮冬天说：“你别介意，我这个人说话向来这样，不会拐弯，实话实说。”

她不是不会说话，是不想和她说好话。

阮冬天清晰地感受到来自秦芳菲的敌意，看了许知景一眼，笑着说：“他这人谦虚，估计在外面不会太夸我。是不是你觉得他言不符实，今日一见，觉得我其实比他说的更优秀？”

秦芳菲梗了一下，没想到阮冬天是个牙尖嘴利的：“阮小姐是吧？你太会说笑了。”

许知景早已经不耐烦了，秦芳菲为难阮冬天的行为，让他连基本的同事友谊都维系不下去了。他伸手揽上阮冬天的肩膀，柔声道：“行了，时候不早了，我们先走吧。”

阮冬天了解许知景，只看他神色里的冷峭，便知道他不耐烦了。她点了点头，冲陈光笑了笑：“那我们先走了。”

秦芳菲被忽略了个彻底，脾气也上来了，冲着阮冬天大声道：“阮小姐，你觉得你和许知景在一起，对他有任何帮助吗？”

她出身法律世家，自问对许知景的未来大有助益，这是她的底气，也是她觉得比阮冬天更优越的地方。

阮冬天的脚步顿了顿。

说真的，眼前这位秦芳菲是个美人，阮冬天向来有怜香惜玉之心，再加上她是许知景的同事，阮冬天也不想把关系弄得太僵。但目前看来，这位姐姐分明是走偏了路，敢惦记她的男人，当她是空气啊！

“秦芳菲小姐，你说这话是小瞧许知景呢，还是小瞧我呢？且不说我能不能给他什么帮助，让他平步青云。即便我什么都帮不了，他还是喜欢我，还是愿意和我在一起。你要是不信，你可以现在就问他。”阮冬天悄悄掐了一把许知景，脸上却笑眯眯地看着秦芳菲，“至于我们家许知景，因为生得好，向来有人愿意主动来招惹。这会儿你站在这里和我说这些话，无外乎是你也看上了他，想独占了他。你眼光好，我敬你是个汉子。但是姐姐，咱们做人得有点底线，你眼前的这个男人是我的，你就是觉得再好，也得靠边站。这叫愿赌服输，也叫风度，你说是不是？”

阮冬天的话已经说完了，但秦芳菲一直觉得空气中还回荡着她的声音。她觉得脸上有点烧，却又在这一瞬间，松了一口气，好像终于找到了一个可以对许知景放手的借口。

她看得见许知景落在阮冬天脸上的眼神里带着欣赏和惊艳，以及满满的爱意和宠溺，她也看得见阮冬天说这些话时掷地有声的自信和从容。人人都说恃宠而骄，可若是没有足够的爱，谁又敢真的骄矜放纵？

秦芳菲仿佛一下子跳出了一个怪圈，豁然开朗。她笑了起来，明眸皓齿，十分美丽：“也是，像许知景这样的冷面人，估计也就只有你受得了，给我，还怕冻伤了我自己。阮冬天，我觉得你挺可爱的，哪天有时间，甩了许知景，和姐姐我一起喝茶啊。”

阮冬天：“那敢情好，不过等您找到男朋友了再约我喝茶吧，不然我胆子小，怕你有图谋。”

“就你，胆子小，骗鬼呢？”秦芳菲横了她一眼，明显不信，“好了，我还有工作，回头见。”

“拜拜了您嘞。”

将这神奇的一幕尽收眼底的陈光以为自己到了一个魔幻的世界，原本以为是一场世纪大战，他都做好了拉架的准备，谁知道一顿嘴炮之后，秦芳菲竟然放手了，关键是两个女生还言笑晏晏地约定回头一块去喝茶。

女人的世界真的好复杂，他为什么一点也看不懂！

他挪了挪，挪到许知景身边：“老铁，刚才发生了什么？你能不能给我解释一下。”

许知景看了他一眼，说：“刚才发生了什么不重要，重要的是你为什么现在还站在这里，不去追秦芳菲？”

陈光福至心灵，一拍脑门：“替我谢谢你媳妇，走了。”

陈光追着秦芳菲去了，阮冬天拍了拍手，盯着许知景，不满地“哼哼”了两声。

许知景过去牵她的手，被她甩开。

再牵，继续被她甩开。

许知景无奈，叫她：“冬天。”

阮冬天扬起下巴，傲娇地看他：“你要不要和我解释一下刚才的事？”

“不用解释了，你已经帮我解决了。”

“我帮你解决了，你觉得很遗憾吗？”阮冬天有些吃醋。

“没有，我觉得很开心。”许知景凝视着她的眼睛，“你这样特别棒，我特别喜欢，都被你迷住了。”

阮冬天：“你是今天才发现我的魅力吗？”

“当然不是，你一直很有魅力，但是今天格外美。”他的声音清冷，刻意被压低的声音，格外诱人。

许知景这人，外人看来话少且冷峻，谁能想到他也有这种时候，他在她耳边说这样动听的话，简直性感得没有朋友。

阮冬天几乎要投降了，却还准备做最后的挣扎：“我跟你讲，你的脸就是祸水，我真想把你藏在家里，谁都不给看。”

“随便，你开心就好。”许知景把她揽到怀里，带着她慢慢向前，“不只是脸，我整个人都是你的，你想怎么做，随便你。”

阮冬天扶额，这个男人，让她怎么把生气演下去嘛！演不下去了就不演了，她又不是要竞逐奥斯卡的女明星，算了算了。

于是，阮冬天说：“许知景，你亲爱的女朋友今天受到了你追求者的暴击，你想好今晚上做什么好吃的补偿我了吗？”

许知景看了一眼被‘暴击’的女朋友，从善如流：“把我炖了给你吃，可好？”

到底也是没炖成，阮冬天晚上回卧室时，抚着还有些痛的嘴唇，默默地想，她都已经决定把许知景拆卸入腹了，怎么他关键时候逃了呢？这个食物不太乖啊！

不太乖的食物一直没能进了阮冬天的肚子，阮冬天就这么纠结着，纠结着，开学了。

再开学就是研一，回学校报到那天许知景没空，阮冬天也不着急，抱了一床凉席和一个枕头回了学校。交了材料验了真人，她拎着小行李往宿舍楼里走。

研究生和本科一样，都是四人一间，但条件总体来说要好很多。老天眷顾，她和余声声还在一个宿舍，与此同时，还多了两个室友。

一个叫于晓辉，本省人，生得白，尖下巴，笑起来，嘴角还有小梨涡。还有一个叫周样，美人胚子一枚，留着卷卷的头发，跟个洋娃娃似的，惹得阮冬天手痒痒，好想揉一把她的头发。

刚开始与她们还有些生疏，但女生之间联络感情也快，等到晚饭的点，阮冬天和余声声作为过来人，指点着她们去吃了食堂最好吃的麻辣烫，革命的友谊就此建立。

阮冬天每天上完课，就回许知景家里搬东西，一趟又一趟，就跟小老鼠似的。这天上完课又回去，许知景也在家，问她学校生活怎么样。

阮冬天靠在他的怀里，玩着他的手指，说：“挺好的，宿舍的小伙伴都挺好相处，我们专业不同，但在一个大班上课，女生少，这几天都认识了，男生要多一些，但都不大熟。不过，我们班男生的质量还挺高，怎么说呢，比我们上一届要高，嘿嘿嘿。”

许知景静静地听着，但当她说到男生的时候，他的眉梢挑了起来，冷冷地质问她：“冬天，在我面前公然谈论你们班男生的质量，是我最近太惯着你了吗？”

阮冬天一下爬起来，警惕地看着他：“我就是闲聊，闲聊你懂吧？就是随便说说，没有任何其他的意思。”

许知景往沙发里躺了躺，好整以暇道：“是吗？”

“是，必须是，当然是。”阮冬天拍着胸脯保证，内心悲伤极了。

果然，她阮霸王的时代一去不复返了。

但即便是这样，她还不忘哄许知景：“再说了，他们就是质量再高，也高不过你啊！你是谁啊，许知景啊，在我眼里那是镶着金边光芒万丈的。”

“镶金边的，那是佛陀。”许知景慢条斯理地怼她。

拍马屁拍错地方了吗？

阮冬天很无奈：“没关系，你是佛陀，我就是尼姑，咱们天生一对。”

“……”许知景终于忍不住笑出声来，伸手把她捞进怀里，好一阵揉搓，“阮冬天，你可真是个人才。”

第十五章 对她没兴趣

“天才儿童”阮冬天为自己这个绝妙的比喻沾沾自喜了好几天，但是很快，她就笑不出来了。

入了秋的嘉林市格外美，天空澄澈，碧蓝一片。学校门口的银杏也渐渐泛黄，吸引了周围不少市民前来围观。阮冬天奋力在食堂挤出了一身汗，才买到了她喜欢吃的糖醋排骨和炖玉米，拎回宿舍大快朵颐。不一会，周样从外面回来，一脸古怪地看着她。

阮冬天被看得发毛，夹起一块排骨往她嘴边送：“你也想吃啊，给你！”

瞧瞧她，多大方，最后一块排骨了，她都舍得让出去。

周样对这个吃货无语了，说：“外面有人找你。”

“谁啊？”阮冬天漫不经心地问道。

这个时候，就是天王老子来，也比不过眼前的排骨。

“不认识。是个男生，个子很高，长得很好看。”周样言简意赅道。

阮冬天一喜："许知景？"

"不是，你家那位我认识。"周样见她还在吃，忍不住在她肩上拍了一巴掌，"祖宗，还吃！你倒是出去看看到底是谁啊。"

"好好好，我去，我这就去。"原以为周样是只呆萌小奶兔，了解了才发现，这姐姐绝对是只暴力女金刚。

阮冬天抽了张纸巾，擦了擦嘴角的油，优哉游哉地走了出去。

下电梯，出大厅，然后到门口。当阮冬天看清那人的时候，整个人有点恍然，以为自己看错了，可是眯着眼仔细看看，又没错。

来人看她站在原地愣愣的样子，笑了起来，他原就格外硬朗的五官被柔化了线条，显得越发英俊，引得周围经过的女孩子频频转头。

"愣着干什么，不认识了？"

阮冬天终于反应过来："金止戈，你怎么在这里？"

眼前的人是金止戈无疑，这个在她生命中整整十年的朋友，在她离开宁城的那年，便开始疏远，直至再无联系。有关他的消息，还是爷爷告诉她的，说他高中毕业便出国留学，然后顺利读研，至今还未回国。

可这个应该在大洋彼岸学习的人，此刻却站在嘉林大学的女生宿舍楼前，言笑晏晏地看着她，依稀显露出年少时的影子，让她觉得既熟悉，又陌生。

"我跟着导师回国做课题，正好来嘉林。和以前的朋友联系，知道你在这里，抱着试试看的运气过来找你，没想到，真让我找到了。"金止戈上前，在阮冬天尚未有任何反应之前，把她揽在了怀里，"阮冬天，好久不见。"

金止戈的身上有陌生的味道，好闻，却让她本能地觉得不自在。她下意识地挣脱他的怀抱，说："金止戈，有话说话，不要动手动脚。"

金止戈摸了摸鼻子，对阮冬天的反应有些意外，摊着手说："冬天，这只是一个礼仪，久别重逢的礼仪。"

“可别了，你这是被西方思想给洗脑了，国内可不流行这个。”说抱就抱，别人会误会的。

“那好吧，这么多年不见，又来了你的主场，就不带我逛一逛，吃个饭？”

“这当然是要的，但是我下午还有课，如果来得及的话，晚上吧，晚上我和许知景一起请你吃饭。”

“许知景？”这个名字落到金止戈的耳朵里，觉得十分刺耳，他忍不住开口，带着微不可查的讥诮，“果然这么多年了，还是他啊。”

“你说什么？”他的声音有些小，阮冬天没有听清。

“没什么。”金止戈笑着，“我说我和许知景也很多年不见了，那就晚上见，我等你电话。”

“那好，你电话多少？告诉我一下，我下了课联系你。”

阮冬天回了宿舍，坐在椅子上，怔怔地望着前方，半天都没有动。

过了半晌，她给许知景发了个信息，内容很简单，只有短短一行字：“金止戈回来了，晚上一起请他吃饭吧。”

和阮冬天相同的是，许知景在看到金止戈这个名字时，也有一瞬间的恍惚。这个名字曾是他最大的忌讳，现在的他和阮冬天之间太顺利，以至于让他忘了金止戈曾经出现过，如今他也按捺不住地出现了。他就像是小说里埋下的梗，一直不出现，是因为时机不对，而现在，终于到了他出现的时机了。

许知景摩挲着手机，回复她：“好。”

傍晚，许知景按时下班。这个时候，阮冬天已经带着金止戈到了餐厅。

餐厅是阮冬天选的，嘉林市有名的轻奢餐厅，符合他们现在的身份，也表示了对金止戈回国的隆重庆祝。

服务员送上菜单，阮冬天递给他，说：“你看看，想吃什么点什么，不用给我们省钱。”

金止戈接过菜单，随意扫了一眼，迅速点了几个菜。吃什么从来不是他回来的目的，重要的是，和谁吃。

阮冬天在他点的基础上又加了道菜，还点了许知景喜欢的海鲜菌菇汤，然后合上菜单递给服务员。

金止戈的视线停留在桌面的滕叶纹杯子上，笑言：“这就上菜，不等许知景了？”

“他马上就到了，再说这家餐厅上菜出奇的慢，估计等许知景来了，菜还不一定上。”

她话语里的熟稔和亲昵让金止戈有些不舒服，他忍不住扯了扯衣领，问道：“你们两个在一起了？”

“嗯。”

“什么时候的事？”

“小半年了。”阮冬天奇怪地看他一眼，“怎么了？”

“没什么。”他的视线有些飘忽，连带着声音也跟着飘忽，“就是觉得很神奇，以前天天一起，你们都没好。现在分开这么多年，竟然走到一起了。”

“那不是我没想明白嘛，等到想明白了，许知景也已经又走了。”阮冬天随意地解释。

金止戈阖上眼帘，自嘲一笑。

——所以许知景走了，你也着急要走，这就是你抛弃我的理由？

只有片刻的沉默，等到金止戈再抬起眼帘的时候，瞳孔陡然收缩。

许知景，终于来了。

两双眼睛对视，如果在影视剧里，绝对会被PS上四溅的火花。但是在此刻，只有眼神无声的角逐，片刻之后便恢复了淡然。

金止戈率先站起来，带着言不由衷的笑，却不至于让人发现：“许知景，你来了，好久不见。”

可许知景终究是许知景，法院里的工作，看的就是人情百态，自然也看得清金止戈的敷衍与勉强。

他也笑，风轻云淡："金止戈，好久不见。"

两双手握在一起，很快又分开。

阮冬天往里面挪了个位子，许知景在她身边坐下，顺势捏了捏她的脸，语气亲昵："等了很长时间？"

"没有，你今天下班倒早，我以为你要更晚一些呢。"

"金止戈回来了，有天大的事也要放一放。再说，你不是嘱咐我一定不要迟到吗？"

"这么听话？"阮冬天眨了眨眼睛。

"你觉得呢？"许知景在桌子底下握住了她的手，轻轻地在她的掌心挠了一下。

金止戈觉得眼前的一幕格外刺眼，忍不住开口打断："众目睽睽，你们收敛点啊，这里还坐着一个大活人呢，能不能让我好好吃个饭？"

许知景的身体往后仰了仰，抬起左手搭在椅背上，正好形成将阮冬天虚虚地拢在怀里的姿态："谈恋爱嘛，都这样。我不信你和你女朋友在一起的时候不这样。"

金止戈摇了摇头："别，我可没你这么好福气，女朋友在哪儿我还不知道呢。"

"没有女朋友？"许知景淡淡地咀嚼着这几个字，生生嚼出了不同的意味。

"是啊，最好的阮冬天叫你抢了去，我可不就没有女朋友了。"金止戈说得似真似假。

许知景的笑容越发深了："可不是，阮冬天已经是我的了。"

都是有文化的人，不需要撕心裂肺地咆哮，言语之间几个机锋，已经把对方的意图打探得清清楚楚。不过是一个贼心不死，一个誓死捍卫。

阮冬天似是没有察觉到他们两个人之间的暗潮汹涌，正好服务员上菜了，她笑着开口：“别聊了，菜来了，先吃饭吧。”

两人对视一眼，见好就收，鸣金收鼓，暂时揭过这一篇，谁也不再提。

许是两个人都有意收敛，所以这顿饭吃得顺风顺水，没再出什么幺蛾子。等到吃完饭，许知景主动开车送金止戈回酒店。

“不用了，这里离酒店不远，我自己可以回去。”金止戈是真的不想再看到许知景这张假惺惺的脸了。

“那多不好意思，来者是客，怎么能让你一个人回去。”许知景已经贴心地打开了车门，“你说是吧，冬天？”

阮冬天在一旁狂点头：“就是，金止戈，你也不要矫情了，一起走吧。”

知道拿阮冬天堵他的话，许知景真的是个心机Boy。他就奇怪了，当年他怎么就觉得许知景是个人畜无害的，这明明就是只披着羊皮的笑面狐狸。

当然了，金止戈也不遑多让，到了酒店门口，直接对阮冬天说：“冬天，我要在嘉林市待一段时间，听说这里有很多名胜古迹，记得带我去转转。”

接着，他转头又看许知景：“许知景，我和阮冬天一起出去，你不会有意见吧？”

许知景睨了他一眼：“我没有意见，但是你要先征求冬天的同意。”

阮冬天看着金止戈，笑了笑：“有时间的话一定奉陪。”

金止戈满意了：“那好，就这么说定了，我先上去了，回头见。”

阮冬天收回视线，看向许知景：“我们也走吧。”

“嗯。”

回去的路上，阮冬天一直看着窗外，沉默不语。许知景也没有说话，车厢里弥漫着沉默。

最后还是许知景先开口：“回家里还是回学校？”

阮冬天回过神来："回学校吧，明早上还有课。"

"好。"许知景转动方向盘，转到回嘉林大学的路。

"许知景。"阮冬天突然叫他。

许知景看她一眼："怎么了？"

"这几天无论金止戈做什么，你都装作不知道。交给我，我知道该做什么。"

许知景心头巨震，他不知道阮冬天为什么会这么说，但隐隐又觉得阮冬天知道些什么。

他还是点了点头："好。"

阮冬天在隔天收到了金止戈的礼物，是一大捧黄玫瑰，还沾着晶莹的露水，娇艳欲滴。

余声声她们几个以为是许知景送她的惊喜，说许知景真是浪漫，都老夫老妻了还搞这种惊喜。

阮冬天看着桌上的花，无奈地笑了笑。

这哪里是许知景的浪漫，分明是金止戈的为难。

她看着手机，心想金止戈什么时候会打电话来。放在以前，她可能没有这样的耐性等着金止戈主动打电话来。但是现在，年纪大了，耐心也比以前要足，学会了"敌不动，我不动"。

金止戈果然按捺不住，在傍晚时分打来了电话，笑着问她："冬天，花收到了吗？"

阮冬天站在五楼的阳台上，透过敞开的纱窗看外面的景色。两排银杏染了金黄，映着日光，熠熠生辉。

她说："我收到了，"而后又问，"金止戈，你到底想干什么？"

与此同时，金止戈也站在落地窗前，看着傍晚的嘉林市："做一直想做，但一直没有做的事。"

阮冬天的声音有些凉："追我吗？"

金止戈的手指抚上透明的玻璃，凉意从指尖传到心脏，他轻笑：

“你可以这么理解。”

“我有男朋友了。”

“那又如何？”金止戈的声音里带着志在必得，“就算你结婚了，我也不会在乎。”

“那我们就没有什么好说的了，挂了吧。”阮冬天说完，率先挂断了电话。

她走回宿舍，把那一捧新鲜的玫瑰扔进了垃圾桶。

其他三个女生看见她的行为，大吃一惊。于晓辉嫌弃她是败家娘们，阮冬天“哼”了一声，说：“你喜欢你抱回去得了，甭让我看见”。

她的语气不对，女生们察觉出了不对劲，对视一眼，谁也没再多说话。

金止戈显然不会就这么放弃，隔天又是一捧新鲜的玫瑰，这回不是黄色，而是白色。阮冬天照例扔进垃圾桶，再往后，一天一捧，颜色没有重过样。那架势，非把彩虹七色给集齐了不可。

花都进了垃圾桶，阮冬天心里的郁气却越攒越多，等到真的集齐了彩虹色之后，阮冬天也终于受不了了。

她给金止戈打电话，怒气冲冲地说：“金止戈，你到底想干什么？”

“冬天，你终于接我的电话了。”金色的钢笔在他指尖盘旋，随着他的动作，“啪嗒”一声落到桌面上。

“我们见个面吧。”阮冬天有些疲惫，“有些话，我们势必要说清楚了。”

金止戈的呼吸停顿了一秒：“没有问题。”

金止戈比阮冬天更早到咖啡馆，他点了一杯黑咖啡，坐在最里面的位置。空气中弥漫着浓郁的咖啡香，还有舒缓的音乐在耳边回荡。一切，都让他觉得无比舒适。

阮冬天从外面进来，前两天嘉林市下了场雨，降了温度。她穿了一件薄薄的羊毛长裙，上身是红色的绣花立领衬衣，长发散落在肩头，带着小女人的娇俏。

见她进来，金止戈向她招手：“这儿。”

阮冬天顿了一下，走过来，在他对面坐下。

金止戈很有风度地开口：“给你点了摩卡，记得你喝不了太苦的东西。”

“谢谢。”阮冬天勉强一笑。

“说吧，今天叫我来，到底要和我说什么。”

他很期待，阮冬天到底会和他说什么。

“叫你来，是有几个问题想问你。这几个问题在我心里憋了很多年，原以为这辈子都没有机会得到答案，没想到还有机会亲自问一问你。”阮冬天双手交叠在膝头，抬眸看向金止戈，“我问你，当年在滑冰场，许知景真的推你了吗？”

金止戈设想过阮冬天会问他的所有问题，或质问，或指责，但他真的没有想到她会问这个问题。他的瞳孔在一瞬间骤然收缩，却又迅速恢复平静：“这么多年过去了，怎么想起来问这个问题了？”

“你不愿意回答吗？”阮冬天好似早就知道他会这样答，所以并没有很惊讶，“那算了，我再问你一个问题吧。”

“你问。”此时，已经轮到金止戈面有勉强之色。

“之前你过生日，我曾经送过你一份礼物，是个钱包。那时你和姜姝去城郊植物园，你和我说你不小心把钱包丢了，是真的丢了吗？”

在阮冬天提到钱包的时候，金止戈的脸色已经很难看了。

半晌，他勉强回答：“当然丢了。”

阮冬天的眼底闪过一丝失望：“都这个时候了，你还在骗我。那个你说丢了的钱包，我在你房间抽屉的最里面看到过，用两只眼睛真真切切地看到过，不会有错。”她迎着金止戈微闪的目光，继续说，“当年你是故意的，你早就知道了许知景会约我见面，所以你不惜用撒谎的方式把我骗到城郊，结果如你所愿，我和许知景闹翻了。如今，你为什么还不放过我？”

为什么不放过她？

金止戈听了，低低地笑起来：“阮冬天，不是我不放过你。是你，从来不肯放过我。”

阮冬天没有说话，静静地看着他，心底一片悲凉。眼前的金止戈，曾经是她最好的朋友。纵然她曾经有所怀疑，但也从不敢将这种怀疑落到他的头上。直到她在他的房间发现了那个所谓丢了的钱包，前因后果串联，由不得她不相信。

“明明是我们先认识的，十年情谊，却输给了半途插进来的许知景。阮冬天，你让我如何甘心？”金止戈凝视着阮冬天，眼底是浓浓的不甘，“你在许知景离开后迫不及待地转学，又何曾把我和你十年的感情放在心上过？”

“所谓感情，从来不是用时间来衡量的，这一点，不用我教你。”阮冬天的心有些疼，那愈合的伤口再一次被撕开，让她痛不欲生，“你说我因为许知景着急离开宁城，难道你就没有想过，我是因为发现了你的秘密，无法面对你才着急离开的吗？”

金止戈一怔，似乎有些不敢相信地看着阮冬天，却见她面色平静如海，不见一丝波澜。

良久，他苦笑一声：“你这样说，倒显得我格外混蛋。”

“你不是显得，你就是混蛋。”若不是他这样咄咄逼人，她又何尝会说出这样一番话，“就此罢手吧，我从前不喜欢你，往后也不会喜欢你。我只喜欢许知景，也只想和他在一起。”

“我从来不知道，我哪里比不上许知景？”金止戈扶额，神色里带着黯然。

“你没有比不过许知景，只不过是我们不合适而已。”这世间美好的人千千万万，可这人再美好，不是自己中意的那个，也不过是路人甲和路人乙。她觉得许知景万里挑一，可依旧有人觉得金止戈才是最光芒万丈的那个。只是，那个人不是她而已。

“我言尽于此，金止戈，再见吧。”

阮冬天说完，站了起来。

她准备要走，金止戈叫住她：“阮冬天，我们还是朋友吗？”

“我们曾经是很好的朋友，但是现在，我们还是不要做朋友了。”她的声音很轻，却又很坚定。

阮冬天自问不是什么奇葩圣母，金止戈对她所做的一切，无论是不是打着爱的名义，都对她造成了伤害。这些伤害已经造成，她也做不到当成什么都没有发生一样继续和他做朋友。更何况，她既然不喜欢金止戈，那就不要做所谓的朋友，不要给他一丁点的希望。这样，才是对彼此的尊重。

这个答案在意料之中，金止戈听了，自嘲一笑：“阮冬天，再见。”

一间咖啡馆，站在门口的两个人，一个左拐，一个右拐。无论之前有多少交集，往后，他们可能再也没有机会再见。

阮冬天走出去很远，才掏出手机打电话，不是给许知景，而是给姜姝。

离开宁城之后，她逐渐和宁城一中的朋友疏远。最后仅存的，不过是姜姝、赵晓曼还有霍飞宇。和赵晓曼一直有联系，知道她在读大学后和霍飞宇好了一段时间，可是后来因为各种各样的原因分开，霍飞宇像失踪人口一样再也没有出现过。而赵晓曼因为一次偶然的机会进军影视圈，现在已经是家喻户晓的女明星。她们还会聊微信，只是次数越来越少。至于姜姝，和赵晓曼一样一直没有断联系，之前她还去姜姝的学校玩过。

姜姝那端电话接得很快：“冬天，怎么了？”

这么多年过去了，她的声音还是柔柔软软的，带着天生的温柔。阮冬天笑了声，直截了当地问：“姜姝，你和金止戈还有联系吗？”

姜姝的呼吸停滞了两秒：“没有。”

阮冬天“嗯”了一声，她记得姜姝说过，和金止戈在很久以前就断了联系。只是，姜姝的心事，她比别人知道得多一点点。

阮冬天斟酌了一下，说：“姝儿，金止戈回国了。”

那端的姜姝明显怔了怔：“是吗？我不知道呢。”

“他回国了，现在就在嘉林市，你要不要来见一见他？”阮冬天轻声问她。

姜姝摇了摇头，纵然她知道阮冬天看不到。

“冬天，我不会再见他了，你也不要和他提我，一个字都不要提。”

阮冬天回头往咖啡馆的方向看了一眼：“那好吧，我知道了。”

“冬天，还是要谢谢你。”姜姝轻声道。

阮冬天无奈一笑：“谢什么，再说我也没帮到你什么，你不要觉得我多事就好了。”

“怎么会？我知道你是为了我好，我都知道的。”

许知景坐在书桌前，昏黄的灯光投下一个光圈。已经半个小时了，身前摊开的书没有翻动一页，他的目光凝视着某一点，但仔细看，又发现他只不过是将目光虚虚地停靠在一点，意识早就神游天外了。

钥匙转动门的声音惊动了许知景，他猛地站起来，还未走出书房，阮冬天便小炮弹似的扑进了他的怀里。

许知景背靠着墙，抱住了她：“怎么了？”

阮冬天神色有些黯然，瘪了瘪嘴，低声说：“发生了些事情。”

“愿意和我说一说吗？”许知景摩挲着她柔软的长发，察觉到她情绪的低落。

“其实也没什么，只是和金止戈说开了些事情。”

在许知景面前，有些话她可以自然地说出口。她慢慢地叙说着今天发生的一切，而许知景一直沉默地听着，他是一个很好的听众。

最后，阮冬天说：“我和金止戈认识的时间太长了，他是我到宁城后的第一个朋友。我虽然没想过和他有什么超越朋友的关系，但是我也从未想过有一天，我们会变成现在这个样子。”

“从另一个角度来说，金止戈这样，也是因为喜欢你。”

许知景和金止戈可以说是情敌，但是换位思考，如果今天阮冬天选择的是金止戈，他又能做得比金止戈好吗？连他自己都不确定。

阮冬天却摇了摇头：“不，金止戈或许有那么一点点喜欢我，但更像是执念。”

其实在这一点，金止戈和秦芳菲有些相似。秦芳菲有那么喜欢许知景吗？如果真的喜欢，为什么会在她三言两语的攻击之下就选择放弃？其实秦芳菲最初喜欢许知景，不过是她觉得有了一个可以与之匹敌的男生，自然要收归囊中，但许知景并不接茬，骄傲的秦芳菲才会有些失态。正是因为这样，才会在阮冬天和她说了几句话之后就选择放弃。她需要的其实不见得是许知景的喜欢，只不过是一个可以让她放手的理由。

金止戈也是如此。他说他是喜欢她的，但过去的五年，他从未出现。现在的出现，实在是太恰到好处，就好像知道了她和许知景在一起了，所以才会出现。

他的出现真的是为了破坏他们吗？也未见得。她和金止戈曾经是最好的朋友，突然有一天，这个最好的朋友被另一个人撬走了，从情理上来说，她是理解金止戈这种反应的。所以她才会说，金止戈对她，更像是自己的宝藏被别人挖走了，他需要追回来。但是真的追回来了，他又会发现这个宝藏其实也没那么想要。如同秦芳菲，他需要一个彻底放手的理由，只有这样，他才会直面今后的生活。这也是为什么她会说，以后连朋友都不要做的原因。既然不能给予，那便彻底放手，不给他留有任何期待。

“但你还是因此而难过了。”他看得见她眉眼间的黯然。

“嗯。”阮冬天软趴趴地应了一声，“无论现在怎么样，我和金止戈都曾是最好的朋友。”

那是她童年时期最好的玩伴，如果有可能，她希望这份友谊永远不会变。但这个世界上没有她期待便可以实现的事情，所以她才会难过。因为她失去的，不只是金止戈这个朋友，还有那些年的友谊。

许知景的心有一瞬间地抽痛，他看着她：“冬天，有些东西是不会变的。就像你和金止戈，现在如何暂且不论，年少时的陪伴，是不会变的。”

他是对金止戈没有太多的好感，但是也不否认金止戈在阮冬天的生命中存在过的事实，所以当年才会那么在意。当然，现在也在意，只不过，他更愿意尊重阮冬天的心情。

阮冬天听了，沉默了片刻，才对他笑了笑：“你这样说，我的心情好多了。”

“我还可以让你的心情更好一些。”他缓声道。

“啊，你要做什么？”阮冬天有些蒙。

“做这个。”他低头，轻轻地含上她的唇。

俗话说得好，情侣之间，如果有什么不能解决的，那就给她／他一个亲吻吧，如果还不能解决，那就继续吻下去。许知景这招用得很好，他成功地将阮冬天大脑中因为金止戈而残存的黯然渐渐清扫出去。

但是很快，这个原本带有安抚意味的亲吻就变了味道。恰到好处的时机，让这个吻越来越不受控制，越来越火热，不知什么时候，阮冬天衬衣的扣子被解开了大半，露出了圆润而白皙的肩头。许知景也好不到哪里去，扣子开到只剩下两颗，釉色的肌肤在灯光下泛着诱人的色彩。

阮冬天忍不住咽了口口水，她有一种预感，感觉今天晚上要发生什么大事，但是很快，她就发现自己错了。

许知景用他强大的自制力控制住了自己的行为，等到情绪平静下来后，似乎有些不甘心地在她肩头啃了一口，说：“我去洗个澡。”

然后，他真的去洗澡了。

阮冬天原本是倚在墙壁上的，她难以置信地看向浴室的方向，怎么都没有想到许知景会在紧要关头收手。

是她没有魅力吗？她冲到穿衣镜前，透过镜子看自己。不至于啊，镜子里的女孩粉面含春的，连她自己都被惊艳到了，怎么许知景不下手呢？还是说，她现在这个样子，根本就勾不起许知景的兴趣？

有了这个认知的阮冬天，突然沮丧了起来。

——男朋友对我没有兴趣，我该做些什么？在线等，挺急的。

阮冬天最近一直处于怀疑人生的状态，但她又不好意思开口问余声声她们，毕竟这个问题还是有些私密的。

就这么过了几天，某天上完早课回宿舍，姐妹四个吃完饭睡了个午觉，睡醒了，开始躺在床上拥着被子闲聊，聊着聊着，就聊到了男女问题的话题上。

阮冬天憋了好久，终于逮到了机会，怀着虔诚的心情，展开了求助。

众人听完，三脸蒙。

“你们都住一间房子这么久了，什么都没发生？”于晓辉表示不理解。

“什么都没发生，一人一间，睡得很安稳。”阮冬天有些颓丧，“所以我在想啊，我是不是身材不够好，没有魅力啊？”

“这不可能！”作为一起洗过澡一起睡过觉的好朋友，余声声彻底否决了这个可能，“我一个女人都想埋你的胸，我就不信许知景一个大男人没有任何想法。”

“依我混迹小说界这么长时间的经历来说，你现在这种情况，只有两个解释。”一直沉默的周样终于开口了，“一，就是你没有魅力，引不起他的兴趣。但是通过之前的论述和余声声的佐证，这个原因基本排除。那就只剩下一个了，就是他不行。”

三人同时倒抽一口气："不可能吧？！"

"你们不要以为他长得好看，就认为他各项全能。毛中特怎么说的？'实践出真知，实践是检验真理的唯一标准，要透过现象看本质'。"

余声声摸着下巴，神秘道："冬天，我给你出个招，你要不要试一试？"

阮冬天咽了咽口水，她真的被周样的论断给吓到了。回忆过去，她隐隐约约地感觉到了什么，但是被周样说得，她开始有点怀疑她当初是不是感受错了。

已经被洗脑的阮冬天没有了理智，问道："什么招？"

周样猥琐一笑："上某猫，买情趣内衣，勾引他！"

作为一个在大一就投入了小说写作事业的周样，是一个披着学生马甲的网络写手。这些年为了她的小说事业，运用各种方式搜集各种素材，其中也包括情趣内衣。面对其他三人一脸茫然的状态，周样直接抛出了一个网址。

"自己看。"

打开了新世界的阮冬天三人浏览了一圈，脸都绿了。

余声声忍不住吐槽她："周小样，你没事天天就看这些？"

周样冷哼了一声："只有猥琐的人才看到猥琐，这些对我来说都是素材，素材懂不懂？！"

阮冬天小小地打了个怵，她是一个空有理论没有实践的家伙，关键时刻她还真有点㞞，不敢下手。

于是，她怯生生道："样儿，要不就算了吧？"

周样鄙视地看了一眼阮冬天："就知道你㞞，我已经给你下单了。款式都是我很喜欢的，我的女主角也都穿过。而且，我没有寄学校，地址我写的许知景家，嘿嘿嘿。"

阮冬天眼前一黑："周小样，算你狠！"

周样得意扬扬："女生，我这是为了你的幸福在努力啊！不用感谢我，我的名字叫红领巾！”

阮冬天：“……”

这几天，许知景觉得阮冬天有点神秘。每天下了课就往家里跑，听见手机响就跟炸了毛的猫似的蹦起来，问她发生了什么，她也不说。她不说，他也就不再追问，只是觉得好奇，到底是什么弄得她草木皆兵。

就在许知景的好奇和疑问中，阮冬天终于迎来了周祥送给她的大礼。穿了厚厚的大衣，戴着帽子，捂着围巾下楼，跟接头似的找到了快递小哥。签字之后又像身后有狼追似的，拿起快递盒子“噌噌噌”地往家跑，留下快递小哥看着她的背影在风中凌乱。

现在的女孩子都跑这么快的吗？

阮冬天一口气跑上楼，一头扎进卧室里。明明知道许知景不在家，还是把门关得严严实实的，连窗帘都没开。然后就着屋子里的灯光，拿起剪刀剪开了外面一层包装，又颤抖着手打开盒子。

等到看清盒子里的东西时，阮冬天的脸瞬间绿得很均匀。

第十六章

阿景和阮阮

周梓曾经为了她文中的女主角，专门研究过情趣内衣，所以在这方面，她还是比较有权威的。给阮冬天选的，是她认为最性感、最好看、最能凸显阮冬天身材的一款。

吊带小睡裙，颜色选了神秘又性感的黑色，薄如蝉翼，穿上几乎等于没穿。

与此同时，店家还特别贴心地在盒子最底层送了一份小礼物。阮冬天伸头看了看，脸更绿了。

要不要这么贴心？连保护措施都给准备好了！

阮冬天用一根手指头挑起裙子，一脸菜色地看了又看，深深地觉得周梓这厮出的主意甚是不靠谱，还是算了吧。

她起身，打算把睡裙放进盒子里，然后塞到床底下永远藏起来。房门突然打开，许知景站在门口，含笑道："冬天，你什么时候回来的？"

阮冬天蒙了，一瞬间血色齐齐地朝脸上涌去，她几乎不敢相信许知景就这么出现在了自己眼前，结结巴巴道：“不……不是，你什么时候回来的？”

许知景有些意外：“我刚回来的，我叫你，你没有听到吗？”

客厅里的灯开着，他便知道她在家，喊了两声她没有听到，又见她房间亮着灯，以为有什么事，所以才开她的门。

阮冬天抹了一把汗：“有……有吗？”

难道是她刚才受到的冲击太大了，沉浸在自己的世界里，压根没听到许知景叫她？

她脸色潮红，好似还有汗，许知景觉得有些奇怪：“你脸怎么这么红，发烧了？”说着，就要上前摸一摸她的额头。

“你不要过来！”阮冬天大喝一声，做出防御的姿势来，忘了手上还提着小睡裙，就这么明晃晃地显露在了许知景面前，关键是，她自己竟然没有察觉。

“不让我过去？”许知景有些惊讶，视线从阮冬天紧张的脸上，挪到她手上的一团，挑了挑眉，“你手上拿着的是什么？”

手上？手上！！！

阮冬天看清手上的东西，跟摸了烫手山芋似的，一下子把小睡裙甩了出去：“什么都没有！”

小睡裙在空中划过一个完美的抛物线，轻飘飘地落到许知景脚下，舒展开，将自己完美的姿态呈现在许知景面前。

许知景左侧的眉毛挑得老高，弯腰把睡裙拈起来，笑容温和而雅致：“唔，这裙子……”

阮冬天一个饿虎扑食扑了上去，抢过小睡裙团成一个球球就往被子里塞，语无伦次地解释：“我跟你讲，这个不是我买的，是周样买的。她说你可能不行，让我穿它诱惑一下你，但是我觉得这种行为很不好，嗯，我没有上当，而且我已经准备退货了，退……”

话还没有说完，阮冬天惊呼一声，被许知景压倒在柔软的床上。她仰头，撞进他的眼睛里，那双向来温柔的眼睛里像燃了一堆火，能将她焚烧殆尽。

她忍不住小声开口："怎……怎么了？"

许知景看着她，伸手抚上她的脸颊，声音清越，却带着一丝危险的意味："冬天，你到底和她说了什么，她才会以为我不行？"

他的眼神太危险，漩涡一般，差点让她晃了心神："什么都没说啊。"

"我不信。"他低头含住她的唇，轻轻地咬着。空闲的一只手，扯开了脖子上的领带，顺手扔到了床上，紧接着，解开了原本扣得端正的衬衫纽扣。

虽然阮冬天被他亲得手软脚软，但还没到昏了头的程度，余光瞥见他的动作，颤抖地问他："许知景，你干什么？"

许知景冲她笑，眼底暗流汹涌："往日里担心你怕，所以我总克制着，谁知到你那里，倒成了我不行。冬天，你太没良心。"

他那一笑，勾人心魂，阮冬天差点把持不住，但心底还是有点惶恐，求饶道："我错了，我错了。"

"宝贝，晚了。"许知景声音暗哑，带着克制，还有丝丝的笑意。

的确是晚了，阮冬天用血与泪的教训证明了一件事——永远不要在你的男朋友面前说他不行，不然，你将会知道"代价"这两个字是怎么写的。

长夜漫漫，满室春色。

许知景抱着阮冬天去浴室洗了澡，洗完回房间，他略微顿了下，转而抱着她回了自己的房间。

从今天开始，她也不必再回那个房间睡了。

换了床，阮冬天有点不习惯，闭着眼"哼哼"了两声，卷着被子往许知景的方向钻，等到在他怀里找到一个舒适的姿势，这才沉沉睡去。

这一夜阮冬天睡得安稳，第二天醒来的时候已经很晚了。初冬的阳光穿透窗帘，给整个房间涂抹了一层柔软清亮的白色。

许知景醒得要早点，半支起了身子，看臂弯里睡着的人。皮肤是莹润的白色，泛着红晕，那红是淡淡的，“春日枝头杏花闹”，怕是哪支杏花入夜悄悄来，在她颊边染了色。鼻头小巧但有肉，偶尔和他生气的时候，也会皱起来。再往下，红润的嘴唇，是他永远的眷恋。

长长的睫毛抖了抖，阮冬天醒来。初时有些茫然，随即想起了什么，脸上的红晕迅速扩散，连锁骨都未能幸免。

她抬手捂上脸，带着些许娇嗔：“你不要看我啦！”

有些事情是一早就预知到的，但是直到发生，阮冬天才觉得真的不一样。若问她到底哪里不一样，她难以用词汇表达，只是种感觉，很曼妙。当然，也让她觉得羞涩。

许知景却笑起来，伸手去扯开她的手：“不可能。”

她忍不住横他一眼，带着娇媚：“你今天不上班吗？”

她露在被子外面的肩膀圆润而白皙，阳光之下，带着动人的色彩。

许知景的眼神深邃无比，轻轻地抚摸着她的肩膀：“今天周六。”

阮冬天觉得有点痒，往被子里钻了钻，可怜巴巴地看他：“我饿了。”

她这么说，许知景才想起来昨晚上他们是没有吃晚饭的，思绪瞬间收回，他起身：“你躺一会儿，我去做早饭。”

许知景常年锻炼，身体颀长，但不瘦弱，尤其是腰腹间还有若隐若现的肌肉。弯身穿上衣的时候，背部弯成一个弓形，暗藏力量。

阮冬天看着，脸不禁又红了。

屋里开了暖气，他穿得不多，是简单的连帽衫配运动裤，清爽好看。

他换好衣服并没着急离开，而是俯下身在阮冬天的额角亲了一口，然后小声说了一句。

“冬天，谢谢你信任我。”

阮冬天抿了抿唇，到底是女孩子，羞涩极了，忍不住拿被子蒙住脸，只当自己不存在。

许知景笑起来，伸手轻轻地隔着被子拍了拍：“你再躺一会儿，早饭好了我叫你。”

许知景出了卧室，细心地带上了门。等到房间里终于安静下来，阮冬天才把自己从被子里解救出来。她摸了摸滚烫的脸，傻乎乎地笑起来。笑了半晌，坐起身子准备起床，然后就原地僵了几秒钟，最后泄气地又躺回了被子里。

吐司面包放进面包机里，平底锅抹上黄油，煎了鸡蛋和培根，冰箱里有新鲜的生菜和西红柿。烤好的面包抹上沙拉酱和沙司酱，再铺上准备好的材料，两份简单的三明治便做好了。再热两杯牛奶，倒进透明的玻璃杯里，大功告成，许知景便去叫阮冬天起床。

可阮冬天躺在被子里，眼巴巴地看着他，就是不动。

许知景在床沿边坐下，伸手刮了一下她的鼻子：“怎么，不舒服？”

阮女生的脸又红了，昨晚上他算是克制的，虽然有些不舒服，但不至于到起不了床的地步。

她摇头：“不是。”顿了顿，牙齿咬上下唇，印出了浅浅的痕迹，“我没有衣服穿。”

许知景反应过来，轻声笑：“是我考虑不周。”

昨天晚上洗完澡直接把她裹在浴巾里抱到了这里，忘了她的衣服还在隔壁。

被子底下的阮冬天都蜷缩在了一起，嗔道：“你还笑！”

“好，我不笑。”他摸了摸鼻子，起身，“我帮你取衣服。”

阮冬天换了衣服，又简单地洗漱一下，这才到客厅吃早饭。

午后，阳光透过窗户，照在身上暖暖的。难得有这样悠闲的周末，谁也不愿意到外面去，只想在这样的氛围下，两个人静静地待着。

许知景坐在沙发上看法制频道，阮冬天躺在他的膝头，有一搭没一搭地陪他说话。忽而想起来一件事，问他："许知景，你……"

"阿景。"他打断她，吐出两个字。

阮冬天愣了一下："啊，什么？"

"阿景，叫我阿景。"

她连名带姓地叫他，不够亲密，他不喜欢这种感觉。

阿景，阿景。

阮冬天在心底默默地念了两遍，唇齿间都生出了一股亲昵之感。她想起来，很多年前遇见许妈妈，她就叫许知景"我们家阿景"。

"阿景，阿景哥？"他比她大一点，叫他哥应该是没有问题的吧？她"嘿嘿"笑了一声，觉得叫他阿景哥也很好听。

她想的没错，这声"阿景哥"果然取悦了许知景，他低头，诱哄着她："再叫一声。"

阮冬天不上当，皱了皱鼻子："我叫你阿景哥没问题啊，你打算叫我什么？"

女孩子嘛，对于这种情侣之间的爱称还是很期待的。

"你想我叫你什么？亲爱的，宝贝，还是——"许知景低头，附在她耳边，轻柔地说，"阮阮。"

他叫的那声"阮阮"，让阮冬天一瞬间竟觉得有些战栗，她甚至不明白，这个被家人从小叫到大的乳名，竟然可以如此好听。

她欢喜极了，软软地回应他："阿景哥。"

下一秒，阮冬天已经被许知景拦腰抱在了怀里。她惊呼一声，环上他的脖子："呀，你要做什么？"

许知景的声音低沉，有种划过天鹅绒的醇厚之感："做想做的事。"

阮冬天瞬间明白了他话里的意思，好好的，怎么拐到这上面来了？

她捂着脸，低声道："现在是大白天，大白天好不好？"

"有哪条法律规定，白天不可以？"许知景抱着她，勾脚关上了门。

学法律的了不起啊，欺负她学国际关系的啊？！

只可惜，阮冬天还没来得及想出反驳的理由，许知景细密的吻便落了下来。之后，她也没有时间再想了。

“食髓知味”这个词，放在许知景身上，简直不要太合适。素了二十多年，一开荤，就有些收不住。只是真的很累啊。

阮冬天深深地觉得，这项运动比她在跆拳道馆练一上午还要累。于是，很累很累的阮冬天直接威胁许知景，要么她收拾东西回学校住，要么他继续，两个选一个。他轻吻着她莹润的肩头，衡量了一下，决定先放过她。

得空喘息的阮冬天几乎要感谢神明，支使着许知景去给她倒水，等到许知景出了卧室，她立马捞了手机“噼里啪啦”地发信息。

周样正趴在电脑前码字，但是已经过去半个小时了，她一个字都没有写出来，面对着空白的文档，头发都要揪掉了。

卡文的作者伤不起啊伤不起。

手机响起来，她瞄了一眼，是阮冬天发来的。她懒洋洋地拿起手机，开锁，看内容。内容很简单，只有一句话：“周小样，你个大骗子，我再也不相信你了！！！”

周样看着这三个并列的大感叹号，察觉到不对劲。很快，作为一个言情作者的敏锐度就发挥了出来，她赶紧回复：“事成了对吗？感觉怎么样？”

很快，阮冬天的信息就来了：“感觉太好，好得已经让我招架不住了。”

阮冬天可是打小练跆拳道的人，那身体素质在宿舍排第二没人敢排第一，这样都招架不住，许知景够可以的啊。

想着想着，周样就猥琐地笑了起来。

余声声正在一边看书，被她笑得鸡皮疙瘩都起来了：“周样同学，你能不能不要再笑了？瘆得慌。”

"哎呀，没办法，我开心啊！"

于晓辉开着电脑做表格，闻言看了她一眼："独乐乐不如众乐乐，样儿，说出来让大家开心开心。"

周样咳嗽一声，故作严肃道："恭喜我们的阮冬天同学，成功踏上人生新阶梯。鼓掌，欢迎！"

余声声和于晓辉对视一眼："到底怎么回事？说！"

"自己看嘛！"周样把手机扔过去。

大家都是大女生了，有些事情一点就透，得知真相的余声声和于晓辉也笑了起来，目光对视间，发现对方都很猥琐，然后瞬间收了笑，换成了一张严肃的脸。

于晓辉想起来件事，对周样说："样儿，给我提醒冬天一下，让她悠着点。要是耽误了排练，我亲自去许知景的床上挖她起来！"

"得令！"周样得意地将于晓辉的旨意传达给阮冬天。

阮冬天看到这条信息的时候，整个人都不好了。抱着被子在床上翻滚，等许知景回到房间，她已经把自己滚成了一个蚕蛹。

许知景挑眉，觉得这丫头好像也不是那么累。他把水杯放到床头，再把阮冬天从被子里挖出来，让她靠在自己身上，把水递了过去："发生什么事了？"

阮冬天"咕咚咕咚"喝完水，抹了一把嘴，悲壮道："阿景，简直不敢相信，我要跳舞了！"

许知景闻言被呛了一下，在阮冬天不满的眼神里正色道："到底怎么回事？"

到底怎么回事，还得从阮冬天的亲亲室友于晓辉说起。

阮冬天所在的国际关系一班，包括三个专业。国际关系、国际政治和外交学。研究生不似本科的大班制，三个专业加起来也不过二十多个人。开学后不久，于晓辉竞选了班长，负责整个班级的大小事宜。

国际关系学院每年的迎新晚会都是本科生和研究生一起办，而且不在刚开学的九月举行，是推迟到十二月中旬，江湖称之为“迎新晚会暨元旦晚会”，双会合一，煞是热闹。依着往年的惯例，研究生这边要出三到五个节目。今年于晓辉和男生班长合计了一下，定了三个节目——唱歌、跳舞加小品，一样一个。

本来这三个节目是轮不到阮冬天的，但是舞蹈那边出了点问题，有个女生因为脚崴了需要休养，直接退出了舞蹈队。缺了个口，于晓辉作为班长很着急，开始磨刀霍霍向同学，经过综合考察，抓了阮冬天这个壮丁。

要说宿舍里的四个人，除了于晓辉自己和阮冬天，还应该有两个啊。不好意思，余声声和周样这两个早就被抓了壮丁了。周样发挥自己的特长，全权负责小品的剧本，余声声是小品女一号。

阮冬天当时就蒙了，她不是学跳舞长大的，她是学跆拳道长大的好吗？让她上台空手劈木板她都没有问题，让她跳舞，还不如让她改名叫阮夏天得了。

阮冬天用生命拒绝这份邀请，于晓辉“晓之以情，动之以理”，最后都上升到了国家高度。阮冬天能怎么办？只能同意啊。

于是，阮冬天就赶鸭子上架，成了舞蹈队的一员，下周一正式投入排练。

此时此刻，她躺在许知景的怀里，哀怨不已：“你说说，你说说，我当初怎么一心软就答应她了呢？”

许知景被她的样子逗笑：“我虽然没见过你跳舞，但也不见得就和你想的一样糟糕，说不定有意外的效果。”

“这么相信我？”阮冬天抬手抠了一下他的下巴，“我自己都不相信我自己。”

不管相不相信自己，阮冬天都得在周一准时参加排练，已经答应的事情，她是不能食言的。

结果真如许知景所言，有了意外的收获。

阮冬天自小练跆拳道，身姿要比寻常人更柔软，有些动作做起来也更好看，再加上她节奏感不错，又够努力，一个星期下来，竟然小有成就。

晚上练习完回宿舍，她洗漱完毕躺在床上给许知景打电话，开心地说："原本觉得我不行，没想到练下来还不错，连周佳都说我跳得特别好。"

周佳是她们舞蹈队的队长，打小练舞，是个身材曼妙、脾气又好的妹子。

如今这个时候，许知景有更关心的事情："你打算一直在学校，不回来家里住了？"

时间紧任务急，每天晚上都要排练，所以这些天阮冬天一直在学校住。许知景到学校陪她吃过两次晚饭，剩下的时间，两人一直靠电话联系感情。

许知景有些吃味了。

阮冬天有些心虚："大家都练习得很认真，我不好缺席啊。"

"阮阮。"许知景喊她的名字，带着丝丝诱惑，"我想你了，你回来看看我好不好？"

这个男人放低了姿态哄她的时候，简直让人招架不住。

阮冬天投降："好，我争取周末回去。"

许知景这才满意，纤长的手指敲着桌面："嗯，我等你。"

练习这种事情，过犹不及。周末排练暂停一天，阮冬天回了许知景处，渡过了火热的一晚。

第二天下午，许知景送她回学校没多久，周佳送来了她们晚会上穿的舞服，让她赶紧试一试，如果有什么不合适的再调。

裙子是改良式汉服，上身是红色的齐胸短襦，两朵栀子花的刺绣。下身是素色长裙，却又用银线勾勒出纹样，在灯光之下，熠熠生辉。阮冬天的长发悉数散了下来，微微一个转身，裙裾飞扬，带着小女生的娇媚，竟与她平日里活泼的样子大相径庭。

余声声几个眼底闪过了惊艳，“啧啧”地赞美起来，随即又齐齐笑出了声，笑容极猥琐。

阮冬天也发现了，捂着脖子不好意思地威胁她们：“你们不许笑。”

“不笑不笑。”余声声正色，“大家也不准笑，冬天胸前的小草莓，我们谁都没有看见啊！”

周样猛地点头：“没看见，没看见，我是小聋瞎。”

哎哟，那吻痕，她得多违心才会说没看见啊！

于晓辉上前，轻轻地拍了拍阮冬天的肩膀，语重心长：“注意身体，不过也没关系，实在盖不住，我愿意捐出我所有的化妆品，给你遮住。”

“……”

阮冬天炸毛了，摊上这么一群室友，还让不让人活了？

末了，她气呼呼地给许知景打电话，严肃地问他，以后能不能不要在她身上留痕迹，她还要不要见人了？

许知景虽然被指责了，但是心情很好，尤其是回忆起之前留下痕迹的过程，徐徐笑起来，对她说：“没办法，阮阮，对着你，我控制不住。”

这个时候以为说好听的就能让她消气吗？！什么叫控制不住，他是压根就不想控制好不好？

阮冬天气呼呼地对许知景说：“既然你认识不到自己的错误，那我也没办法了。晚会之前，我一直住宿舍，不会再回家去了！”

许知景的笑容一僵，心甘情愿地道歉：“阮阮，我错了。”

“晚了！”阮冬天果断拒绝了他的道歉，“你自己一个人在家过吧，反正这半个月我是不会回去了。”说着，就挂了电话。

许知景被挂了电话，大概是以前没有这样的经历，竟然觉得很新奇。他的阮阮即便是炸毛，也是可爱得让他欲罢不能。

想了想，他又给阮冬天发信息：“阮阮，你说裙子很美，我没有看到。”

阮冬天很快回复她：“想看？自己来看啊！”

“所以，你这是邀请我去参加晚会吗？”许知景修长的手指在屏幕上敲击着，有种美感。

阮冬天回复得很傲娇：“爱来不来。”

许知景看着这几个字，扭头去看台历。

唔，还有两周，时间很长啊，要怎么拐着阮阮穿着漂亮的裙子回家来呢？

许知景陷入了沉思。

然而，许知景的沉思并未起到多大的作用，因为阮冬天是铁了心不再让他得逞。所以，在接下来的半个月里，阮冬天没有回家去住，留下许知景一个人在空荡荡的房间里，甚是寂寞。

“迎新晚会暨元旦晚会”定在了十二月十四号，晚上七点正式开始。许知景到学校大礼堂的时候，晚会已经开始了，但是因为阮冬天的节目排在了中间，所以时间还算是刚好。

礼堂里挤满了国际关系学院所有的新生和一部分老生，台上的劲歌热舞正精彩，引得台下一阵又一阵热烈的掌声。

许知景在后面查看了片刻，并未找到阮冬天的身影，便走到礼堂外面给她打电话。

阮冬天一直在等许知景的电话，所以手机一直拿在手上，可以说是一秒接通。礼堂内部很热闹，听筒里的声音几乎听不大清，阮冬天蹲下身子，一手捂住耳朵，大声道：“阿景，你到了吗？”

“到了。”许知景开口，一小团云雾从口中升腾而起，“现在在门口。”

“好，你等我一下，我马上过去找你。”说着，阮冬天就收了手机，猫着腰从座位上溜了出去。

因为有晚会，礼堂门口大灯悉数点亮，厚重的红木门推开，泄露出里面的声音和一丝光亮，阮冬天裹着黑色的羽绒服出来。

她上了妆，因为是舞台妆，浓墨重彩，不见清丽反见妖冶。远山长眉，细细的眼线在眼角微挑，眼尾处斜斜挑出一朵桃花，眼波流转之间皆是春色。嘴唇涂了浓艳的口红，勾唇一笑，摄人心魄。

许知景没有见过这样的阮冬天，他记忆里的阮冬天，或可爱，或娇嗔，或清丽，或活泼，却从未有这样妖冶的时候，让他几乎移不开眼睛。

阮冬天跳进许知景的怀里，抽了抽鼻子："咦，你来了怎么不进去？"

"外面太吵，人又太多，一时没有找到你。"许知景压下心底的惊艳，反手紧了紧她身上的羽绒服，问道，"冷不冷？"

"不冷。"阮冬天摇头，随着她的动作，耳坠微微晃动，划出一道浅浅的弧度，"里面暖气开得足，不穿羽绒服也可以的。"

许知景摸了摸她的手，果然温热得很，便放下心来："还有几个轮到你们？"

"我出来的时候还有四个，不过要提前准备。"阮冬天说。

"那我陪你进去做准备。"

"好。"她嘴上答应着，身体却没动，仰着头看他，眼底带着小小的期待，"阿景，我这样好看吗？"

大概每个女孩子都会有这样的期待，总想从喜欢的人那里得到肯定。其实，明明已经够美了。

许知景环顾一圈，因为天冷，又是在外面，周围的人并不多。他低头在她耳朵一侧轻轻地咬了一口，哑声道："很美，美到我都不想放你进去了。"

阮冬天冷不防地被他咬了一口，捂着耳朵看他，警告似的开口："说话就说话，不许动口。"

"好。"许知景揽着她的腰带她重新回礼堂，"走，我们先进去了。”

送了阮冬天进去，不过一会儿，她们就要到后台做准备了。许知景在一侧寻了个绝佳的位置，静静地等着。

舞台上的灯光渐渐变暗，大灯投射出一个圆形的光圈，映出了团团围聚的舞者。音乐声起，裙裾飞扬之间，是一个个灵动的身躯。许知景一眼就看到了阮冬天，身姿娇娆，一颦一笑之间皆是风情，耳畔回荡着热烈的鼓掌声和叫好声。一瞬间许知景有些后悔，后悔那样轻易地答应了她这样站在舞台上。光芒万丈的样子，吸引的不只是他的目光，还有更多人的注意。

音乐渐渐平息，许知景已经出现在后台出口处，舞者鱼贯而出，阮冬天看到了站在台下的许知景。

她的脸上还残存着潮红，那是舞台上心绪的激动和舞后留下的证据。神色间的喜悦遮掩不住，她一点儿也没出错，顺利地完成了全部的动作，她对自己很满意。

阮冬天扑进许知景的怀里，他顺势将羽绒服披在她身上，带着她远离出口。

“还有别的事情吗？”许知景压低了嗓音在她耳边问。

阮冬天摇了摇头：“应该没事了吧。”舞蹈已经跳完了，后面只要乖乖地做观众就好了。

“那我们回去？”许知景压抑心头的躁动。

阮冬天有些犹豫，就这么走了，不好吧？

许知景见她犹豫，说：“怎么了，你还想再看一会儿？”

阮冬天咬牙：“不看了，回家。”

所有的节目在彩排的时候已经看完了，再看一遍也看不出什么花来，回家！

阮冬天想着，又说：“那你等我一下，我过去和晓辉说一声，再回宿舍拿点东西。”

许知景捏了捏她的耳朵："好，我陪你一起过去。"

许知景陪阮冬天一起过去，于晓辉怎么可能不明白两人的意图，反正任务已经结束了，阮冬天就是想上天她也管不着。所以于晓辉同志大方地挥挥手，该干吗干吗去就是了，这里就不用管了。

阮冬天回宿舍收拾东西时，从镜子里看了一眼自己，顶着这一脸的舞台妆美是美，但是实在太厚太浓了，还是卸了妆再走吧。她对着镜子扑水乳，许知景已经等不及给她打电话了。所以，着急的阮冬天裹上羽绒服就出门了，里面还穿着跳舞的裙子。

许知景开了车，一路载着阮冬天回家，阮冬天觉得这一路他的车速比平时要快，侧头看了他一眼，觉得他的神色有些严肃，连下巴都紧绷起来。她隐隐约约觉察到什么，心跳渐渐加速。

到家门口，许知景掏了钥匙开门。阮冬天跟着进去，连灯还来不及开，阮冬天已经落入了一个炙热的怀抱，迎接她的是一个湿热的长吻。

没有开灯，周围一片漆黑，越是在这样的环境里，两个人的喘息声便越清晰，也越使人脸红心跳。

"阮阮。"一吻结束，许知景埋首在她的脖颈处，嗅着她身上的幽香，哑着嗓子道，"你真是要了我的命。"

阮冬天的呼吸还未平复，手抵在他的胸膛处，闻言不满地拍了一下，想要说什么，却被他的吻给堵住了。

令人脸红心跳的喘息声在房间里渐渐清晰，夹杂着的，还有阮冬天气急的声音："许知景，我警告你轻一点，这裙子我明天还要还回去的好吗？"

随之而来的，是许知景暗哑的声音："没关系，坏了我赔。"

"你……"阮冬天再也没有说出什么来，因为，她已经失去了说话的机会了。

素了半个月的许知景在这一天晚上悉数讨了回来，第二天阮冬天连他是什么时候起床的都不知道。

许知景上班之前，她在被子里缩成小小的一团，睡得正香，他神清气爽地在她唇上亲了一口，才出了门。而睡得昏天黑地的阮冬天，不过是“哼”了两声，又陷入了梦乡。

许知景提前十分钟到办公室，将身上的大衣脱下来搭在一侧，顺便给自己泡了杯咖啡。

陈光从外面进来，冲他挑了挑眉，笑得一脸灿烂：“来得挺早。”

陈光最近靠着自己坚持不懈的努力终于与秦芳菲有了实质性的进展，隔着好几里路都能感受到他身上春光四溢。

许知景冲他点点头：“你也不晚。”

陈光不爱喝咖啡，他给自己泡了杯茶，顺便问许知景：“今天有庭审？”

“对，翟庭长亲自审理，待会儿要不要去观摩？”

“那必须。”这样的机会，怎么可能错过？他又嘱咐许知景，“一会儿记得提醒我。”

“好。”许知景答应着，着手开始写卷宗。

上午要审理的这个案子，是一场买卖合同纠纷案。原本并不复杂，只是原告要求被告，清偿其所欠货款及赔偿相关损失。复杂的是这里牵扯到一点，原告要求被告公司股东高德，也要负起连带责任。但是高德强调，他并没有参与公司经营，所以不愿意承担责任。最后经法院审理，被告公司需要支付原告公司货款及其违约金，并要求股东高德对债务负有清偿责任。

对此案审理的结果，原告被告皆没有意见，只有高德，表示不满。

对于法院的裁判结果有意见，可以提起上诉，也允许上诉。

但高德并没有这样做，他原本就没有读过多少书，年轻的时候混社会，混了一身匪气，后来意外有了第一桶金，这些年经营下来，也算是小有成就，腰包鼓了起来，这胆子也随之大了起来。他认定法院审理结果不公，扬言要给翟庭长一个教训。

翟庭长都到这个岁数了，也是大风大浪里走过来的。对于这种威胁，她不过是轻笑一声，随之也就丢到了脑后。

只是她怎么也没有想到，这个高德脑回路实在太过清奇，没有机会对她动手，便把目光瞄向了许知景，还有许知景的女朋友——阮冬天！

第十七章

谢谢你爱我

膨胀的高德开始是花了些钱，偷偷地调查翟庭长以及她的周边关系，然后慢慢地理出了一个关系网。他研究了一段时间，发现翟庭长的警惕性很高，每天除了上下班，几乎没有什么别的消遣，想要下手，难度不小。

在调查的过程中，高德的视线里出现了许知景这么个人。是刚参加工作不久的新人，又是翟庭长一手带起来的，正主收拾不了，也可以收拾这么个小喽啰嘛。要是没记错的话，当时这个许知景也是在庭审现场的。再说了，如果许知景真的因此有点什么，那个姓翟的女人也不会好过。

于是，高德就把目光投向了许知景，然后再一调查，嘿，发现许知景还有个女朋友。女人嘛，都是不经吓唬的。随便找两个人，就能让她吓得不轻，尤其还是个什么都不懂的没有步入社会的研究生，胆子小得跟小老鼠似的，一吓就破。所以到最后，高德神奇地把目标定位在了阮冬天身上。

确定了目标之后，高德花钱找了几个小流氓，然后把阮冬天的照片给了他们，让他们看着阮冬天一个人出校门的时候，把她给拦下来。

要说高德真有点本事，竟然找到了许知景的电话号码，并得意扬扬地给许知景打了电话。当许知景接到这个电话时，猛地站了起来。

陈光被他的动作吓了一跳，从卷宗里探出头来，惊讶地问道："发生什么事了？"

许知景的脸色难看极了，眼神冷厉："冬天出事了。"

"怎么回事？"陈光脸色一变，也察觉到了事情的严重性。

"有个人给我打电话，说要给冬天点教训，也让我以后做事收敛点。"许知景握着手机的手微微颤抖，连声音里都带着惊恐。

"我们做事什么时候轮到那些混蛋来指指点点了？"陈光气炸了，"别愣着了，先给阮冬天打电话，看看什么情况！"

许知景向来冷静，但这会儿也失了分寸。听到陈光这么说，猛地闭了闭眼睛，压下心头的惊惧，强迫自己冷静。

阮冬天的号码在通讯录的第一位，他打过去，但是没有人接。

陈光着急地问．"打不通？"

"嗯。"许知景深呼吸。

"没事，我先给我一个同学打个电话，他在派出所上班，管辖范围里正好包括嘉林大学。"陈光脑袋急转，帮着想办法，"咱们也不能在这里等消息，请个假出去，怎么着也得把人找到。"

"好。"许知景连外套都来不及拿，还是陈光顺手帮他带了下去。

出了这么大的事，整个办公室都被惊动了，许知景和陈光得了允许，直接出动。陈光开车，载着许知景往嘉林大学方向赶。一路上，许知景一直在给阮冬天打电话，却一直打不通。惊惧之余，他的拳头狠狠地砸到了车上。

陈光知道他急，安抚道："你别着急，放心吧，一定不会有事的。"

正说着，陈光的手机响了起来。他一看是他的同学，当即戴上了耳机："喂，老铁，你那边怎么样了？"

年轻的警察举着手机，看着眼前戏剧性的一幕，说："没怎么样，我就是想告诉你，人找到了！"

"什么？人找到了？！"陈光脱口而出，条件反射地看许知景。

许知景动作更快，已经抢过了耳机："喂，你好，我是许知景，现在是什么情况，阮冬天呢，她怎么样？"

警察小哥看了一眼把两个小混混绑成了粽子还把他们踩在脚底下的阮冬天，嘴角抽了抽，招呼她："阮冬天，你过来。"

阮冬天遗憾地把脚从小混混身上收了回来，跑了过去："警察叔叔，什么事？"

警察叔叔已经不知道该说什么了，把手机往她跟前一递："你自己说吧。"

阮冬天疑惑地接过手机："喂，你好，哪位？"

"阮阮！"许知景急切地问她，"你怎么样，有没有受伤？"

"没有啊，我挺好的。"说到这里，阮冬天心虚地摸了摸自己的脸。

听到她的声音依旧充满了活力，许知景的心终于回归原位，也有一种整个人终于活过来的感觉，他问她："你现在在哪儿？"

阮冬天报了个地址，许知景念了一遍，示意陈光开车："你站在原地不要动，我们马上过去，你等我。"

许知景要来？！阮冬天捧着手机很疑惑，他不是在上班吗，怎么就要过来了，发生了什么她不知道的事情吗？

许知景和陈光到达目的地时，两个小混混正被押上警车，阮冬天亦步亦趋地跟在他们后面，一边念叨他们，一边接受围观群众的热烈赞扬。

许知景一眼便看到了阮冬天，上前一步抓住了她的胳膊："阮阮。"下一秒，他就看到了阮冬天脸上的青肿，他的眼神瞬间变得异常凌厉，

“脸上怎么回事？”

“呀，你怎么来得这么快？”阮冬天原本很惊讶，听到许知景这么问，摸了摸自己的脸，不小心碰到伤口，疼得龇牙咧嘴，“没事没事，都是意外。”

许知景紧抿着唇，神色冷峭，像是结了霜一样。

陈光跟在后面，也有些摸不着头脑，拉着他的朋友，问：“哎，这到底是怎么回事？”

警察小哥看一眼阮冬天，无奈道：“让女英雄自己说吧。”

阮冬天挠了挠头，和盘托出。

高德收买了两个小混混，盯着阮冬天落单的时候下手。今天阮冬天出门去超市，走了一条小道，便被成功地拦下了。

正如高德所想，阮冬天是个高校学生，没什么社会经验，但他不知道的是，她有十多年的跆拳道底子，就两个只会吓唬人、什么实力都没有的小混混，她还真不放在眼里。于是，戏剧性的一幕出现了，两个小混混被她撂倒，不仅如此，她还用围巾把他们牢牢地绑到了一起，并坚实地踩在了脚底。

有个大姐也走小道去超市，正好经过，阮冬天没带手机，就请她报了警。警察来的时候，她屁股底下坐了一个，脚下踩了一个，别提有多威风了。

听完这堪比电视剧的一幕，陈光咂舌，还有这种操作？

其间，许知景只字未言，只是神色越发冷峭了。直到阮冬天说完了，他才用干涩的嗓子问她：“脸上呢，到底怎么搞的？”

阮冬天被他的眼神看得有些心虚，小声地说：“就是那会儿不小心，撞了一下。”

他伸手抚上她的脸，指尖冰凉，让阮冬天有些战栗：“疼吗？”

阮冬天再一次摇头：“不疼。”她这会儿要是再没察觉出来事情可能没她想的那么简单，她就不是阮冬天了。所以即便是疼的，她也努力地安慰他。

“我先带你去处理伤口。”许知景说。

“哦。”阮冬天没有拒绝，老实地答应。

“那你们先去处理伤口，回头再来警局一趟，别的不说，笔录还是要做的。”警察小哥说。

许知景看他一眼，扯出一个笑容：“好。”

这里离嘉林大学不远，门口有许多药店。许知景让阮冬天在车上待着，自己买了酒精棉和创可贴回来。

伤口是撞了一下撞出来的，也有些擦伤，已经结了痂。可这样的伤口在她的脸上，就像最完美的油画被泼了墨，失去了美感。许知景撕开酒精棉给她消毒，柔声道：“要是疼，你就喊出来。”

“没事，我受得住。”她说得云淡风轻，但是当酒精棉碰到伤口时，她还是疼得整个人都紧绷了起来。

许知景察觉到她的紧绷，加快了手上的动作。等到消毒完毕要给她贴创可贴，却被她给制止了：“别贴了，通风有利于伤口恢复。”

许知景犹豫了一下：“听你的。”

收拾完伤口，还有正事要办。许知景驱车带着阮冬天去了派出所，陈光先前已经先过来了，在门口等他们。

“已经在里面了，直接进去就行。”他说着，又看阮冬天，“不用怕，实话实说就行。”

“我才不怕。”做坏事的又不是她，她有什么好怕的？

正如陈光所说，一切都很顺利。阮冬天本来就是受害者，将事情的来龙去脉交代清楚，然后签字就能离开。顺便，也听到了那两个小混混的话。

从警局出来时，天色已经晚了。冬天本来天就黑得早，阳光消失在地平线，云霞般悬挂在天际。冬风凛冽，凉意附着在皮肤上，蔓延至骨髓。

回去的路上许知景一直没有开口说话，阮冬天窝在座位里，沉默地看了他许久。

车子到达停车场，停下来，谁也没有说走。停车场里的灯光幽暗，只有星星点点的光芒钻进车里，车厢寂静，只有两个人的呼吸声。

良久，许知景开口，声音干哑，像是含着一口沙子，他说："阮阮，对不起。"

这话说得没头没脑，但阮冬天明白了。她之前在警局听到了那两个小混混交代的事情，差不多明白今天的事为何而起。不过是有些人脑袋没有鸵鸟的大，法治社会还干出雇凶伤人的事情来。

阮冬天叹了一口气，今天这事，真的和许知景没有一毛钱的关系。但是她了解许知景，他绝对会把这件事揽在他自己身上，只是因为那两个小混混拦下的是她。

"许知景，我把话给你说在前面。如果因为今天的事情，你生出了什么辞职不干的想法，你赶紧给我打消这个念头！"有些话必须说清楚，要不然谁知道他会干出什么事。

"阮阮。"许知景怔了一下，有种被看穿的感觉。

他承认，就在刚刚那一刻，他的确有过这种想法，如果他的工作会影响到他爱的人的安全，那他可以不要。

"阿景，你看着我。"阮冬天伸手，捧上许知景的脸，认真地看着他说，"城门失火，那小池鱼还有被烤干的呢。我今天就是做了一回小池鱼，但是我没有被烤干，事实证明，我活得还挺好。这件事不是你的错，我不允许你胡思乱想，也不允许你胡乱给自己揽责任。错的是他们，不是我们，好吗？我知道你是担心我，但我也知道你有多爱你的工作。如果因为这件事你放弃了，我会原谅你的行为，但我不会原谅我自己，你懂吗？"

她的眼底有星星汇聚而成的星河，璀璨夺目，照到他的心底。一瞬间，他之前的惶恐和踟蹰都消失殆尽，暖意开始在四肢百骸流淌，心底最深处的冷冰也开始融化。他眼底有些热，怔怔地看了她许久，然后寻着她的唇，狠狠地亲了下去。

似乎只有这样，才可以表达他心情的千万分之一。

阮冬天的话抚慰了许知景，但他仍然觉得心悸，有些后怕。单位也体谅他，批准了他两天的假期，让他好好地陪伴一下阮冬天。

高德所做的事，自有法律让他付出代价。至于阮冬天，许知景想了想，决定带她出去玩一趟。正好她期末考试也结束了，小学期之前有几天的假期。

阮冬天有些惊讶，但又很惊喜：“我们要去哪？”

她和许知景在一起之后，一直没有两个人单独出去玩的机会，现在因为这件事有了机会，算不算是意外之喜？

许知景摸摸她的脑袋，柔声问：“你想去哪？”

阮冬天想了想，说：“要不，我们回宁城看一看吧？”

许知景心里一动，宁城是她们最早相遇的地方，分开之后，那个地方好像成了禁忌，谁都不敢轻易碰触。如今他们已经重新开始，宁城已经不再是禁忌，而是回忆之城。

他点了点头：“好，我们就回宁城。”

嘉林市有直达宁城的高铁，许知景定了两张第二天去宁城的票，晚上两个人在家里收拾东西。

具实也没什么可以收拾的，去的时间不长，带随身物品便可以。

从嘉林市出发到宁城，路上不过两个小时。一出车站，踏在宁城的土地上，一种熟悉感迎面而来，他们不禁相视一笑。

先到酒店放下东西，然后两个人就出门了。没有刻意规划要去哪里，只是随便走一走，就这样走到了最开始相遇的地方。

五年过去了，这个巷子比从前更加斑驳，贴满了各种辅导班的广告，却依旧让人觉得熟悉。

阮冬天的指尖从一张张广告纸上划过，感慨道：“当初就是在这里，我第一次遇见你。”

许知景也想到了当年的事情，笑着说：“说实话，第一次见你，我真的不太喜欢你。”

那个时候的阮冬天，与现在相比更加耀眼明媚，张扬肆意。他听到她威胁周青的声音，理所当然地以为她是个坏孩子，还要上前阻止他们。谁知道自己搞了个乌龙，还被她轻薄了一把。这种事情放到谁的身上，都不会有好印象。只是他没有想到，这么多年过去了，他会和她有这样深的羁绊。

“我当初做什么了吗？让你不喜欢我。”阮冬天撇撇嘴。

她对许知景的印象倒是不错，白白净净的，长得特别好看，一看就是容易推倒的那种。

许知景牵起她的手，说：“第一次见面，你跟个小流氓似的，上手就掐我的脸，你认为我对你的印象能好到哪里去？”

阮冬天“嘿嘿”笑：“那时候你太白了，比现在还白，还喜欢板着脸看我。当初我就觉得你的脸跟白豆腐似的肯定很好摸，然后就没控制住自己伸手掐了一把。所以，我们这算不算是一掐定情？”

一掐定情？亏她想得出来。

许知景捏了捏她的脸：“随手一掐，就掐出来个男朋友，阮冬天同学，你真是棒得很哟！”

阮冬天很骄傲：“怎么，你有什么不满吗？”

“没有，我很喜欢，掐得好。”许知景柔声道。

人世间的际遇有万千种，他与她之间，少年的相识成就了现在，又何必再去计较谁掐了谁一把。反正，彼此都是赔了心，赔了人，成就了一段因缘罢了。

从巷子里穿出来过两个路口，就是一中。学生换了一批又一批，但门口的小吃街依旧在。令阮冬天惊讶的是，当年他们爱吃的那家砂锅店还在。正好肚子也饿了，两个人进去一人点了一份砂锅米线。

这会儿不是放学的点，店里人不多，米线上得也快。许知景把拆开的筷子去掉毛刺，才递给阮冬天。

热气氤氲之间，米线还是当年的味道。

阮冬天忍不住道：“霍飞宇最喜欢吃这家店的米线了，连吃一个星期都不带腻味的。我们第一次来，还是他带我们来的。”

“霍飞宇还是没有音讯吗？”

霍飞宇是个诚挚、热情且极其善良的男孩子，有一个仗剑走天涯的武侠梦。高考之后，他毅然决然地报了警校。警校是封闭式学习，和普通大学有着很大的分别，这也成为他和赵晓曼分手的原因之一。但是谁也没有想到的是，霍飞宇在和赵晓曼分手之后便失去了联系，至今没有人知道他在哪里。

“没有。”阮冬天有些黯然地开口，“晓曼嘴上不说，心里惦记得不行。我也没办法，只能安慰她霍飞宇可能是去执行什么任务了，所以才没有消息。”

“这也说不定，霍飞宇读的是警校，真的执行某些秘密任务也未可知。”

“你也觉得是这样？”

对上阮冬天有些期待的眼睛，许知景点点头：“一定是这样。”

她说赵晓曼惦记，她又何尝不担心？只是不表现出来罢了。

阮冬天的眼睛亮了起来：“我就说是这样嘛，晓曼还不信，下次她再打电话，我就说是你说的。这么一颗定心丸吃下去，她一定会相信的。”

许知景笑了笑：“好了，不先说这个了，先吃饭吧。”

从米线店出来，许知景和阮冬天回了一中。还没有到放学的时间，学校里偶尔能听见朗朗的读书声。他们编了个理由，说来找人，保卫便放了他们进去。

一中跟以前相比没怎么变，只是教学楼看起来比以前要旧一些，海棠园的海棠树，也比以前更粗了。经过宣传栏，上面贴着最近一次月考的成绩，最上面，是年级第一。

阮冬天看着照片上眉眼青涩的小男孩，想起了过去："以前你的照片也在这个地方贴着，后来你走了，第一名换了人，我还不开心了好长时间。"

许知景笑："我都走了，第一名肯定要换人的。"

"情理上是这样，心理上接受不了！"阮冬天说着，远远地看见一个人，穿着灰色的羽绒棉衣，胳膊下夹着几本教材，正匆匆往这走。她眯起眼睛看了一下，惊讶地问许知景，"阿景，你看那是不是我以前的班主任大螃蟹？"

许知景闻言看了一下："是他。"

他们只是想回学校看一下，缅怀属于他们的过去，没想打扰老师。可既然已经遇到了，也没有不打招呼的道理。

阮冬天快步跑了过去，大声地打招呼："解老师。"

大螃蟹猛地停下脚步，看着眼前的大女生，难以置信："阮……阮冬天！"

"老师，是我！"阮冬天转身朝许知景挥手，示意他快点过来。

"解老师好。"许知景走近，恭敬地问好。

"许知景！你们？"大螃蟹扶着眼镜看了一下，"你们怎么一起回来了？"

"老师，我们正好有假期，就一起回学校来看看。"阮冬天笑着解释，"原本没打算打扰老师的，但是看到老师了，一定要过来和您问声好。"

"好好好，有空就经常回来看看，学校欢迎你们。"大螃蟹说着，又问了他们的近况，"你们现在都做什么呢？"

"我还在嘉林大学读研，许知景已经参加工作了，在法院上班。"阮冬天说。

“嗯，都很好。当初你们都是咱们学校的尖子生，后来你们一个个的都走了，拦都拦不住，真是可惜了。”

尤其是阮冬天走了，当年高考过一本线的学生比老周班里少一个，把他心疼坏了。不过都是过去的事了，他不跟周越计较了。大螃蟹看着眼前站着的两个学生，八卦之心熊熊燃烧。

“你们这是？”

许知景与阮冬天对视一眼，有些不好意思：“老师，我们在一起了。”

都已经长成大孩子了，不是高中的时候需要抓早恋了，大螃蟹对他们表示祝福：“肥水不流外人田，你们这样挺好。许知景啊，你以后要好好对我们阮冬天，不然我就去找老周，让他解释解释他是怎么教育学生的。”

阮冬天忍俊不禁：“老师，您还和周老师掐着呢？”

“为什么不掐？我倒是不想掐，谁让老周那个人小心眼，我不掐不行。”大螃蟹气呼呼地说完，还惦记自己待会儿有课，“你们回来也不提前说一声，我还有课，先上课去了。你们自己玩，有什么事就去办公室找老周，他没课。”

“好嘞，您忙您的，我们自己逛就行。”

目送了大螃蟹匆匆离去的背影，阮冬天感慨道：“大螃蟹和周老师掐了这么些年了，一直没有分出胜负来，估计啊，以后的几十年还会掐下去。”

许知景牵起她的手，说：“挺好，掐掐更健康。”

“……”阮冬天看了一眼他，许知景变坏了哦，竟然学会揶揄老师了。

从一中出来，时间已经有些晚了。两个人商量了一下，直接回酒店休息。第二天醒来得有些早，阮冬天惦记着宁城大学食堂里的早餐，连酒店的早餐都不要了，直接和许知景打车到学校。

宁城大学的餐厅物美价廉，尤其是早饭。包子、油条、鸡蛋饼、煎饼果子等等，只有想不到的，没有吃不到的。

两份新磨豆浆，一个煎饼果子，两个红豆包，两片新出炉的面包，再加上茶叶蛋、小咸菜等等，琳琅满目，摆了半个桌子。

许知景失笑："这么多，吃不了你带回酒店啊。"

"你就放心吧。"阮冬天啃了一口豆包，"我的饭量你还不知道？就这些，我一定一丁点都不剩。"

事实证明，阮冬天虽然瘦，但饭量绝对惊人。各式早餐不仅没剩，最后还给自己补了杯奶茶。吃撑了，她拽着许知景一起逛校园。

途经办公楼，身后突然传来一道声音，试探性地问："阮冬天？"

阮冬天和许知景齐刷刷回头。

来人穿着黑色的羽绒服，手里抱着一沓文件，一脸迟疑地看着他们。

阮冬天看着那张熟悉的脸，脱口而出："林源？！"

林源大笑道："我就觉得我没认错，试探着叫了一声，果然是你。"

阮冬天也觉得惊喜："怎么是你啊，你怎么在这里？"

"我高考完了不是报了宁城大学嘛，毕业我就留在这里当辅导员了。"久别重逢，林源也觉得惊喜，视线落在阮冬天身侧站着的许知景身上，笑道，"这位是？"

阮冬天牵起许知景的手，大大方方地介绍："这是我男朋友许知景，阿景，这是我的同学，林源。"

林源是阮冬天回到滨海市读书的第一个同桌，性格和霍飞宇有些像，大大咧咧、不修边幅，但又带着少年的热忱。那会儿她刚回到滨海市，很多情况都不是很了解，林源作为她的同桌，帮了她不少忙。

两个男人互相握手，笑着打了招呼。

林源问道："你们怎么来宁大了，有事吗？"

"没事，我们就是回来逛逛。你忘了，我以前就是在宁城长大的。"

“故地重游？”林源一拍脑门，眉宇间还带着少年稚气，“你不说，我差点忘了。什么时候走，走之前来得及一起吃顿饭不？”

阮冬天看了一眼许知景：“预计明天回去，你要有时间，咱们就聚一聚。”

“老同学来了，就是没时间也得挤出时间来啊。”林源笑着晃了晃手上的文件，“我要跑一趟院里开个会，下午有空，咱们一道吃个饭？”

“成啊，没问题。”

因为这意外之喜，阮冬天和许知景多了个饭局。不过这饭局也没用他们两个操心，林源很热情，安排得妥妥当当的，阮冬天和许知景只要空着手赴约就行了。

吃饭的地方定在了宁城大学不远处的一个小馆子，藏在胡同最深处，但味道一等一的好。林源是这里的常客，老板见他来了，还特意送了他们一壶桂花酿。

三个人边吃边聊，更多的时候是阮冬天和林源聊，许知景静静地听着，顺便给阮冬天夹菜。他们说的很多事情，都发生在他离开以后，那些他未参与的过去，他有些遗憾，但也没有办法，只能静静地听着。

话匣子打开，便有些收不住，不知怎的，他们就聊到了高考填报志愿。

林源抿了一口桂花酿，看向许知景，笑着说：“你不知道，当初我们填报志愿，阮冬天干了一件差点把我们班主任气出心脏病的事来。”

阮冬天赶紧拦着：“林源，不许说。”

林源想说，阮冬天拦着不让说，许知景顿时有了兴趣：“她干了什么？”

林源得意扬扬地看了阮冬天一眼：“当时成绩出来，阮冬天考得特别好，我记得好像是全校第十。虽说不是第一，但我们是重点高中，她这个成绩放在全市也是出色的。等到我们班主任老师征集志愿时，你知道她要去哪里吗？D大!D大啊！”

D大？！

许知景心里一动，忍不住去看阮冬天。她却捂着脸，让他看不清她脸上的神色。

林源还在那边叨咕个不停：“倒也不是说D大不好，但是你也知道，D大离她现在读的嘉林大学可是差了一大截的。我们班主任当时都疯了，以为她有毛病。后来就一顿劝啊，连年级主任都出动了，最后她才不情不愿地改报了嘉林大学。我听说，现在我们班主任再带学生，把她当成了典型，每年到高考填报志愿的时候，都要把她提出来说一顿。”

说到这里，林源看向阮冬天：“咱们也是老同学了，你跟我说说，当初你为什么非要去D大呢？”

为什么啊，为什么非要去D大呢？

阮冬天的睫毛动了动，端起桂花酿一饮而尽：“没什么，就是当时年纪小，有点犯二呗。”

她的余光瞥见许知景，那双凝视着她的眼睛像是燃了一簇火。

吃完饭已经快晚上十点了，和林源告别后，阮冬天和许知景一起走回酒店。

十二月的宁城，冬风凛冽。夜色笼罩下，街角的路灯投下一个个昏黄的光晕。他们一路踩着光晕，走在回酒店的路上。

许知景几乎没有说话，只是紧紧地握着阮冬天的手。阮冬天抬眼看过他好几次，欲言又止。

直到回了酒店，他搂着她的腰，将她狠狠地按在了酒店宽大的床上，俯视着她，眸色深沉：“阮阮，你告诉我，当初为什么非要去D大？”

阮冬天静静地看着他，半晌，伸手抚上他清隽的脸庞，轻柔地开口：“因为当初我以为你会去D大。”

许知景的心仿佛被重重一击，酥麻疼痛交织在一起，让他连开口都有些困难：“那个数学竞赛？”

“嗯。”

“可你并不知道我会不会在D大。”许知景哑着嗓子说。

“是，我不知道，所以我想赌一把。只是后来，所有人都劝我，我知道我不能太自私，所以来了嘉林。有一段时间我一直在后悔，为什么当时不再坚持一下。现在我很庆幸，我放弃了D大，才能在嘉林重新遇到你。”

高考结束后，她一直在想要怎么样才能在这茫茫人海中找到许知景，D大，是她唯一的线索。当年许知景参加数学竞赛获得第一名，有直降五十分的资格进入D大。那个时候她就在想，如果她去D大，会不会遇见他？

她想去，但是周围所有人都在劝她。D大虽好，但是和全国排名前十的嘉林大学相比，还有一定的差距，她明明有足够的分数，为什么要退而求其次？

父母、长辈以及老师的劝诫让她知道不能太自私，所以最后她屈服了，选择来嘉林大学。上天给她开了个玩笑，许知景根本不在她心心念念要去的D大，一直在嘉林大学。

许知景无法描述自己现在的心情，心脏最柔软处有个小人坐在那里，拿着锤子一下又一下地敲着。让他心绪激荡之间，又无比的酸涩。

眼前的女生，为了能够找到他，默默地努力着，甚至在某一个时刻，不惜拿着自己的前途做赌注。

许知景的眼底有水汽弥漫，他眨了眨眼，低头含住她柔软的嘴唇，柔声道：“阮阮，傻女生。”

他的阮阮，或许真的是这个世界上最傻的女生。他何德何能，值得她这样地喜欢他。

这一夜格外漫长，因为他们要探索的领域，格外广阔。

第二天，阮冬天醒来时已经很晚了。

昨夜刮了一夜的北风，今天天空碧蓝，阳光温暖，透过窗帘与窗户形成了一线空间，落下细长的光影。

阮冬天凝视着那细长的光亮，昨夜的一幕幕重新在脑海中闪现，她忍不住红了脸。缓了好一会儿，才将那令她脸红心跳的画面丢到脑后。她伸手捞手机，已经上午十一点了。

她惊坐起来，被子滑落，露出了半张如雪般莹润的肩头，她拼命地晃许知景："许知景同学，起床了！"

已经十一点了，他们今天下午回嘉林市，收拾一下该走了。

许知景被她晃醒，半睡半醒间，把她捞回了怀里，哑着嗓子道："我们再睡一会儿。"

阮冬天被他扣在怀里，捏他的鼻子："不要睡了，我们该收拾东西回嘉林市了。"

"不回去了。"许知景握住她那只作怪的手往下带，"我们明天再回去。"

哎？！阮冬天睁大了眼睛，不是说今天回去的吗，怎么变成明天了？

她还要再说什么，许知景的手已经抚上了她的后背，一下一下地拍着："乖，睡吧，睡吧。"

阮冬天："……"

阮冬天原本是不想睡的，但不知是许知景的声音太有魔力，还是这冬日的静谧太过舒适，没一会儿，她竟然真的睡了过去。

等到再醒来，天色渐晚，房间里镀上了一层阴影。许知景早已经不在她身边，她抱着咕咕乱叫的肚子坐起来叫了几声，许知景竟然不在。

她疑惑极了，不知道他什么时候起来的，也不知道他什么时候出去的。想给他打个电话，才发现外间的茶几上放着一个托盘。掀开，里面是两个三明治，还有一张便签。

许知景的字遒劲有力，他说有事要出去一趟，等她醒来，稍微吃点东西，然后换上衣服，五点会有车来接她。

她不明白许知景在卖什么关子，捏着便签环顾一圈，在一侧的沙发上发现了两个盒子。她打开，一双高跟鞋，还有一件浅翠色的蕾丝礼服。

阮冬天换上了礼服，浅浅的翠色，衬得她肌肤越发白皙，仿佛为她量身定做的一样。

五点的钟声敲响，手机铃声也准时响了起来。阮冬天捂着跳得有些过快的心脏接通，那端是许知景清越的声音："阮阮，准备好了吗？"

"阿景，你到底在做什么？"阮冬天真的很好奇。

"你到了就知道了，现在下楼吧。"

阮冬天拎着裙角下楼，明明是冬季，她却一点也不觉得冷，反而觉得热，连手心都要冒汗了。酒店门口已经有车在等她了，等待着她的司机递给她一捧嫣红的玫瑰，伸手做了个"请"的姿势。

她拿着玫瑰上车，望着窗外倒退的街景，突然有一种灰女生坐着南瓜马车去舞会的错觉。

车子行驶平稳，半个小时后停下来，司机笑着说："阮小姐，许先生在顶楼等您。"

"谢谢。"阮冬天深呼吸，走进餐厅。

从一楼到二十二楼，电梯直达。明明只有短短的几十秒，却让阮冬天觉得时间被无限拉长了。

电梯门开，许知景看见她的一瞬间，眼底闪过一抹惊艳："你今天很美。"

"谢谢。"阮冬天的手搭上他递过来的手，嫣然一笑，"不过许先生，你能不能告诉我，你今天到底要做什么？"

许知景微微耸了耸肩膀："吃饭。"

阮冬天低头看自己华丽的长裙："就吃个饭，用得着这么大的阵仗？"

"当然。"许知景轻笑，带着她走到早已经预定好的桌子前，伸手拉开椅子让她先入座，"生活嘛，偶尔也要有点仪式感。"

"你这可不止一点点哦。"阮冬天托腮笑。

"那你喜欢吗？"许知景在她对面坐下。

阮冬天笑："很喜欢。"

没有人能拒绝这样新鲜的仪式感，全景式顶楼餐厅，可以俯瞰整个城市的霓虹。她只是个俗气到不能再俗气的普通女人，自然喜欢。

"喜欢就好。"

鲜花、美食、红酒，还有悦耳的钢琴声，沉浸在这样的氛围之中，一切都恰到好处。直到灯光在一瞬间熄灭，餐厅的侍应生推着蛋糕唱着生日歌走出来。

阮冬天有些愣住了，半晌才回过神来，结结巴巴道："阿景，今天不是我的生日。"

"我知道。"他站起来说，"明天才是，但是明天会有很多人祝福你。我想提前一天给你过生日，这样才会与众不同。"

阮冬天笑得眉眼弯弯："这样也可以？"

许知景理直气壮："我觉得可以。"

"你长得好看，说什么都对。"

阮冬天看着跳动的火焰落进许知景那双眼睛里，熠熠生辉。

他见她不动，催促她："赶紧闭眼许愿啊。"

阮冬天这才反应过来，双手合十，默默许愿。然后在睁开眼睛的一瞬间，鼓足一口气，吹灭了所有的蜡烛。

餐厅的灯又重新亮了起来，但是比之前，要暗了一些，情调十足。许知景边切蛋糕边问阮冬天："刚才许了什么愿？"

阮冬天摇了摇头说："愿望说出来就不灵了。"

许知景失笑，将切好的第一块蛋糕递过去："那就不要说了，吃蛋糕吧。"

蛋糕是特意定的，阮冬天挖了一块送进嘴里，幸福地眯起了眼睛。许知景不动声色地低头看了看手上的腕表，默默地计算了下时间，然后陪着阮冬天吃掉了半块蛋糕。

时间差不多了的时候，许知景问阮冬天："你吃好了吗？"

阮冬天点头："嗯，怎么了，要走吗？"

"不是。"许知景摇头，"吃完了就闭上眼睛。"

阮冬天："啊？"

"闭上眼睛。"许知景又重复了一遍。

"那好吧。"虽然不知道他葫芦里卖的是什么药，但阮冬天还是听话地闭上了眼睛。

闭上眼睛的瞬间，她对周遭的一切变得格外敏感。她能感受到许知景从座位上站了起来，走到她身边，牵起她的手，将她带离了座位，护着她小心地走了一段距离，然后停了下来。

阮冬天伸手往前探了探，指尖冰凉，应该是玻璃。

许知景靠了过来，附在她耳边说："我给你准备的礼物在嘉林市，没有带过来。但是现在有一份不算礼物的礼物，借花献佛，先送给你。"

阮冬天的耳朵动了动："是什么？"

话音未落，远处的天际仿佛有什么炸开。阮冬天猛地睁开了眼睛，透过透明的玻璃，望向了远处的夜空。

初时仅有一朵，随后越来越多的烟花在夜幕中绽放，点亮了城市的夜空，也点亮了阮冬天的眼睛。

许知景从背后拥住她，下巴搁在她的头顶，在一声又一声烟花绽放中，说："今天宁城有烟火秀，虽然是借花献佛，但还是希望你能够喜欢。"

阮冬天转过身，仰起头看他，眼底水光盈盈：“我很喜欢，超级超级喜欢！”

她的身后，有大朵大朵的烟花绽放，璀璨夺目，一如眼前的她。许知景的心柔软无比，他凝视着她，说：“阮阮，我有没有告诉你？我很爱你。”

阮冬天：“阿景，那我有没有告诉你？我也很爱你。”

烟火映入他的眼睛里，如流光般璀璨。他低头，近乎虔诚地吻上她的唇，声色动人：“阮阮，谢谢你能够爱我。”

那一年，他懵懂时，遇见了她。

初尝情滋味，辗转反侧，求之不得。

此后分离，如隔山海。

彼时始知，她不在，生命失去热血，静默如冬不可语。

而今见她，她亦肯爱他，往后余生，时光都染欢喜。

番外一 长乐无忧虑

阮冬天发现自己怀孕那会儿，是在法国。

2017 年她硕士毕业，没有和其他同学一样为找工作而奔波，而是留在本校读博。博士读到第二年，前往巴黎政治学院交流学习。

那个时候，她和许知景已经领证结婚了。当初为了庆祝她硕士毕业，许知景带着她去民政局领了个证。为此，还被她婆婆诟病一番，觉得自己的儿子实在不着调，没有盛大的求婚仪式，也没有轰动的婚礼，就这样把她娶回了家，为她抱不平。一边嫌弃许知景之余，一边还把自己私藏的一套老坑翡翠首饰送给阮冬天当补偿。

虽然结婚了，但她还要继续读书，所以两人一直没要孩子。后来出国，两个人变成了异地，只能靠着视频以解相思，孩子什么的，也就成了浮云。

知道自己可能怀孕，不是她先发现的，而是她同学的一句话。

那会儿阮冬天被导师安排做中东方面的课题，时间紧，任务重，她熬了一个多星期，好不容易弄成了论文，赶在deadline（最后期限）之前发到导师邮箱，回头闷在被子里昏天黑地地睡了一整天。醒来天气不错，便和同学约了一起出去吃东西。

然后在她吃完两个芝士汉堡，还摩拳擦掌准备吃第三个的时候，她的同学忍不住了，问了一句：“Winter（冬），你不会怀孕了吧？”

在外读书的学生都知道，很多时候国外的老师和同学很难准确地表达中文名字，所以为了方便，大家都会起个英文名字。阮冬天原先也给自己起了一个，她的同学了解到她的中文名字是“冬天”之后，就Winter、Winter地叫了起来。阮冬天开始还纠正，后来也就将错就错了。

闻言她捧着汉堡的手一顿，迟疑道：“不可能吧？”

“我妈妈生我妹妹的时候，就和你一样，食量暴涨。”绿眼睛眨了眨，她又补了一句，“你丈夫不是之前来过吗？我不相信你们没有做。”

这话说得赤裸，但成功地让阮冬天失去了再吃下去的食欲。

许知景的确来巴黎了，两个月前，他因公出差到德国，中间有两天的休息时间，直接飞来巴黎找她。久别重逢，两个人的夜晚火热到差点要烧起来，所以，说不定真的会中招。

想到这里，阮冬天再也吃不下去了，提着包起来：“走吧，去医院。”

进医院，出医院，前后不过两三个小时，就让阮冬天的人生有了巨大的变化。

她捧着化验单站在大街上，周围是络绎不绝的人流与车流，她的大脑似乎已经有了屏蔽功能。她听不见也看不见，满脑子想的只有一件事——她真的怀孕了。

她的肚子里有一个小豆丁，那是她和许知景的孩子。只要一想到这个，幸福感便油然而生。她迫不及待地想把这个消息告诉许知景，但是在掏出手机的那一刻，她选择了放弃。

经过半天的思索，阮冬天做了一个要命的决定——暂时先不把这个消息告诉许知景，等到回国再说。

如果她告诉许知景她怀孕了，依他的性格，肯定会第一时间飞过来陪她。许知景也有工作，不可能时时刻刻照顾她，不在身边就只会担惊受怕。再说了，她还有两个月就回国了，与其让他日夜难安，不如暂时保守秘密，等她回国再说。

于是，在接下来的两个月里，阮冬天除了按照医生的叮嘱好好保养身体，就是上课、下课、做课题。而许知景，就被她这么滴水不漏地瞒了整整两个月。

两个月后，阮冬天怀孕四个月整。医生检查胎儿发育良好，可以乘坐飞机。考虑到长途飞行，让她提前与乘务人员打招呼，做足了一切准备之后，阮冬天登机回国。

许知景在机场接她，见面的瞬间，不顾周遭来往的乘客，低头给了她一个长长的亲吻。似乎只有这样，才能以慰相思。

亲吻过后的阮冬天脸色绯红，眼波流转之间皆是浅浅的媚色。许知景见到了她的真人，终于松了口气。他真是受够了异地的感觉，以后也不想再尝试了，只是他细细查看着他的阮阮，觉得她好像比上次见面时要胖一些。

许知景心底酸酸的，他都为她憔悴了，她怎么还胖了呢？他伸手捏了捏她柔软的脸颊，说："瞧着胖了些。"

阮冬天睨了他一眼，淡定十足道："嗯，怀孕了嘛，吃得多，自然就胖了些。"

许知景没有反应过来："嗯，也是。"

说完也没觉得不对劲，顿了好一会儿，他突然难以置信地看向阮冬天："你说什么？！"

相较于他的激动，阮冬天显得云淡风轻："我说，我怀孕了。"

“几个月了？什么时候的事，我怎么不知道？！不是，你怀孕了坐飞机没事吗？累不累，难不难受？我们赶紧回家休息。不行不行，要不先去趟医院。”一瞬间，那个镇定自若、冷静自持的许法官变成了天边的浮云，现在的他犹如热锅上的蚂蚁，竟然不知道该做些什么才好。

阮冬天伸手搂住他，笑眯眯地看他：“许法官，淡定。我现在呢，一点都不难受。宝宝已经四个月了，乖得很，一点没有闹腾，所以我不用去医院，回家就好。”

“那就好，那就好。”许知景喃喃道。

许知景盯着她的肚子看了半天，终于后知后觉地发现了一件事。

他难以置信地看阮冬天，说：“宝宝四个月了！”

“不然呢？！”阮冬天几乎要笑出声来。

不是四个月，要是两个月，那他头顶就要冒绿光了。

“你什么时候知道的？”许知景质问道。

阮冬天缩了缩脑袋：“我两个月前就知道了。”

两个月前就知道了，却瞒着他到现在。

许知景的脸扭曲得厉害，哼哧哼哧地喘气，什么骄矜的风度，什么体面的优雅都丢到了脑后，看着眼前这个胆大包天的女人，咬牙切齿道：“阮冬天，你胆子够大啊！”

从交往到结婚，阮冬天第一次把许知景惹毛了。

阮冬天自知理亏，回家的路上好话说了一箩筐，可许知景就跟没听见似的，油盐不进，脸色依旧难看得厉害。

许妈妈和许爸爸知道她今天要回来，特意在家做了一桌子菜为她接风洗尘。可是一开门，瞧见一脸菜色的儿子和一脸无奈的儿媳妇，许妈妈有点蒙。

“怎么了，发生什么事了吗？”

出门的时候还好好的，意气风发得恨不得让全世界都知道他媳妇回来了。怎么接到了人，反而不开心了呢？

“你自己问她！”许知景硬邦邦地丢下一句话，转身进了房间。

许妈妈和许爸爸面面相觑，然后齐刷刷地看向阮冬天。

阮冬天也有些尴尬，小声说：“爸爸，妈妈，也没什么，就是我怀孕了。”

怀孕了？！

抱孙心切的许妈妈和许爸爸狂喜涌上心头，但是下一秒，又不约而同地颤抖了一下。儿媳妇怀孕了，儿子摆了个臭脸色，难道是……

许妈妈脚下一软，一下子坐在了沙发上。

许爸爸也被脑海中的想法吓了一跳，但是很快，他又安慰自己，不可能不可能，儿媳妇不是那样的人，他颤颤抖抖地问：“那孩子，是，是，是……”

阮冬天被他们老两口的样子吓了一跳，反应过来，哭笑不得：“爸妈，不是你们想的那样。”

不是就好，不是就好。

许妈妈和许爸爸抹了一把汗，结结巴巴地问：“那到底是怎么回事？”

“宝宝是两个月前查出来的，我没有第一时间告诉阿景，他现在生我的气了。”阮冬天说。

“这有什么？！”许爸爸拍案而起，“你不说，自然有你的理由。阿景那里，想生气自己生就是了，不用管他！”

“就是，不用管他。他想生气，自己生就是了，谁也没拦着他。”许妈妈也是个有孙万事足的人，搀着阮冬天坐下，故意朝着卧房的方向大声说，“有些人啊，老婆都怀孕了，不关心就罢了，还在那里使脸色，哼，我看就不该告诉他，让他气死活该！”

一直贴在卧室门后竖着耳朵听的许知景：“……”

纵然有公公婆婆给自己撑腰，阮冬天还是更在意许知景的心情。

吃过饭，洗了澡，阮冬天换上了宽松的衣服。她是头胎，又才四个月，肚子没有很大，只是微微地隆起。

卧室的灯光昏暗，许知景站在窗前，背对着她，不知道在想什么。

阮冬天走过去，伸手环住了他的腰："阿景，对不起，我错了。"

还带着沐浴乳清香的阮冬天，让许知景心潮涌动，他咬了咬牙，硬下心来："你错哪里了？"

"我不该瞒着你的，让你错过了陪伴宝宝的时间。"

尽管，宝宝现在只是一颗小豆丁，但是她让他晚了整整两个月才知道宝宝的存在。如果是她，可能会比现在更生气。

"我的确该因为这个生气。"许知景轻叹一声，转身将她揽进怀里，"但我更气的是，你让我一直不知道你的辛苦，也没有陪着你。甚至，连一句安慰的话都没有。"

女人孕期的辛苦，他一个男人或许不能完全体会。但她是他的妻子，肚子里怀着他的孩子。难受也好，不舒服也罢，一个人全扛下来，而他在国内一无所知。只要一想到这个，他就难受得厉害。

阮冬天笑起来，小声说："我没有辛苦，宝宝很乖的。"

许知景不赞同地看着她。

"好吧，只有一点点。"阮冬天仰头望进他幽深的眼睛里，"你亲亲我，我就一点都不难受了。"

这样的阮冬天啊，许知景喟叹一声，真是拿她没办法。他俯身，亲上了他心心念念的唇。罢了罢了，以后还有很长的时间，慢慢补偿她吧。

怀孕的第六个月，阮冬天的肚子比以前大了些。她还有一年毕业，学校已经没有了课程。导师考虑到她的情况，没再给她安排太重的任务，反正她之前已经发表过一篇 C 刊，具备了毕业资格，只要毕业论文不出问题，就可以顺利毕业了。

论文的内容阮冬天早就构思得差不多了，只是她的专业是国际关系，国际形势日新月异，论文里有些内容也要随时更新。不过这也不是难题，只要细心些就行。

许知景严格控制了她写论文的时间，不让她耗费太多的心力。她知道自己现在的情况，也乖得很。

看了会书，阮冬天有点累，歪坐在沙发上。许知景切了水果递到她嘴边，然后给她放儿歌听。这是阮冬天自己要求的，胎教胎教，娃娃的艺术细胞要从还在妈妈肚子里时就培养起来。

今天许知景放的儿歌是《拔萝卜》，阮冬天一边啃着猕猴桃，一边听歌。忽然很嫌弃地看向许知景：“许知景同志，你看看你给我放的是什么歌儿，你就不怕带坏宝宝。”

怀孕后的阮冬天性格多变，许知景已经习惯了，问道：“怎么了，这首歌不好吗？”

“当然不好了，你听听，什么小娘们快快来，快来帮我们拔萝卜，现在的儿歌都这样不羁了吗，还小娘们，不怕带坏小孩子吗？”

许知景没有说话，一脸古怪地看向阮冬天。

阮冬天理直气壮道：“你看我做什么，我哪里说错了吗？”

许知景把手机拿过来，点开歌词：“你自己看吧。”

阮冬天疑惑地接过来看歌词，三秒钟后小脸变得红扑扑的。根本就不是“小娘们”，是“小羊儿”，她听串了。

阮冬天尴尬极了，眼神闪躲：“我，我不就是听错了吗？”

许知景淡定地看了她一眼，伸手抚上她的肚子：“宝宝，咱学点好的，不学你妈妈嘴硬啊。”

阮冬天：“……”

三个月后，离阮冬天的预产期还有一个星期。但是宝宝有些迫不及待，想要提前与这个世界，与她的爸爸妈妈见面。

阮冬天被推进了产室，痛到了极致，反而生出了一股力量和勇气，她就不信生不出来。十五分钟后，许家宝宝降生，母女平安。

阮冬天昏睡着被推出产房，等到再醒来，已经在病房里了。许知景坐在病床一侧，紧紧地握着她的手，眼底残留着红色。

阮冬天朝他笑，他也笑，但眼角又湿润起来："以后我们不要再生孩子了，一个就够了。"那种撕心裂肺的痛，他不希望她再体会一次。

"好。"阮冬天浅浅一笑，又问，"孩子呢？"

"要做一些检查，爸爸妈妈陪着呢，还有岳父岳母都在。"许知景柔声道。

"你呢，你怎么不去？"

许知景说："我想在这里陪着你，等你醒来。"

"那，宝宝的名字，你想好了吗？"阮冬天眨了眨眼睛。

他们之前想过无数的名字，都觉得不满意。现在宝宝都出生了，也该有名字了吧。

"佑，许佑。"许知景说，"我们宝宝的名字。"

这一年许知景二十八岁，上天庇佑得女，父母康健，夫妻美满，自此人生圆满，长乐无忧。

番外二
这就是爱情

夜里两点半，姜姝结束了新一期的访谈录制，然后驱车离开电视台。

到家时已是深夜三点，她洗了澡，站在落地窗前看城市的夜景，并在睡意袭来之前给助理发了条信息，表示未来三天不要打扰她。然后拥着被子，进入了梦乡。

第二天她醒来已经快中午了，近一个月的连轴转，让她几乎忘了睡到自然醒是什么感觉。起床随便吃了点东西，她带上准备好的礼物，去阮冬天家看干女儿。

干女儿许佑今年已经快三岁了，穿着萌萌的小狐狸衣服撞进她怀里，姜姝的心都化了。她把许佑抱在怀里，亲亲抱抱怎么都不够。

阮冬天毕业后留校，现在在嘉林大学任教，她这两天没课，留在家里带孩子。

阮冬天见状笑话她：“不知道的，还以为佑佑是你生的呢。”

“要是我生的就好了。”姜姝坐在地上，把佑佑揽进怀里，“这样也就一了百了，省事了。”

阮冬天的眉头蹙了起来，她虽然已经三十岁了，又是一个孩子的妈妈，但是身形依旧窈窕如少女，只是平添了几分风韵，越发动人了。

姜姝见她蹙眉的样子，连忙说：“你别又想多了，我就是随口说说而已，没别的意思。”

正说着，姜姝的手机响了，她看一眼，眉眼之间皆是烦闷，随手按了静音，扔到一边。

“怎么，有工作？”阮冬天问。

姜姝作为卫视台的主持人，经常会有台里的紧急呼叫，以前也有过这种情况。

“没事，我妈的电话。”说这话的时候，姜姝的嘴角扬起了淡淡的讽刺，“又催我找对象呢！上次打电话我就跟她说了，她要是再催我，我就断了她儿子的生活费。消停了没几天，又开始了。”

三十岁的男人是一枝花，即便不结婚，那也是黄金单身汉。但是三十岁的女人呢？没有对象，那就成了天大的罪过。

姜姝家里那一摊子事，阮冬天早有耳闻。但她作为朋友，也不会过多地问。闻言她只笑着说：“网评年度最美主持人姜姝，要是找男朋友，还不是分分钟的事？”

姜姝笑了起来，她原本生得美，只是小时候的眉眼之间多有怯懦，现在长了年龄，也增了自信，笑起来，熠熠生辉。

“就是，追我的人多了去了，只看我同不同意罢了。”

她大学的专业是新闻，原本也只想做个幕后工作人员，没想到因缘际会参加了电视台的主持人选拔，一路走到了最后。最初她只是一个不知名节目的主持人，后来主持了几档网络节目，渐渐有了名气。真正让她名声大噪的是她临时替补主持了一档访谈类节目，从此在主持圈里崭露头角。

如今她有了固定的节目，也有了代言和广告，除了没有男人，她拥有一切。

阮冬天：“咦，我记得前几天新闻报道说，连陈氏集团的老总都对你颇有好感。”

陈氏集团，陈予非？！

一瞬间，姜姝想到了那个男人在她耳边说过的话，变得浑身不自在：“好好的，提他干什么？”

阮冬天的眼睛亮了亮：“怎么回事？有情况！”

“有情况个头。”姜姝伸手把她扒拉到一边，“收起你满肚子的想法，我和那个陈予非一点关系都没有。”

一点关系都没有，是她的想法。但是显然，陈予非并不想让她拥有这样的想法。所以，在姜姝和她的亲亲小宝贝许佑以及许佑的妈妈说了再见之后，便在自家楼下看到了一辆熟悉的车子。

她有些头痛地捏了捏眉心，这个陈予非啊，可真是阴魂不散，他不过是她的访谈嘉宾之一，怎么就跟牛皮糖一样，甩不掉了呢？

正琢磨着怎么才能悄悄溜上楼，车窗就被人敲响了，她抬眼看去，是陈予非的司机。

“姜小姐，我们陈总请你过去。”

姜姝摇下了车窗，表示很不乐意：“他让我过去我就过去，他谁啊？！”

“你想让我做你的谁，你的男人？”低沉的声音传来，让姜姝心尖一抖。

这个男人的声音真是太好听了，电视台男主持的声音一个赛一个的好听，但和这个男人比起来，还是差那么点韵味。只是……

姜姝有些皮笑肉不笑地看陈予非：“陈总说笑了，什么男人不男人的，多粗俗。”

“换个说法也可以，我不介意。”陈予非看着她咬牙切齿的模样，深觉有趣。

荧幕上出现的她，优雅美丽，但是私下里除了伪装，她还伶牙俐齿。

“不过，你确定让我站在这里和你说话。周围，可是有很多人。”

他就是吃准了她不愿意传绯闻，所以才会这么说。

姜姝纠结犹豫了半天，咬牙：“上车！”

陈予非上她的车，总比她上陈予非的车好，至少，自己还有主场的优势。

陈予非低沉一笑，开门上了车。他的个子高，她的车型小，蜷缩在里面，有种压迫感。姜姝侧过头看他：“陈予非，陈总，请问您到底想要干什么？”

“要你！”陈予非沉声道。

他看她的眼神太有侵略性，让姜姝觉得他好像不只是说着玩而已。

姜姝有些心惊，但还是直截了当：“我不喜欢你。”

“没关系，我喜欢你就够了。”陈予非好整以暇。

姜姝看着他，良久才回：“陈总，我有喜欢的人了。”

“那是你的事，并不影响我对你的感觉。”陈予非说着，只是放在膝头的手渐渐握成拳头，青筋暴露。

“有些话，不要说得这么满。”姜姝眼底闪过悲伤，“不如我和你讲个故事，你听完故事，再做决定，可好？”

姜姝十二岁那年，父母离异，她跟着母亲生活。父母的离异在她幼小的心灵上留下了不可磨灭的创伤，为了生活而奔波的母亲每天都会咒骂她，骂她是个拖油瓶，是个丧门星。所以那个时候的姜姝，怯懦、自卑，带着对这个世界的防备，小心翼翼地生活。因为在她的认知里，她是个多余的孩子，只会给别人带来痛苦。

十四岁那年，母亲再婚了。在新的家庭里，她没有享受到任何温暖，继父的冷漠，母亲的有意疏忽，让她活得战战兢兢，生怕多呼吸一口，都会惹人厌。

因为遗传了母亲的样貌，所以生得出挑。但就是因为这样的优势，给她带来了各种各样的麻烦。女生的嫉妒，男生的调侃，她都可以忍受，唯一忍受不了的是那个叫郑强的男生。他会用格外露骨的眼神看她，也会出现在她上下学的任何时候，跟踪她，挑逗她。她怕得要死，回家和母亲说，母亲抱着刚出生几个月的小弟弟，指责她，说肯定是她故意勾引别人，否则别人怎么可能会无缘无故地跟踪她。

往后的很多年，姜姝都能回忆起母亲说这句话时的样子，那种鄙夷的眼神和不屑的口气，曾让她在梦里惊醒过一次又一次。

她没有办法，只能拼命地躲，好不容易熬过了中考，她报了宁城一中，自以为可以远离郑强，没想到郑强还是不放过她，经常趁着周末跟踪她。然后有一天，她在一家蛋糕店门口再一次被郑强拦住了。

可是这一次，有人出现救了她。

救她的人叫金止戈，有着俊朗的眉眼，他牢牢把她护在身后的样子，让姜姝灰暗的生命里有了第一束阳光。

那样为她挺身而出的金止戈，是她的阳光，是她的救赎，是她对于未来的向往。也因为金止戈，她拥有了真正的朋友，那是她一辈子里最幸福的时光。她原以为，这样的幸福可以天长地久。

后来的后来，她才发现，金止戈真正喜欢的不是她，而是他青梅竹马的阮冬天。

嫉妒阮冬天吗？姜姝想了很久。她不嫉妒，也舍不得嫉妒，阮冬天那个女孩子，像冬日的阳光一样耀眼，善良而美好，她舍不得嫉妒她。

只是她从来没有想过有一天，金止戈也会利用她来伤害阮冬天。彼时在城郊植物园，她虽然发现了些许端倪，但因为沉浸在与金止戈同行的快乐之中没有细细思索。可前因后果一串联，她才发现无意之间，她做了伤害阮冬天的帮凶。

察觉到这个事实的那一天，姜姝把自己捂在被子里痛哭了一场。

哭完了，这件事也变成了姜姝心底最隐秘的心事。对于姜姝来说，在她决定把这件事隐瞒下来的瞬间，她就知道，她和金止戈之间再无后路了。

不只是因为金止戈的心里没有她，更因为她为了金止戈，对阮冬天隐瞒了真相。即便有一天金止戈回头，她也不可能和他在一起。否则，她会唾弃那样的自己。

很多年后，把这件事摊开来说，阮冬天毫不在意，姜姝才彻底解脱。

对于金止戈，那份深埋在心底的喜欢已经成了习惯。她想她一辈子都不会忘记金止戈，纵然他曾经利用过她。但他的确在她深陷泥沼的时候拉了她一把，带给她不一样的世界，让她的生命不再灰暗，有了朋友和珍惜的一切。

这样的故事，深埋在她的心底很多年，她从来没有想过会以这样的方式讲出来。

说完了，竟然有些轻松。

“陈予非，曾经有一个叫金止戈的男孩，他率先伸出了手，拉了我一把，才会有现在你所看到的和你所喜欢的姜姝。从十六岁到今天，我近乎二分之一的人生都在喜欢着金止戈。你的喜欢，在我面前不值一提。不要把话说得太满，也不要说不在乎，因为终有一天，你会比任何人都在乎。”姜姝看着陈予非，眼底有她自己都没有察觉的悲伤，“打开车门，忘掉和我说的话。这个世界上还会有值得你喜欢的人等着你。姜姝对你来说，很快就会成为过客，也会很快忘记。”

她的话说得这样直白，原以为陈予非会离开，却没有想到，他伸手将她拉进了怀里，紧紧地，像是要把她嵌进骨头里。他的声音在她耳边回响，认真而又坚定：“那就等我坚持不下去了，再说离开，在这之前我不会放弃。姜姝，你信我一次，也相信你一次。”

姜姝僵硬地被他搂在怀里，良久，才阖上了眼睛，眼角似乎有一滴泪滑过。

她哑着嗓子开口：“好。”

十四个月后，嘉林市各大新闻头条都在报道一条消息——陈氏集团总裁陈予非将迎娶最美主持姜姝。

婚礼地点选在了英国小镇的一座古堡，没有大肆操办，只邀请了亲近好友，拒绝媒体拍摄。

阮冬天沿着古堡的楼梯蜿蜒而上，走到最里面的一扇门，轻轻推开。

身穿洁白婚纱的姜姝闻声回头，冲她嫣然一笑。

阮冬天把准备好的新娘捧花递到她面前，白色的玫瑰，是陈予非亲自挑选扎起来的。

姜姝伸手接过来，问她：“佑佑呢？”

“和另一个小花童在楼下，晓曼带着她呢！”阮冬天一边说着，一边帮她整理头纱，莫名的，眼底有了泪意。

姜姝抽了纸巾给她，笑道：“今天我是新娘，我还没哭呢，你怎么哭了？”

“没什么，我就是有些感慨。”阮冬天迅速拿纸巾按了按眼角，“晓曼和霍飞宇兜兜转转这么多年，终于修成正果。如今你也要结婚了，明明是该开心的事，我却总是忍不住想流泪。”

“不哭了，不哭了，你该恭喜我，从今天开始，我的人生开启了新篇章。”姜姝握着她的手，笑着说。

“是啊，新篇章，新开始。”阮冬天喃喃道，“我知道为了这一天，你辛苦了那么久。所以姝儿，你一定要幸福。”

姜姝用力地点头：“你放心吧，我一定会的。”

十四个月前，她也没有想到会在今天穿上嫁衣，嫁给那个叫陈予非的男人。但人生就是这样，只有努力向前，才会有新的开始。和陈予非在一起后，她渐渐明白了一件事，年少的欢喜值得收藏一生，却不能让它成为前进的桎梏，否则一味沉溺过去，再美好的喜欢也成了鸡肋。

那个叫陈予非的男人，带着她跳出了过往的怪圈，给了她前进的勇气，更让她知道了什么是爱情。

紧闭的房门徐徐打开，陈予非高大的身影出现在门口。他那样端正的人，在看到她身披婚纱的样子时，眼圈泛红，结结巴巴道：“姝儿，时间差不多了，我，我带你下去。”

姜姝笑了，向他伸出手：“好。”

一大一小两只手紧紧地握在一起，姜姝仰起头，望进陈予非的眼睛里。

时光流转，他看她的眼神一如当初，欢喜、专注、诚挚。

这就是爱情。